DER VERMISSTE VOM VIERWALDSTÄTTERSEE

Markthalle, Basel

Heidenloch, Liestal

Isleten am Urnersee

Martin Widmer lebt seit dreissig Jahren im Zürcher Oberland. Er arbeitet als Journalist und Historiker. Als Leiter von «Grabe wo du stehst» führte er in der ganzen Schweiz Geschichtsprojekte mit Laien durch. Die Methode entdeckte er in Schweden, als er dort einige Jahre lebte. Danach war er Co-Verleger bei «Hier und Jetzt» in Baden. Heute arbeitet er als Autor, hat verschiedene Sachbücher publiziert und verbringt den Sommer gerne im schwedischen Schärengarten. «Der Vermisste vom Vierwaldstättersee» ist sein erster Krimi.
www.martinwidmer.ch

MARTIN WIDMER

DER VERMISSTE VOM VIERWALDSTÄTTERSEE

Kriminalroman

emons:

Lust auf mehr? Laden Sie sich die «LChoice»-App
runter, scannen Sie den QR-Code und bestellen Sie
weitere Bücher direkt in Ihrer Buchhandlung.

Hier bestellen

Bibliografische Information der Deutschen Nationalbibliothek
Die Deutsche Nationalbibliothek verzeichnet diese Publikation
in der Deutschen Nationalbibliografie; detaillierte bibliografische
Daten sind im Internet über http://dnb.d-nb.de abrufbar.

© Emons Verlag GmbH
Alle Rechte vorbehalten
Umschlagmotiv: Montage aus mauritius images/United Archives/
Carl Simon, shutterstock.com/secablue
Umschlaggestaltung: Nina Schäfer, nach einem Konzept
von Leonardo Magrelli und Nina Schäfer
Umsetzung: Tobias Doetsch
Gestaltung Innenteil: César Satz & Grafik GmbH, Köln
Gestaltung Schauplatzkarte & Vignetten: Laura Jurt,
Zürich, Schweiz
Lektorat: Irène Kost, Biel/Bienne, Schweiz
Druck und Bindung: CPI – Clausen & Bosse, Leck
Printed in Germany 2020
ISBN 978-3-7408-0937-9
Originalausgabe

Unser Newsletter informiert Sie
regelmässig über Neues von emons:
Kostenlos bestellen unter
www.emons-verlag.de

... för att förstå vad som gör sagor gripande:
att i varje saga värd namnet finns ett bråddjupt mörker,
och det mörkret kommer från dess förflutna.

Kjell Westö, «Den svavelgula himlen»

In jeder guten Geschichte gibt es eine
abgrundtiefe Dunkelheit, und diese Dunkelheit
stammt aus vergangenen Zeiten.

Teil I

Gyrenbad

Warum soll ich dir das jetzt noch erklären, Lina? Jetzt, wo du tot bist. Du musst wissen, ich bin unschuldig. Unschuldig eingesperrt. Ich gehe auf und ab. Sieben Schritte misst meine Zelle. Ein dunkles Loch. Fünfzig mal fünfzig Zentimeter gross ist das Fenster. Nicht einmal den Himmel kann ich sehen. Am schlimmsten zum Aushalten ist die Dunkelheit. Ihr kann ich nicht entfliehen.

1

Er ging zur Rolltreppe, fuhr hinunter, zuerst ein Stockwerk und dann noch eines, bis er auf dem Perron stand. Im unterirdischen Bahnhof des Flughafens Zürich war es unangenehm kühl. Seine alte Heimat besuchte Konrad Mattmann nicht freiwillig, und dass der Hin- und Rückflug bezahlt wurde, machte die Sache nicht besser. Er wusste, sein Job als Auslandkorrespondent hing an einem seidenen Faden. Bei den rückläufigen Leserzahlen und den schwindenden Werbeeinnahmen wurde an allen Ecken und Enden gespart. Er hatte einen Termin beim Leiter der Auslandredaktion. War sein Posten in Stockholm gestrichen worden?

Im Intercity fuhr er nach Winterthur, dann wechselte er auf den Regionalzug, den «Tösstaler». In Turbenthal stieg er aus. Es war heiss, und er war durstig. Mattmann zog seinen kleinen Rollkoffer über den Platz zum «Schwanen» und wollte sich an einen Tisch auf der Terrasse setzen, doch es gab keine Sonnenschirme. Das alte Bahnhofsrestaurant war kein Ort, der Ausflügler anzog. Er trat in die dunkle Gaststube und bestellte ein Bier. Nur ein einzelner Gast sass am runden Tisch beim Buffet und blätterte in einer Zeitung.

Mattmann setzte sich in die Ecke. Langsam gewöhnten sich seine Augen an das schummrige Licht. Die Tische und Stühle waren aus dunkel gebeiztem Holz, ebenso die Decke. Die Kellnerin brachte ihm das Bier, ohne ein Wort zu sagen. Das war ihm recht. Er war nicht auf Reportagereise. Er brauchte Ruhe, um in seiner alten Heimat anzukommen, und hatte keine Eile. Statt das Postauto zu nehmen, das ihn direkt ins «Gyrenbad» gebracht hätte, wollte er zu Fuss gehen. Schon letzten Sommer hatte er während seines Heimaturlaubs dort logiert. Das ehemalige Badehotel im Tösstal, sorgfältig restauriert und mit einer guten Küche, lag eine Stunde von Zürich entfernt, genau der richtige Abstand, um sich auf den Besuch in der Redaktion und bei seiner Mutter vorzubereiten.

Er trank sein Bier, bezahlte und bat die Kellnerin, seinen kleinen Koffer hinter der Theke deponieren zu dürfen. Jemand vom «Gyrenbad» würde ihn abholen, erklärte er ihr.

Ohne Gepäck ging er los, über den leeren Parkplatz des Einkaufzentrums, vorbei am Schuhladen und der Metzgerei. Alle Läden waren geschlossen, es war Sonntag.

Bei der Kreuzung bog er ab und suchte nach dem Wanderweg. Es war niemand auf der Strasse, den er hätte fragen können, doch auf seinem Mobiltelefon hatte er die Karte «Schweiz mobil» geladen. Es gab einen kurzen, steil ansteigenden Weg durch den Wald, der in einer halben Stunde zum Gasthof führte. Er wählte die längere Variante dem Hutzikerbach entlang Richtung Schauenberg. Ein Umweg, den er gerne einschlug. Er kam am Schützenhaus vorbei, die blau-weiss gestreiften Läden waren geschlossen. Wenigstens sonntags wurde auf der Dreihundert-Meter-Schiessanlage nicht geschossen. Zwischen März und Oktober herrschte jedoch reger Betrieb: Obligatorische und freie Übungen, ein Feierabend-Cup und das Ratsherrenschiessen standen auf dem Programm der beiden Schiessvereine Turbenthal-Neubrunn und Schmidrüti-Sitzberg.

Mattmann hatte ein ungutes Gefühl, wenn er an die Schiessübungen dachte, die er in seinen jungen Jahren im Militärdienst leisten musste. Seit er als Korrespondent im Ausland lebte, war er zum Glück davon befreit, musste allerdings eine saftige Steuer bezahlen.

Der Weg führte weiter dem Bach entlang durch ein schattiges Tal und stieg langsam an. Ein feiner Rauch lag in der Luft, irgendwo wurden Würste über dem offenen Feuer gebraten. Junge Eltern mit ihren Kindern kamen ihm entgegen. Sie grüssten freundlich, auch wenn sie ihn nicht kannten. Mattmann grüsste zurück. Mit seinem Grossvater hatte er als Kind lange Wanderungen unternommen, und wenn er müde wurde, nahm ihn sein Grossvater an der Hand. Stundenlang hätte er an dessen grosser warmer Hand weitergehen können; durchs ganze Leben würde sie ihn führen, so hatte er damals gedacht. Mattmann überlegte, wann sein Grossvater gestorben war, doch er konnte sich weder an das Datum noch an die Jahreszahl erinnern.

Beim Abzweiger zur Burgruine Schauenberg ging er geradeaus Richtung «Gyrenbad». Er kam über eine Waldlichtung und stand plötzlich vor dem Haus von Alois Brunner. Letztes Jahr hatte er mit ihm ein paar Worte gewechselt. Gesprächig war Brunner nicht gewesen, doch etwas faszinierte Mattmann an diesem alten Mann. Mit seiner Frau hatte er sich länger unterhalten, sie hatte alles über Königin Silvia und den Nachwuchs im schwedischen Königshaus wissen wollen. Nun waren die Läden des dunkelbraunen Chalets geschlossen. Ein schwarzer Schmetterling sass regungslos auf der obersten Treppenstufe.

2

Mattmann hatte das schönste Zimmer im «Gyrenbad» bekommen, das Eckzimmer mit Morgensonne und mit Blick über das Tal. Elise Manz, die alte Wirtin, hatte sich gefreut, als er vor ein paar Wochen angerufen und bei ihr gebucht hatte. Sie würde ihm auch dieses Jahr wieder jeden Wunsch von den Lippen ablesen.

Beim Erwachen hörte er durch das offene Fenster Stimmen, leises Geklapper von Geschirr und das Knirschen von Kies. Das Frühstück wird unten im Garten aufgetragen, dachte er.

Bald sass er an einem der dunkelgrünen Gartentische, vor sich einen Teller mit zwei Spiegeleiern und zwei Stück Käse. Mit dem dunklen Brot aus dem Holzofen tunkte er das Eigelb auf.

Auch während seiner Ferien verschaffte er sich einen Überblick über die Newslage. Neben dem Teller lag sein iPad, doch in der Morgensonne kam er damit nicht weit. Er stand auf, ging an den von niedrigen Buchshecken eingefassten Blumenbeeten vorbei in die Gaststube und steuerte auf Elise Manz zu, die hinter der Theke arbeitete.

«Sind die Zeitungen von heute schon da?», fragte er.

«Meine Tochter kommt jeden Moment mit der Post aus dem Dorf.»

«Und gerne noch einen Kaffee.»

«Mit Milch?», fragte sie.

«Wie immer, zum Frühstück. Und wenn möglich einen Kaffee aus der Maschine. Filterkaffee bekomme ich in Schweden zur Genüge.» Er schaute zu, wie sie sich an der Kaffeemaschine zu schaffen machte. «Noch immer Frühschicht?», wollte er wissen.

«Solange ich aufstehen mag, will ich etwas zu tun haben», sagte sie. «Seit die Jungen den Betrieb übernommen haben, helfe ich gäng no chli.» Auch nach mehr als sechzig Jahren im Zürcher Oberland sprach sie noch immer ein breites Berndeutsch. Als junge Frau war sie aus dem Berner Oberland ins Tösstal gekommen, wie Mattmann bei seinem letzten Aufenthalt erfahren hatte. Sie habe auf einem Bauernhof gearbeitet und auf einer Tanzveranstaltung den Badewirt kennengelernt. Seitdem habe sie Tag und Nacht im «Gyrenbad» verbracht.

Sie nahm ein Tablett, stellte darauf die Tasse mit dem Kaffee und die warme Milch in einem silbernen Kännchen, damit sie nicht kalt würde, da kam ihre Tochter mit dem «Tössthaler» und dem «Zürcher Oberländer».

«Druckfrisch», sagte Elise Manz und bedeutete Mattmann, die Zeitungen mitzunehmen. Das Tablett in beiden Händen, ging sie mit kleinen Schritten voraus in den Garten. Am Tisch schenkte sie ihm ein und wandte sich zum Nebentisch.

Nach einer Weile kehrte sie zurück und deutete auf die offene Zeitung. «Interessante Neuigkeiten?»

«Immer», sagte Mattmann.

«Steht auch etwas Neues über den Tod von Lina Brunner drin?»

«Lina Brunner?»

«Die Frau vom Chalet.» Elise Manz hielt sich mit beiden Händen am Tisch fest. «Es ist einfach furchtbar.»

«Was ist geschehen?»

«Den alten Brunner haben sie ...», sagte sie und fuhr stockend fort, «... festgenommen. Er wird verdächtigt ...» Sie schüttelte den Kopf. «Armer Alois, armer Alois», wiederholte sie und ging vom Tisch. Nach wenigen Schritten drehte sie sich nochmals um. «Heute Nachmittag ist die Beerdigung.»

Mattmann fand im «Tössthaler» die Medienmitteilung des Polizeisprechers, eine einspaltige, umständlich formulierte Notiz zum Stand der Ermittlungen: «Dem Antrag der Staatsanwaltschaft auf Verlängerung der Untersuchungshaft für Alois Brunner wurde entsprochen sowie das Ansuchen des Beschuldigten, an der Beerdigung seiner Frau teilnehmen zu können, bewilligt.» Mattmann hielt inne. Er musste Elise Manz an die Beerdigung begleiten. Er wollte Brunner sehen.

Karin Manz anerbot sich, ihre Mutter und Mattmann am Nachmittag zur Kirche zu fahren. An der Abdankung teilnehmen konnte die junge Wirtin nicht, sie musste das Leidmahl vorbereiten, das im «Gyrenbad» stattfinden sollte.

Mattmann nahm hinten im Auto Platz. Steil führte die Strasse durch den Wald hinunter nach Turbenthal. Karin Manz kannte jede Kurve und bremste selten. Mattmann dachte an Brunner. Vor einem Jahr hatte er einen Blick in dessen Werkstattschuppen geworfen. Der alte Mann sammelte alles, was er glaubte, einmal brauchen zu können. In halbierten Milchverpackungen bewahrte er verrostete Schrauben und Nägel auf. Abgebrochene Messerklingen hingen zwischen Stechbeiteln und Hämmern an der Wand.

Karin und Elise Manz waren in ein Gespräch vertieft, von dem Mattmann auf dem Rücksitz nur wenig mitbekam. Als er das Wort «Polizei» aufschnappte, spitzte er die Ohren.

«Vielleicht hätte ich auch zur Polizei gehen sollen», sagte Karin Manz.

«Wie kommst du darauf?», fragte ihre Mutter. «Hast du genug vom Wirten?»

«Jeden Abend bis Mitternacht in der Gaststube. Das ist doch kein Leben.»

«Sei froh, dass es so gut läuft. Unsere Küche hat einen guten Ruf bei den Einheimischen und bei den Städtern. Dank jahrelanger harter Arbeit.»

«Das hatte seinen Preis. Wir Kinder sind in der Gaststube aufgewachsen.»

«So hast du das Wirten von Kindsbeinen an mitbekommen. Spielst du wirklich mit dem Gedanken, das alles aufzugeben?»

Karin Manz konzentrierte sich auf die Strasse.

«Es kann doch nicht dein Ernst sein, zur Polizei zu gehen, um dich Tag und Nacht mit Verbrechern herumzuschlagen?», fragte Elise Manz.

«Interessant wäre das bestimmt. Rahel Reinhart macht das, ich kenne sie, die Kommissarin, die im Fall Brunner ermittelt.»

«Von der man in der Zeitung liest?»

«Genau.»

Mattmann beugte sich nach vorne und fragte: «Rahel Reinhart, die in Weisslingen aufgewachsen ist?»

«Ja», antwortete Karin Manz.

Würde er Rahel erkennen, fragte sich Mattmann, wenn sie plötzlich vor ihm stünde?

Karin Manz bog vor der Kirche auf den Parkplatz ein. Als Mattmann aussteigen wollte, gab ihm Elise Manz ein Zeichen, sitzen zu bleiben. Sie beobachtete, wie ein Auto nach dem anderen auf dem grossen Kiesplatz parkierte. «Nach all dem, was in der Zeitung gestanden ist, gibt das eine volle Kirche», bemerkte sie zu ihrer Tochter. «Es war richtig, den grossen, langen Tisch im Saal zu decken.» Dann öffnete sie die Wagentüre.

Mattmann gab Elise Manz seinen Arm, langsam und gebeugt ging sie an seiner Seite über die Strasse und über den gepflästerten Vorplatz zur Kirche. Die Glocken übertönten alles, dass sie nicht miteinander sprechen konnten. Sie waren noch zu früh und warteten in der Nähe des Eingangs. Der Platz füllte sich mit der Trauergemeinde, und langsam wurde das Geläute leiser. Da fühlte Mattmann einen Ruck an seinem Arm, und Elise Manz sagte mit lauter Stimme: «Da kommt Brunner.» Sie zeigte auf den alten Mann, eng begleitet von einem Mann und einer Frau.

«Seine beiden Kinder?», fragte Mattmann, doch sie konnte ihn nicht verstehen.

Nun erkannte er Rahel. Sie hatte ihre Haare streng nach hinten gekämmt und zu einem Rossschwanz zusammengebunden. Früher hatte sie das dunkelbraune Haar immer offen getragen. Rahel und der Polizist schoben Brunner leicht vor sich her und verschwanden durch das Kirchenportal. Mattmann und Elise Manz reihten sich in die Schlange der Trauergäste ein. Als sie in die Kirche traten, waren die hintersten Bänke bereits besetzt. Sie setzten sich in eine der mittleren Reihen, an den Rand, sodass sie gut nach vorne sehen konnten. Elise Manz streckte ihren Hals, um einen Blick auf die erste Bank werfen zu können. Dort sass Brunner, neben ihm nun eine andere Frau.

«Das ist seine Tochter, die Susanne», sagte Elise Manz hinter vorgehaltener Hand zu Mattmann. «Sie war es, die ihre Mutter hinter dem Chalet gefunden hat.»

Keine Kränze, keine Bänder mit Abschiedsgrüssen in goldenen Lettern. Verloren brannte eine grosse weisse Kerze im Chor. Der Pfarrer verlas einen kurzen Lebenslauf von Lina Brunner, ohne ein Wort zu ihrem Tod zu sagen, dann setzte er zur Predigt an.

Mattmanns Augen wanderten abwesend über die weiss getünchten Kirchenwände. Er suchte nach dem ersten Satz für den Artikel über das Aussterben des Aals, den er der Redaktion schon versprochen hatte. War der richtige Einstieg gefunden, konnte er den Text jeweils in einem Zug schreiben. Doch wo sollte er beginnen? Vielleicht bei der Wanderung der Aallarven von der Sargassosee bis in die Flüsse und Seen Skandinaviens. Oder wie sie sich dann Jahre, ja Jahrzehnte vollfrassen und kaum bewegten, bis sie plötzlich aufbrachen und die Tausende von Kilometern lange Rückreise antraten. Um seine Ferien geniessen zu können, musste er den versprochenen Beitrag möglichst noch heute Abend schreiben. Als das Schlussspiel der Orgel einsetzte, hatte Mattmann die ersten Sätze plötzlich klar vor Augen: «Der Aal ist einer der geheimnisvollsten Fische. Wie alt können sie werden? Warum lassen sie sich nicht züchten? Wie finden sie zurück in die Sargassosee, wo sie laichen und sterben?»

«Gehen wir noch mit ans Grab?», fragte Elise Manz und wischte sich ein paar Tränen ab.

«Von mir aus», sagte er. Da tippte ihm jemand auf die Schultern und flüsterte, die Urne sei im kleinsten Familienkreis bereits beigesetzt worden.

Auch gut, dachte Mattmann und erklärte es Elise Manz.

«Ich wäre gerne dabei gewesen», sagte sie. «Die Predigt hätte ich mir sparen können.»

«Und nun?»

«Zurück ins ‹Gyrenbad›. Brunners Tochter hat alle zum Leidmahl eingeladen.»

Als Mattmann in den Saal trat, standen schon einige Gäste um den langen, weiss gedeckten Tisch. Sein Blick fiel aufs Buffet: Platten mit geräuchertem Fleisch und verschiedenen Sorten Käse. Grosse Brote mit dunkler Kruste und Schüsseln mit gemischtem Salat. Die Sonne funkelte in den geschliffenen Glasstücken des Kronleuchters, an der einen Wand hing ein düsteres Ölgemälde mit einem Ozeandampfer in rauer See.

Als das «Gyrenbad» noch ein Kurbad war, speisten in diesem Saal die Kurgäste, nun waren es Hochzeitsgesellschaften und Trauergemeinden. Mattmann schaute sich um. Plötzlich stand Rahel vor ihm. Sie lächelte, und er lächelte zurück. Noch immer war sie eine schöne Frau, dachte er.

«Lange her», sagte sie.

«Ich habe dich vor der Kirche sofort erkannt.»

Rahel neigte leicht den Kopf. «Was machst du hier?», fragte sie.

«Ich habe Elise Manz begleitet.»

«Bist du mit ihr verwandt? Oder mit der Toten?»

«Weder noch.» Mattmann suchte nach einer Erklärung. Doch er wusste selbst nicht, warum er am ersten Tag seiner Ferien an einer Abdankung teilnahm, ohne Angehöriger zu sein. Er lächelte verlegen und wechselte das Thema. «Ich habe mir hier ein Zimmer genommen. Ich liebe alte Badehotels.»

«Das Schwelgen in alten Zeiten war schon immer dein Ding», bemerkte Rahel, «das machen Historiker doch so.»

«Ich bin Journalist geworden.»

«Genau! Du hast auf dieser bürgerlichen Zeitung gearbeitet, wo sie alle Krawatten tragen.»

«Da arbeite ich immer noch. Als Korrespondent auf einem Aussenposten.»

«Wo?»

«In Stockholm. Seit sieben Jahren.»

«Kalt und dunkel stelle ich mir das vor.»

«Nicht im Sommer», sagte Mattmann. Hatte man sich seit Jahren nicht mehr gesehen, wusste man nicht, wo beginnen. Die Leere, die sich in der Zwischenzeit ausgedehnt hatte, galt es irgendwie zu überbrücken. «Ich habe gehört, dass du jetzt bei der Kripo bist», sagte er.

«Genau.»

«Das hat mich erstaunt.»

«Warum?»

«Die Polizei gehörte einst zu deinen Feindbildern.»

«Die Zeiten ändern sich …»

«… und wir uns mit ihnen», ergänzte er.

Sie lächelte angestrengt. Trotzdem verzauberten ihn die Grübchen in ihren Mundwinkeln, die er so geliebt hatte. Er wollte sie zum Lachen bringen und fragte etwas ungeschickt: «Gehen Kriminalpolizistinnen immer auf die Beerdigungen der Opfer?»

«Ich habe Brunner begleitet», sagte sie ernst.

«Wo ist er jetzt?»

«Auf dem Weg zurück ins Gefängnis.»

«Und du ermittelst am Leichenmahl?»

«Nein.»

Bevor er Rahel noch etwas fragen konnte, drehte sie sich um und liess ihn stehen. Wie damals. In ihren Wintermantel gehüllt, war sie einfach gegangen.

3

Auf dem EuroAirport Basel Mulhouse Freiburg schaute David Brunner auf die Uhr. Er war nicht für das Trauern in Gesellschaft gemacht, lieber nahm er alleine von seiner Mutter Abschied. An ihr Grab wollte er ein andermal gehen.

Noch eine Stunde dauerte seine Schicht in der Abflughalle. Er arbeitete am Rollband, wo das Handgepäck der Passagiere kontrolliert wurde. Innert Bruchteilen von Sekunden musste er am Bildschirm Taschenmesser, Nagelscheren und andere spitze Gegenstände erkennen, ebenso Flüssigkeiten, die nur in kleinsten Mengen im Handgepäck mitgeführt werden durften. Er konzentrierte sich, das half ihm, alles Private zu vergessen.

Am schwierigsten war es, Sprengstoff am Bildschirm zu erkennen. Einmal war ihm ein Paar Herrenschuhe mit dicken Sohlen verdächtig vorgekommen. Drogen, hatte er zuerst vermutet, doch als die Polizei die Schuhe aufgeschlitzt hatte, kam eine gelatineartige Masse zum Vorschein. Hätte der Wahnsinnige damit ein Flugzeug in die Luft sprengen können? Die Analyse kam zu keinem eindeutigen Schluss. Doch David war noch immer stolz, dass dank seiner Aufmerksamkeit ein potenzieller Selbstmordattentäter verhaftet werden konnte. Zündschnüre, Schwarzpulver und Sprengkapseln interessierten ihn seit seiner Kindheit. Und über Selbstmörder las er alles, was er finden konnte. Dabei versuchte er sich vorzustellen, wie diese die letzten Momente ihres Lebens erleben würden.

Nach Dienstschluss zog David in der Garderobe seine Uniform aus und verstaute sie im Spind. Er streifte den Kapuzenpulli über den Kopf und schlüpfte in die etwas zu gross geschnittenen Jeans. Unschlüssig blieb er stehen. In die Stadt mochte er nicht fahren und auch nicht nach Hause. Das Mobiltelefon vibrierte in seiner Hosentasche. Eine SMS seiner Schwester. «Warum bist du nicht an die Beerdigung gekommen?», fragte sie.

Er klickte die Mitteilung weg und verliess die Garderobe. Er brauchte dringend eine Zigarette. Vor dem Haupteingang des Flughafens setzte er sich auf eine Bank und rauchte. Ein Taxi fuhr vor, und er beobachtete, wie ein junges Ehepaar mit zwei kleinen Kindern ausstieg. Der Chauffeur half beim Ausladen der Koffer. Die Frau sah sich nach einem Gepäckwagen um und streifte seinen Blick. Er hätte gewusst, wo sie standen, doch er reagierte nicht. Er war froh, dass er keine Familie hatte und sich nach der Arbeit um nichts kümmern musste. Es ist einfacher so, sagte er sich.

Am Flughafen kaufte er jeweils eine Mahlzeit zum Mitnehmen, Bier hatte er zu Hause immer im Kühlschrank. Doch heute mochte er nicht in seiner Wohnung alleine vor dem Fernseher essen. Er stand auf, warf den Zigarettenstummel weg und ging zurück in die grosse Halle. Auf der Rolltreppe fuhr er hinauf zur «Bye Bye Bar». Er konnte sich nicht entscheiden, was er bestellen wollte, bis ihm der Kellner einen Apfelkuchen empfahl. Die Äpfel waren jedoch ohne Geschmack und der Teigboden nicht mehr knusprig. Er nahm einen Bissen, dann schob er den Teller weg. Den besten Apfelkuchen hatte seine Mutter gemacht.

Als er an sie dachte, hörte er, wie sie ihn leise rief: «David!» Er schaute sich um. «David, hilf mir!», hörte er sie. Er schreckte auf. Eine alte Frau stand verloren beim Aufzug. Sie stützte sich auf ihren Stock und schaute zu ihm. David beobachtete, wie ein junger Mann auftauchte und ihr den Arm anbot. Als sich die Lifttüren öffneten, verschwanden sie. «Meine Mutter ist tot», sagte er trotzig und stellte sich im nächsten Moment vor, dass sie ihm vom Himmel aus zusah. Er ärgerte sich über seine kindliche Vorstellung.

Durch die grossen Fenster schaute er den startenden und landenden Maschinen zu. Vor zwei Monaten war er aus Kanada zurückgekehrt. Er war an der Westküste gewesen, im Regenwald. Nicht im tropischen, sondern im gemässigten Regenwald. Dabei war er mit einem Schlag in seine Vergangenheit zurückgeworfen worden.

4

«Ihre Frau hat aus Schweden angerufen», sagte Elise Manz, als Mattmann den Zimmerschlüssel verlangte. «Sie liess ausrichten, sie sei bis acht Uhr im Spital erreichbar.»

«Danke», sagte Mattmann und ging auf sein Zimmer. Gina rief ihn während seiner Reisen nur an, wenn es wirklich wichtig war, ansonsten verkehrten sie per Mail oder SMS. Im Zimmer wählte er ihre Nummer im Astrid Lindgrens barnsjukhus, wo sie als Kinderärztin arbeitete. Eine Sekretärin nahm den Anruf entgegen und verband ihn nach einer kurzen Wartezeit.

«Was ist los?», fragte er.

«Wegen einer Sommergrippe sind hier am Spital mehrere Ärzte ausgefallen. Ich kann nicht weg.»

«Ihr habt einfach zu wenig Personal.»

«Schimpf nicht wieder über das schwedische Gesundheitssystem.»

«Staatsmedizin. Hoffnungslos», sagte er.

«Das kannst du in deiner konservativen Zeitung schreiben. Aber lass mich damit bitte in Ruhe.»

«Und du lässt mich hier allein sitzen.»

«Sei ehrlich, das kommt dir doch ganz gelegen. Ein paar Tage nur für dich in deiner alten Heimat. Du kannst ein paar Kontakte pflegen. Oder was weiss ich.»

Er antwortete nicht.

«Come stai, Koma?», fragte sie.

Er liebte es, wenn sie ihn Koma nannte, mit einem italienisch angehauchten «K».

«Amore, tutto bene?», fragte Gina nach.

«Alles bestens.»

«Warst du schon auf der Redaktion?»

«Noch nicht.»

«Und bei deiner Mutter?»

«Auch noch nicht.»

Beide schwiegen einen Moment.

«Wann kommst du nach?», fragte er.

«Ich melde mich, sobald der Einsatzplan klar ist. Bis bald! Ciao.»

Konrad Mattmann blieb sitzen und dachte nach. Sie führten beide ihr eigenes Leben, Gina als Ärztin, rund um die Uhr im Spital, er als Journalist, immer unterwegs. Es war ein Wunder, dass sie nach all den Jahren noch zusammen waren. Er erinnerte sich, wie sie sich in einem Café in Berlin getroffen hatten. Beide waren neu in der Stadt, sie arbeitete als Assistentin in der Kinderklinik an der Charité, er als Auslandkorrespondent, der über Deutschland berichtete. Dass er seine Artikel mit der Abkürzung «Koma» zeichnete, hatte sie amüsiert. Anfangs ärgerte er sich, wenn sie ihn mit seinem Kürzel neckte.

Mit der Zeit wurde «Koma» zu seinem Kosenamen. Gina schaute ihm gerne über die Schultern, wenn er seine Artikel tippte. Dann drehte er den Kopf und hörte auf mit Schreiben. «Mach nur weiter», sagte sie und strich ihm durch die Locken. Anfangs hatte er Mühe, sich dann noch auf seine Arbeit zu konzentrieren. Je länger, je mehr liebte er es beim Schreiben, wenn sie im selben Raum war und er ihr den einen oder anderen seiner Sätze laut vorlesen konnte oder nur ein Wort, bei dem er unsicher war, ob es so stimmte. Obwohl Deutsch nicht Ginas Muttersprache war, hatte sie ein gutes Gefühl für diese Sprache. Als Ärztin hatte sie gelernt, gut zuzuhören, auch auf das, was die Patienten ihr nicht erzählten oder nur zwischen den Zeilen versuchten anzutönen.

Seit mehr als sieben Jahren lebten sie nun in Stockholm, von wo aus er über alle skandinavischen Länder berichtete. Sein Korrespondentenposten war jedoch alles andere als gesichert. Er war sechzig Jahre alt geworden, ob er seinen Job mit all seinen Freiheiten bis zur Pensionierung behalten konnte, stand in den Sternen. Zurück auf die Redaktion nach Zürich wollte er auf keinen Fall.

Er stand auf, schloss das Zimmer ab und ging langsam die Treppe hinunter. Im ersten Stock angekommen, ging er den Korridor entlang und blieb vor der offenen Türe des Damensalons stehen. Die Wände waren mit einer dunkelroten Stofftapete bezogen, schwere braune Vorhänge hingen links und rechts der Fenster, auf dem Salontisch standen benutzte Teetassen und ein Teller mit übrigem Teegebäck.

Er trat ein und schnappte sich eines, dann schaute er sich um. Der Schrank mit den Glastüren war voll von alten Büchern. Mattmann liess die Augen über die Buchrücken schweifen, den Kopf leicht seitwärts gesenkt, damit er die Titel und Namen der Autoren besser lesen konnte. Beim «Begleiter auf der Reise durch die Schweiz» stoppte er. Er öffnete den Schrank und nahm das Buch zur Hand. Es war ein alphabetisch geordnetes Verzeichnis aller Gasthöfe der Schweiz, erschienen 1840. Die Seiten waren vergilbt, einige waren von Stockflecken befallen. Die Gasthöfe wurden mit ihren Annehmlichkeiten beschrieben, die einen ausführlich und mit einem Stich illustriert, die anderen nur kurz. Die Abbildung des «Gyrenbads» zeigte das alte Gasthaus mit grossem Giebeldach und zwei Anbauten, dem moderneren Gästetrakt mit einer grossen Terrasse. Äusserlich hatte sich die letzten hundertsiebzig Jahre kaum etwas verändert, stellte er fest. Zum damaligen Badebetrieb las er: «Im neuen Bau befinden sich im Erdgeschoss und zweiten Stock zwei Badesäle, wovon einer eine geschlossene Abteilung hat. Im dritten Stock sind sehr schöne, gut möblierte Wohnzimmer mit herrlicher Aussicht gelegen.» Er schreckte auf, als Elisa Manz mit einem leeren Tablett eintrat, um das Teegeschirr abzuräumen. Sie bemerkte das Buch in seiner Hand.

«Der Leuthy hat das schön beschrieben in seinem Reiseführer», sagte sie.

«Das ‹Gyrenbad› scheint eines der ältesten und bekanntesten Badehotels zu sein.»

«Ach», sie winkte ab, «es war immer nur ein Kaltwasserbad. Von warmem Thermalwasser keine Spur. Von dieser Art Bädli gab es damals in der Schweiz Hunderte.» Sie wischte mit der Hand ein paar Krümel vom Salontisch, dann nahm sie das Tablett auf und fragte: «Nehmen Sie Tee? Kaffee? Oder lieber ein Glas Wein?»

«Etwas Roten, gerne einen Merlot aus dem Tessin, wenn Sie so einen hätten.»

«Ich habe einen guten Tropfen für Sie. Er geht aufs Haus. Als Dank, dass Sie mich heute an die Abdankung begleitet haben.»

«Stand Ihnen Lina Brunner nahe?», fragte er.

«Die letzte Zeit habe ich sie selten gesehen. Aber ihr Mann kam manchmal abends etwas trinken. Allein.»

«War seine Frau sehr krank?»

«Er hat nie etwas erzählt. Er ist so ein verschlossener Mensch.»

Als sie mit dem Merlot zurückkam, sass Mattmann auf dem Sofa und bat sie, ihm mehr über die Geschichte des «Gyrenbads» zu erzählen.

«Vornehm ging es bei uns nie zu und her», begann sie und hielt sich an einer Stuhllehne fest. «Anders als in den grossen Thermalbädern von Baden oder Bad Ragaz. Zehn Zimmer hatten wir, mehr nicht. Zu uns kam die Frau des Metzgers. Oder der Herr Pfarrer.»

«Wurde da mehr als gebadet?»

«Das kann man sagen! Das war wie eine Insel in den prüden protestantischen Landen.» Sie lächelte und steckte ihre Hände in die Schürzentasche. «Ich möchte nicht wissen, wie viele uneheliche Kinder in unseren Gästezimmern gezeugt worden sind.» Sie ging zum Bücherschrank, bückte sich mühsam und suchte einen Band auf dem untersten Gestell, bis sie das in Leder eingebundene Gästebuch fand. Sie setzte sich damit auf das Canapé neben Mattmann und fuhr mit dem Finger Zeile um Zeile über die Seiten, bis sie bei einem Namen stehen blieb. «Graf von Eichenberg. Das war unser berühmtester Gast. Er lud alle Kinder des Dorfes an seinem Geburtstag zu einem Imbiss ein. Und machte sich am Ende seines Aufenthaltes aus dem Staub, ohne die Rechnung zu bezahlen.»

«Ein falscher Graf?»

«Ein Hochstapler. Aber als Journalist sind Sie an anderen Geschichten interessiert.»

«Hotelgeschichten interessieren mich immer. Und wo ist die Blüte der Hotelkultur schöner erhalten als in Ihrem Gasthof?»

«Sie Schmeichler», sagte Elise Manz und stand auf. Sie bemerkte, dass er keinen Wein mehr hatte. «Noch einen Zweier? Und vielleicht etwas Käse und Rauchwurst dazu?», fragte sie. «Es hat noch viel übrig vom Leidmahl.»

«Eigentlich bin ich satt, aber etwas Süsses nähme ich gerne, Sie wissen, was ich mag. Und dazu einen Kaffee.»

Die alte Wirtin kam mit einem Stück Apfeltorte und dem Kaffee zurück, dazu brachte sie ein Gläschen Kirsch. Sie setzte sich neben Mattmann, der sich ein grosses Stück auf die Kuchengabel lud, und schaute ihm zu, wie er ass. Dann sagte sie: «Am meisten tut mir David leid.»

«David?»

«Brunners Sohn. Ich kenne ihn schon seit Kindsbeinen. Ein verschupfter Bub.»

«Was war mit ihm?»

«Sein Vater war so streng mit ihm. David konnte es ihm nie recht machen. Wenn ich nur wüsste, wie ich ihm helfen könnte.»

5

Susanne Brunner hatte sich schon oft über ihren jüngeren Bruder geärgert. Nie nahm er das Telefon ab, wenn sie versuchte, ihn anzurufen. Erstaunt stellte sie fest, dass er sich diesmal bereits nach dem ersten Signal meldete, wenn auch nicht gerade freundlich.

«Was willst du?», fragte David.

Sie wollte vermeiden, dass der Faden zwischen ihnen gleich wieder abriss, daher atmete sie einmal tief durch. «Ich möchte dir von der Beerdigung erzählen», sagte sie und ertappte sich, wie sie auch diesmal auf ein kleines Wunder hoffte: dass es wieder so wäre wie früher, als sie ihren jüngeren Bruder beschützen konnte. Seit sie beide von zu Hause ausgezogen waren, sahen sie sich kaum mehr. Er meldete sich nie.

«Die Beerdigung interessiert mich keinen Deut. Mit den Pfaffen habe ich nichts am Hut.»

Susanne Brunner nahm einen zweiten Anlauf. «Viele haben nach dir gefragt.»

«Wer?»

«Vater.»

«Und? Was wollte er wissen?»

«Was du machst.»

«Er hat sich noch nie für mich interessiert.»

«Wir haben uns heute nach der Abdankung kurz unterhalten. Er wollte wissen, wie es dir bei der Arbeit geht.»

«Von meiner Arbeit hat er nie etwas gehalten.»

Susanne Brunner schwieg. Nach einer Weile sagte sie sanft: «Er ist milder geworden.»

«Mild.» Er lachte. «Und unschuldig wie ein Lamm!»

«Sie müssen ihn freilassen. Wahrscheinlich schon heute.»

«Seine Weste ist nicht so weiss, wie du immer behauptest.»

«Was weisst du? Sag es mir, bitte.»

«Bitte, bitte», spottete David.

«Wir sollten zusammenhalten, nach dem Tod unserer Mutter.»

«Dass ich nicht lache.»

«Das ist nicht zum Lachen», sagte Susanne Brunner. Nun wurde auch sie bestimmter. «Vater hat mir erzählt, dass du kurz vor ihrem Tod im Chalet warst. Das habe ich nicht gewusst.»

«Wann hätte ich dir davon berichten sollen? Es gab ja nur noch die Beerdigung für dich.»

«David, was wolltest du im Chalet?»

Er legte auf, ohne sich zu verabschieden.

Verwirrt blieb Susanne sitzen, den Hörer in der Hand.

6

Nach dem Frühstück hatte Mattmann endlich Zeit für sein Sportcoupé, einen Volvo, Baujahr 1972. Er hatte das Auto von seinem Grossvater geerbt und brachte es nicht übers Herz, es zu verkaufen. Für den Alltag in Schweden war es nicht geeignet, daher hatte er es in einer Garage des «Gyrenbads» abgestellt und fuhr es nur während seines Heimaturlaubs. An der Rezeption holte er bei Elise Manz die Autoschlüssel.

«Alte Liebe rostet nicht», bemerkte sie und zwinkerte ihm zu.

Mattmann fuhr mit dem Daumen über das verblichene Volvo-Logo auf dem Schlüsselanhänger und ging hinaus zu den Garagen. Das Schloss des Tors klemmte, doch schliesslich konnte er es öffnen und stand vor seinem Auto, das mit einer grauen Hülle geschützt war. Als er sie vorsichtig wegzog, kam sein weisser Volvo zum Vorschein. Eine Schönheit. Er liebte die eleganten Linien, die schwarzen Ledersitze, etwas brüchig geworden von all den Jahren; alles erinnerte ihn an seinen Grossvater, der bis ins hohe Alter mit dem sportlichen Zweisitzer unterwegs war. Sonntags durfte er als kleiner Junge mit und sass stolz auf dem Beifahrersitz.

Oft waren sie zusammen durchs Zürcher Oberland gefahren. Und einmal sogar bis nach Genf, kam ihm in den Sinn. Das letzte Stück auf der Autobahn. Sein Grossvater hatte das Gaspedal durchgedrückt, und der Zeiger des Tachometers zitterte zwischen hundertachtzig und zweihundert. Erst viel später las er, dass anlässlich der Landesausstellung 1964 der erste Abschnitt der Autobahn N1 zwischen Lausanne und Genf eröffnet worden war. Er und sein Grossvater waren dabei. An den Besuch der Expo konnte er sich nicht mehr erinnern, nur ein Foto im Album seiner Mutter zeigte ihn als kleinen Jungen vor einem U-Boot.

Mattmann ging um den Wagen, öffnete die Motorhaube,

schloss die Batterie an und kontrollierte den Stand des Motorenöls und des Kühlwassers. Dann setzte er sich hinters Steuer und drehte den Zündschlüssel. Der Motor hustete und wollte nicht starten. Noch einmal versuchte es Mattmann. Beim dritten Mal gab er Vollgas, der Motor heulte auf und startete. Er wartete und hörte auf das Brummen, das ihm seit Kindsbeinen vertraut war. Vorsichtig fuhr er rückwärts aus der Garage. Er war kein Autonarr, aber während seines Heimaturlaubs genoss er die Ausfahrten und die bewundernden Blicke, wenn er mit seinem Coupé auftauchte.

Er fuhr hinunter ins Tal, dann auf der Hauptstrasse durchs Tösstal Richtung Bauma. In Steg bog er links ab und nahm die engen Kurven der Passstrasse über die Hulftegg in Angriff. Es war ein strahlender Junitag. Auf der Passhöhe stieg er aus, vor ihm lag das Toggenburg und das Massiv des Säntis, das mitten in den Voralpen lag. Ein Bild wie auf einer Postkarte. Doch etwas trübte seine Stimmung. Er war ausgewandert, hatte als Auslandkorrespondent mehr als drei Jahrzehnte in verschiedenen Ländern gelebt und konnte sich nicht vorstellen, je wieder in die Schweiz zurückzukehren. Nach drei Wochen Heimaturlaub war er immer froh, wieder aufbrechen zu können.

Zum Einkehren im Gasthof Hulftegg war es noch zu früh, daher fuhr er hinunter bis zum Kloster Fischingen, dann durch Dussnang und Bichelsee, bis er zum gleichnamigen See kam.

Der Parkplatz des Strandbades war bis auf wenige Autos leer. Die Kinder waren alle noch in der Schule, nur ein paar Rentner hatten am Vormittag Zeit zum Schwimmen in diesem kleinen, zauberhaften See. Mattmann hörte das Brummen eines Rasenmähers und schaute zur Liegewiese, wo er den Bademeister entdeckte. Er setzte sich ans Ende des Tisches vor dem Kiosk und schaute über die spiegelblanke Fläche des Wassers.

Warum war Brunner verhaftet worden? Beim Leidmahl hatten sich die Zungen nach ein paar Gläsern Wein gelöst, und es war wild darüber spekuliert worden, was sich im Chalet zugetragen haben könnte. Die einen waren der Ansicht, dass

Brunner alles zuzutrauen sei, während die andern meinten, er könne keinem ein Haar krümmen. «Warum schweigt er denn, wenn seine Frau einfach hingefallen ist?», hatte jemand gefragt. «Man muss die Untersuchung der Polizei abwarten», wurde entgegnet. «Die haben doch keine Ahnung», sagte ein Dritter. Der Rasenmäher verstummte, und es wurde ganz still. Mattmann schaute sich um. Plötzlich stand der Bademeister vor ihm, seine langen Haare hatte er zu einem Pferdeschwanz zusammengebunden.

«Kaffee?», fragte er.

«Gerne», sagte Mattmann. «Und ein Sandwich.»

Nach einer Weile kam der Bademeister mit zwei Pappbechern und zwei grossen Schinkenbroten zurück. Er setzte sich Mattmann gegenüber. «Rolf», sagte er, «aber alle nennen mich Rolli.» Beide assen und tranken kleine Schlucke von dem heissen Kaffee.

«Schönes Auto», sagte Rolli kauend, «sieht man selten.» Er deutete auf den Parkplatz, wo nur Mattmanns Coupé stand.

«Ein P 1800 ES. Er wurde nur während dreier Jahre produziert.»

«Ich weiss. ‹Schneewittchensarg› nannten wir Volvo-Freaks dieses Modell.» Rolli lachte. «Mit den verglasten langen Seitenfenstern und der rahmenlosen gläsernen Heckklappe.»

«Makaber! Aber nicht ganz aus der Luft gegriffen.»

Der Bademeister verschlang den letzten Bissen seines Brotes.

«Ein Hatchback», begann Mattmann zu fachsimpeln und erklärte, dass dieses dreitürige Modell für den amerikanischen Markt gebaut worden war. Für Kunden, die einen kleinen Sportwagen suchten, in dem ihre Golfausrüstung Platz hätte.

Rolli knüllte seinen leeren Kaffeebecher zusammen, zielte damit auf den grossen Abfalleimer – und traf. «Die Rechnung bei Volvo ging offenbar nicht auf. Das weiss doch jeder, dass die Amis auf grosse Schlitten stehen. Mit diesem schlichten Coupé liess sich nicht auftrumpfen.»

Mattmann überlegte. War es das Schlichte, das er an seinem Auto so liebte? Wie er auch das schnörkellose Moderne des skandinavischen Designs und die kargen Landschaften im Norden liebte.

«Schwimmst du noch über den See?»

«Ich habe keine Badehosen dabei.»

«Und?» Rolli grinste. «Am Nachmittag ist es hier pumpevoll. Nun hast du den See noch für dich allein. Und wer weiss, wie lange das schöne Wetter anhält. Es kann noch ein Gewitter geben.»

Nach dem Schwimmen machte sich Mattmann auf den Rückweg ins «Gyrenbad». Erste Wolken zogen auf. Bei der Waldlichtung bog er ab und stellte das Auto neben eine grosse Beige mit gespaltenem Holz. Die letzten hundert Meter zum Chalet ging er zu Fuss. Die Fensterläden im Erdgeschoss waren noch immer verschlossen. Vor der Haustüre stand Susanne Brunner mit zwei Einkaufstaschen. Er hatte sie erstmals an der Beerdigung ihrer Mutter gesehen, jedoch keine Gelegenheit gefunden, mit ihr zu sprechen.

«Mein Schlüssel geht nicht mehr. Da hat jemand das Schloss ausgewechselt», schimpfte Susanne Brunner, als sie ihn entdeckte. Sie trug Jeans und eine helle Bluse. Das blonde Haar hatte sie zu einem Knoten zusammengebunden und aufgesteckt.

«Ich kam gestern nicht dazu, Ihnen zu kondolieren», sagte Mattmann.

«Sie kannten meine Mutter?»

«Ich habe einmal mit ihr und mit Ihrem Vater gesprochen. Vor einem Jahr.»

«Mein Vater sagt nicht viel», entgegnete sie kurz.

«Wie geht es ihm?»

«Wenn ich das wüsste. Warum fragen Sie?»

Mattmann zögerte.

«Wenn Sie von der Zeitung sind, sage ich im Fall gar nichts.»

«Ich bin ganz privat hier. Ich –»

«Ich wollte nur den Kühlschrank auffüllen, damit mein Vater etwas zu essen hat, wenn er zurückkommt», entgegnete sie.

«Und nun kann ich nicht einmal ins Haus. Bitte entschuldigen Sie mich, ich muss dringend zurück ins Büro.» Sie trug die beiden Einkaufstaschen zurück in ihr Auto und fuhr davon.

Mattmann war jetzt allein auf dem Grundstück. Er schaute sich um und ging ums Chalet. Hinter dem Haus stand der kleine Schuppen, in dem sich Brunners Werkstatt befand. Auch diese Türe war verschlossen. Mattmann schaute durchs Fenster, doch drinnen war es zu dunkel, um etwas zu erkennen.

«Nichts berühren!», vernahm er eine bekannte Stimme hinter sich. Er drehte sich um und sah Rahel, beide Hände in den Taschen ihrer Sportjacke verborgen. Er hatte ihr Auto nicht kommen gehört.

«Was machst du hier?», fragte sie.

«Mich etwas umsehen.»

«Das Absperrband hast du offenbar übersehen.»

«Jemand vor mir hat es bereits gelöst.»

«Und da bist du einfach hineinspaziert.» Sie schaute ihn mit ihren schmalen, fast schlitzartigen Augen an. Die hohen Wangenknochen verstärkten ihren wilden Blick, der ihn schon vor mehr als dreissig Jahren wie ein Blitz getroffen hatte. Damals hatte sie gegen die Ausbeutung durch die westlichen Industrieländer gekämpft, die sich die Rohstoffe der ehemaligen Kolonien zu Spottpreisen sicherten. Ihre Leidenschaft war grenzenlos gewesen, ihre Bestimmtheit Teil ihrer Schönheit.

«Habt ihr eine heisse Spur?», fragte er, um seine Verwirrung zu verbergen.

«Du scheinst ja selbst auf Spurensuche zu sein», sagte sie, «aber das ist mein Fall.»

«Ich weiss. Ich wollte nur …»

«… ein paar Recherchen machen. Für eine Story. Ihr Journalisten seid immer am Schnüffeln.»

«Frau Kommissarin», versuchte er es in einem scherzhaften Ton, «bitte fassen Sie Ihre neusten Erkenntnisse kurz zusammen.»

Rahel fand das gar nicht lustig. «Dir darf und will ich nichts sagen.»

«Gestern Nachmittag beim Leidmahl», versuchte es Mattmann ernsthafter, «hatten wir keine Zeit, uns zu unterhalten.»

«Ich hatte noch zu tun.»

«Und heute?»

«Eigentlich auch.» Rahel zögerte kurz und fragte: «Hungrig?»

Mattmann wunderte sich. Gestern war sie ihm gegenüber so abweisend gewesen, und auch heute stellte sie ihn barsch zur Rede, als hätte sie ihn auf frischer Tat ertappt. Und nun wollte sie mit ihm essen gehen. Vielleicht war sie einfach überrumpelt, dass er nach all den Jahren plötzlich wieder aufgetaucht war. Oder sie hatte sich als Polizistin einen harten Umgangston zugelegt. Wahrscheinlich brauchte sie etwas Zeit, um aufzutauen. Ein Mittagessen könnte ein guter Anfang sein.

«Wir könnten ins ‹Gyrenbad› fahren», schlug Mattmann vor.

«Ich weiss etwas Besseres», sagte Rahel und ging zu ihrem Auto. Da sah sie den alten weissen Volvo am Wegrand stehen und fragte: «Bist du damit gekommen?»

Eine alte Liebe, wollte er antworten, besann sich dann aber eines Besseren und sagte nur: «Mein weisser Schwede.»

***

Rahel öffnete die Türe ihres grauen VW Golf. Mattmann setzte sich auf den Beifahrersitz, und sie fuhren hinunter ins Tal. Im Radio lief ABBAs alter Hit «Knowing Me, Knowing You». Rahel wusste nicht, ob sie den Sender wechseln sollte, ABBA war nicht ihr Stil. Aber noch weniger wollte sie sich in eine Diskussion über ihren Musikgeschmack verwickeln, und schon gar nicht darüber, was sie mochte und was nicht. War es eine gute Idee, so spontan mit Konrad mittagessen zu gehen?, fragte sie sich. Es war alles schon so lange her.

«Weisst du noch?», fragte er.

«Was?»

«Wie du von einem Tag auf den andern nicht mehr nach Afrika wolltest und zur Überzeugung gelangt warst, dass du in der Schweiz mehr ausrichten könntest. Dass man in der

Erziehung anfangen müsse. Weil Kinder noch einen Sinn für Gerechtigkeit haben. Und wie wir zwei …»

Sie wusste noch genau, wie es angefangen hatte. In der Hütte auf dem Panixerpass. Sie waren am Abend am selben Tisch gesessen, sie mit ihren beiden Freundinnen, er auch mit Freunden, aber an diese konnte sie sich nicht erinnern. Seine dunklen Locken gefielen ihr auf den ersten Blick. Müde vom steilen Aufstieg schlüpfte sie früh in ihren Schlafsack. Der Platz im Massenlager neben ihr war noch frei, nur ein Rucksack lag am Fussende der Schlafmatte. Mitten in der Nacht erwachte sie, als sie Stimmen hörte. Endlich kamen die Letzten, um sich schlafen zu legen. Sie suchte nach ihren Ohrstöpseln, als sie seine Stimme neben sich hörte. «Noch wach?», fragte er. Sie stellte sich schlafend. Er rollte seinen Schlafsack aus und kroch hinein. Hatte sie ihre Hand ausgestreckt oder er? Ihre Finger berührten sich. Verschränkten sich. Er streichelte ihren Daumen. Hand in Hand waren sie eingeschlafen.

Am Morgen sahen sie sich nur kurz beim kargen Frühstück. Während sie den Weg hinunter ins Bündner Vorderrheintal antrat, ging er mit seinen Freunden in die andere Richtung, hinunter nach Elm im Glarner Sernftal. Sie hatten keine Adressen ausgetauscht. Und keine Telefonnummern. Das war lange vor der Zeit der Mobiltelefone.

Im «Tea Room» am Stadelhofen sah sie ihn ein paar Wochen später. Sie hatte dort im Service gejobbt, er war an einem Vormittag mit seinen Arbeitskollegen zum Kaffeetrinken gekommen. Dann kam er jeden Vormittag – alleine. Sie hatte sich Hals über Kopf in ihn verliebt und er in sie. Schon bald waren sie ein Paar, ein ungleiches Paar. Während er eine Stelle in einer stockkonservativen Zeitung hatte, wollte sie nur etwas Geld verdienen, um durch Afrika zu reisen und sich nach einem Entwicklungsprojekt umzusehen, wo sie sich engagieren konnte, sei es bei den Kaffeebauern in Ujamaa oder in den Townships in Südafrika.

Er war so verliebt, dass er seine gut bezahlte Stelle bei der Zeitung an den Nagel gehängt hätte und ihr bis ins Herz von

Afrika gefolgt wäre. Wären ihr damals nicht Zweifel am Sinn der Entwicklungshilfe gekommen. Sie war dann Lehrerin geworden.

In Turbenthal bog sie ab auf die Hauptstrasse und gab Gas.

«Wie lange hast du Schule gegeben?», fragte er.

«Primarlehrerin war nicht mein Ding. Ich hatte keine Geduld mit den Kindern.»

«Wie bist du bei der Kriminalpolizei gelandet? Das ist ein weiter Weg von der Lehrerin zur Kommissarin.»

«Nicht gelandet. Die Arbeit hat mich schon immer interessiert.»

«Dein Vater war auch bei der Polizei. Irgendein hohes Tier. Ich erinnere mich schwach.»

«Abteilungsleiter. Bei der Verkehrspolizei.»

«Dir war das peinlich, als wir uns kennenlernten.»

«Stimmt.»

«Und dann bist du in seine Fussstapfen getreten.»

«Würde ich nicht so sagen. Nach zehn Jahren Polizeidienst habe ich mich als Ermittlerin beworben.»

«Die haben dich bestimmt mit Handkuss genommen.»

«Ich arbeite gerne bei ‹Leib und Leben›. In der Mordkommission.»

«Wow!»

«Das ist nicht so spektakulär, wie es tönt.»

«Du hast deine Berufung gefunden?»

«Ja.»

«Und privat? Auch glücklich?»

Rahel schwieg. Er ging ihr langsam auf die Nerven mit seiner Fragerei. «Wie geht es deiner Mutter?», fragte sie nach einer Weile, weil sie wusste, das war bei ihm der wunde Punkt.

Mattmann zögerte. «Ehrlich gesagt, ich weiss es nicht.»

«Hast du sie schon getroffen?»

«Noch nicht.»

«Sie war ganz nett, als wir noch zusammen waren. Und hat sich nie gross eingemischt.»

«Dir gegenüber war sie vielleicht zurückhaltend.» Mattmann

schaute aus dem Seitenfenster. «Bei mir kennt sie noch heute keine Grenzen. Da hilft nur Distanz.»

«Sie sehnt sich wahrscheinlich nach ein bisschen Nähe. Jetzt, wo sie alt ist.»

«Vielleicht.»

«Du bist ihr einziges Kind.»

«Dafür kann ich nichts.»

«Plötzlich ist es zu spät», bemerkte Rahel, «und du hättest sie das eine oder andere noch fragen wollen.»

Mattmann schwieg. Dann sagte er: «Ich habt euch immer gut verstanden. Obwohl ihr so unterschiedlich seid.»

«Stimmt.»

«Politisch wart ihr euch ja nie einig.»

In Zell bog Rahel von der Hauptstrasse rechts ab, fuhr durchs Dorf, dann an der Villa des verstorbenen Komponisten Paul Burkhard vorbei. Von ihm stammte «O mein Papa». Der Schlagertitel liess bei ihr etwas anklingen, was sie nicht gleich einordnen konnte. Als sie Mattmann am Rande der Beerdigung zufällig getroffen hatte, war ihr ein Verdacht aufgekommen: Mattmann könnte, ohne es zu wissen, in die ganze Geschichte von Brunner verstrickt sein.

«Deine Mutter, kannte sie Brunner?», fragte sie.

«Wie kommst du darauf?»

«Nur so.»

«Du fragst nie nur so.»

«Dann frag sie mal nach ihm.»

Rahel fuhr auf den Parkplatz des «Obstgartens» in Oberlangenhard. Die Gaststube und die Nebenstube waren bis auf den letzten Platz besetzt. «Geschlossene Gesellschaft», sagte die Kellnerin.

«Im Garten haben wir für dich und deinen Kavalier bestimmt noch ein Plätzchen», sagte die Wirtin, die plötzlich aufgetaucht war.

Rahel ging nicht drauf ein, doch sie spürte auf ihren Wangen, dass sie leicht errötete. Mattmann lächelte und fragte nach der Speisekarte.

«Wir haben nur ein Menu», erwiderte die Wirtin. «Als Vorspeise gemischter Salat, dann Schweinsvoressen mit Kartoffelstock.»

«Nicht gerade ein sommerliches Menu», sagte Mattmann.

«Kartoffelstock ist unsere Spezialität, luftig wie ein Sommermorgen», gab die Wirtin zur Antwort und wies ihnen den Weg zu einem Tisch im Garten.

Die Sonne war hinter dunklen Wolken verschwunden, aber es war noch warm, und ein Gewitter schien nicht im Anzug zu sein. Rahel hätte ihn nun nach seiner Geschichte fragen können. Nach der kurzen Autofahrt und seinen vielen Fragen war sie sich nicht sicher, ob das mit dem gemeinsamen Mittagessen eine gute Idee gewesen war. Was wollte sie mit ihm in alten Erinnerungen schwelgen. Ausser sie nutzte die Gelegenheit für ihren Fall.

Die Kellnerin brachte die Getränke. Wasser für sie und einen Zweier Rotwein für ihn, einen Pinot Noir vom Zürichsee. Verhalten prostete sie ihm zu. Mattmann nahm einen Schluck und stellte das Glas enttäuscht ab.

«Einen sauren Tropfen schenken sie im ‹Obstgarten› aus», murmelte er vor sich hin.

Rahel ging nicht darauf ein. «Beim Fall Brunner komme ich nicht weiter», sagte sie. «Er schweigt wie ein Grab.»

«Du glaubst, er verschweigt etwas?»

«Wenn er unschuldig wäre», sagte Rahel, «müsste er doch erklären können, was an jenem Abend geschah, als Lina Brunner starb.»

«Wo habt ihr ihn angetroffen?»

«Als die Polizei kam, sass er auf der Gartenbank und hatte seine tote Frau im Arm.»

«Da müsste er tatsächlich etwas zu sagen haben.»

«Müsste er.»

«Ihr habt sicher Beweise in der Hand. Wo liegt das Problem?»

Rahel zögerte einen Moment. Sie durfte keine Details der Untersuchung weitergeben. So genau hielt sie sich nicht immer an die Vorschriften. Sie wollte den Fall lösen. Und Mattmann konnte ihr weiterhelfen, davon war sie je länger, je mehr überzeugt. «Es finden sich Spuren am Hinterkopf, die von einem Sturz stammen», sagte sie. «Doch es gibt weitere Spuren, die auf einen Schlag hinweisen, wie die Obduktion eindeutig zeigt.»

«Und die Tatwaffe?»

«Das mögliche Tatwerkzeug», korrigierte ihn Rahel.

«Habt ihr es gefunden?», fragte er.

Rahel schüttelte den Kopf.

«Du scheinst überzeugt, dass Brunner etwas damit zu tun hat.»

«Das ist nicht auszuschliessen.»

«Nicht auszuschliessen», wiederholte Mattmann. «Du sprichst wie eine Mediensprecherin und sagst möglichst nichts.»

«Wir wissen nichts Genaues.»

Die Wirtin brachte den Salat und gleichzeitig den Hauptgang. Mattmann probierte zuerst vom Kartoffelstock, der mit viel Butter zubereitet, aber luftiger war, als ihn seine Grossmutter jeweils gemacht hatte. Seine Mutter hatte nie gerne gekocht, und wenn, dann musste es schnell gehen. Dann kostete er das Schweinsvoressen an der sämigen Sauce.

«Wie lang kannst du Brunner überhaupt in Untersuchungshaft festhalten?», fragte Mattmann.

«Wegen dringendem Tatverdacht, Verdunklungs- und Fluchtgefahr kann ihn die Staatsanwaltschaft noch eine ganze Weile drinnen behalten», antwortete Rahel.

«Auch ohne Beweise?»

«Natürlich.»

Er wollte weiterfragen, doch sie winkte ab und deutete gegen den Himmel. Die Sonne zeigte sich, und plötzlich war der Himmel wieder strahlend blau. Sie assen weiter und sprachen über Belangloses.

Rahel schaute ihn von der Seite an. Seine Locken waren schwarz, keinen grauen Schimmer konnte sie entdecken. Sie spürte eine Fröhlichkeit in sich aufsteigen, die sie schon lange vermisste. Etwas war für sie immer noch sehr anziehend. Malte sie sich etwas aus? Dass aus Mattmann und ihr wieder etwas werden könnte? Rahel verscheuchte den Gedanken. Sie schaute auf die Uhr. Sie musste schleunigst zurück ins Büro nach Zürich, es reichte nur noch für einen Espresso. Die Rechnung teilten sie und fuhren los. Beim Bahnhof Rikon setzte Rahel ihn ab. Er wollte zu Fuss zurück zum Chalet gehen, wo er sein Auto zurückgelassen hatte.

***

Mattmann ging der Töss entlang und dachte ans Mittagessen mit Rahel. Er wusste nicht, was er denken sollte und noch weniger, was er spürte. Gefühle verwirrten ihn. Kaltes Blut bewahren, damit war er im Leben immer gut gefahren. Als ihm damals der Posten als Auslandkorrespondent in Australien angeboten worden war, musste er einfach zupacken. Sidney war unter den Journalisten nicht so begehrt wie Paris, London oder Washington. Für einen jungen Hasen wie ihn war es jedoch ein attraktives Angebot. Rahel hatte ihre erste Stelle als Lehrerin in Zürich Aussersihl angetreten, die sie nicht einfach aufgeben wollte. Und eine Fernbeziehung kam für sie nicht in Frage. Er hatte sich entscheiden müssen. Und war nach Australien geflogen. Mattmann versuchte diese Erinnerung abzuschütteln. Sie hatten sich getrennt. Ohne viele Worte. Aber schmerzlos war es nicht gewesen.

Seine Mutter hatte damals auch die Finger im Spiel gehabt. Obwohl sie sich mit Rahels politischen Gedanken gar nicht anfreunden konnte, verstand sie sich mit ihr ausgezeichnet. Und auch sie sah es gar nicht gerne, dass er den Posten auf der anderen Seite der Welt angenommen hatte.

Seine Mutter hielt er seitdem auf Distanz. Und auch die Erinnerungen an seine Kindheit hatte er beinahe vergessen.

Als er dem ausgetrockneten Flussbett entlangging und das Tösstal immer enger wurde, kam ihm seine Grossmutter in den Sinn. Wenn er sich als Kind ganz einsam gefühlt hatte, konnte er immer zu ihr in die Küche gehen. Eine grosse Küche in jenem Heim, das sie zusammen mit dem Grossvater geführt hatte, in Sternenberg, mit Blick über das Tösstal und bei Föhn weit in die Alpen. Nicht dass es gemütlich war in dieser grossen Heimküche, aber er wusste wenigstens, wo er sie finden konnte.

Und plötzlich wurde ihm bewusst, dass er am Vormittag, bei der Ausfahrt mit seinem alten Volvo, einen weiten Bogen um Sternenberg gemacht hatte, rund um den Ort, wo er die ersten zwölf Jahre seines Lebens bei den Grosseltern verbracht hatte. Als hätte er die Geschichte seines Aufwachsens umkreist. Seine Mutter hatte in Zürich gewohnt und war jeweils nur übers Wochenende nach Sternenberg gekommen.

Er müsste seine Mutter anrufen, kam ihm in den Sinn. Er musste sie morgen besuchen, nach dem Termin auf der Redaktion. Und wenn er schon in Zürich wäre, könnte er sich auch mit Rahel verabreden. Er würde gerne ihr Büro sehen, könnte er ihr vorschlagen.

Teil II

Markthalle

Noch immer sitze ich fest in diesem Loch. Ich habe viel Zeit zum Grübeln. Vor allem in der Nacht. Ich könnte dir einiges erzählen, Lina, aber das hat alles keinen Sinn. Du kannst mich nicht hören. All die Jahre habe ich geschwiegen. Ich wollte dich nicht belasten, du hättest es sowieso nicht verstanden. Niemand würde es verstehen. Weil niemand weiss, was ich durchgemacht habe. Aber lassen wir das, es ist ein abgeschlossenes Kapitel.

7

Wie jedes Jahr besuchte Mattmann am Anfang seiner Sommerferien die Auslandredaktion in Zürich. Diesmal hatte er kein gutes Gefühl. Für ihn war es nur eine Frage der Zeit, bis sein Posten in Stockholm gestrichen würde. Gerüchte waren schon länger im Umlauf, dass das Korrespondentennetz rigoros verkleinert würde. Wenigstens konnte er sich auf die Verabredung mit Rahel nach dem Termin bei der Zeitung freuen. Er hatte sie gestern angerufen, und sie hatte nichts dagegen, dass er sie in ihrem Büro besuchte. Er interessierte sich immer, wo andere Leute arbeiteten, wie ihr Schreibtisch aussah, überladen oder aufgeräumt. Ein Blick hinter die Kulissen der Kriminalpolizei wäre zusätzlich interessant. Danach, so malte er sich aus, könnten sie zusammen essen gehen. Und, so ertappte er sich beim Gedanken, vielleicht könnte sich daraus noch mehr ergeben. Liess sich eine alte Liebe aufwärmen?

Mit dem Volvo fuhr er hinunter ins Tal, wo er die S-Bahn nach Winterthur nahm und dort auf den Schnellzug nach Zürich umstieg. An einer Bar im Hauptbahnhof blätterte er die Tageszeitungen durch und trank einen Kaffee. Zu Fuss ging er der Limmat entlang bis zum Bellevue und dann über den grossen Platz, wo er stehen blieb. Der Sechseläutenplatz zwischen Bellevue und Oper hatte etwas Metropolitanes, seit er mit Steinplatten belegt war. Er erinnerte sich, wie es aussah, als der Platz noch eine Wiese war, wie der Zirkus Knie dort gastierte und wie die Zünfter auf ihren Pferden am Sechseläuten um das Feuer herumritten, mit dem der Winter verbannt wurde. Der Zirkus stellte seine Zelte noch immer auf dem Platz auf, hatte er gelesen, und die Pferde wurden noch immer auf dem Platz um das Feuer herumgeritten, allerdings musste er mit Sand abgedeckt werden, damit die Steinplatten nicht beschädigt wurden. Oder sollten die Hufe der Pferde geschont werden?

Als er in die Halle des grossen Redaktionsgebäudes trat, blieb er verloren stehen. Die dunkel getäfelten Wände waren einer umfassenden Renovation zum Opfer gefallen. Das nüchterne Weiss und der Empfangstresen aus Chromstahl vermittelten mehr den Eindruck einer Privatbank als einer Zeitungsredaktion. Nachdem er Namen und Grund seines Besuchs genannt hatte, musste er ein paar Minuten warten, bis er vom Leiter der Auslandredaktion abgeholt wurde.

Dieter Schmid war schon auf allen begehrten Korrespondentenposten gewesen, in London, Paris, Moskau, Peking und Washington, dort, wo Weltpolitik gemacht wurde. Die letzten Jahre seiner Journalistenkarriere verbrachte er auf der Redaktion in Zürich und hoffte, den Sprung in die Chefredaktion noch zu schaffen.

Schmid begrüsste Mattmann mit einem kräftigen Händedruck. Mit dem Lift fuhren sie in den vierten Stock, gingen durch das neue Grossraumbüro, vorbei an Dutzenden von Schreibtischen mit Bildschirmen, hinter denen Mattmann keine bekannten Gesichter erkannte. Alles Frischlinge, direkt von der Uni, hatte er den Eindruck. Sie sahen alle sehr beschäftigt aus und hatten keine Zeit, mit einem Mann zu sprechen, der wusste, wie es an der Front zu- und herging.

Nur einer schaute von der Tastatur auf: Hanspeter Meier. Er hatte gleichzeitig mit Mattmann als Volontär begonnen, doch seinen Traum vom Leben als Auslandkorrespondent hatte er begraben müssen. Nach Posten in Ankara und Lissabon war er für kurze Zeit Afrikakorrespondent gewesen; dabei verzweifelte er an der Aufgabe, alleine über einen ganzen Kontinent zu berichten, und kehrte nach Zürich zurück.

«Wie bekommt dir die Luft in der Redaktionsstube?», fragte Mattmann.

«Seit dem Umbau lässt sich kein Fenster mehr öffnen, es ist alles klimatisiert. Sommer und Winter die gleiche Temperatur.»

«Dafür hast du eine geregelte Arbeitszeit, freie Wochenenden und andere Annehmlichkeiten, nehme ich an.»

«Sonntagsdienst einmal pro Monat. Das geht.»

«Da bin ich lieber auf der freien Wildbahn», entgegnete Mattmann.

«Solange es deinen Posten in Stockholm noch gibt.» Meier lächelte hämisch. Er war im Auslandressort für Skandinavien sowie die baltischen Länder zuständig und entschied, welche Texte von Mattmann ins Blatt gerückt wurden. Der Norden interessierte ihn jedoch nur mässig.

«Eine neue Sparrunde?», fragte Mattmann.

«In der Chefetage haben sie nur einen Stift», sagte Meier, «den Rotstift.»

Schmid klopfte Mattmann auf die Schulter und führte ihn weiter zum Pausenraum. «Lassen Sie sich von Miesmacher Meier den schönen Tag nicht verderben», sagte er und holte beim Automaten zwei Becher Kaffee. Dann führte er ihn in ein Besprechungszimmer. Ein eigenes Büro hatte der Ressortchef seit dem Umbau nicht mehr, dieses Privileg genossen nur noch diejenigen auf der Teppichetage.

Wie jedes Jahr beklagte sich Mattmann auf eine möglichst höfliche Art, dass ein Teil seiner Hintergrundgeschichten noch immer keinen Platz im Blatt gefunden habe. Schmid erklärte, der Norden sei im Moment nicht im Brennpunkt und Meier, den Mattmann ja kenne, sei nicht der Schnellste, da würden sich Manuskripte stapeln, und plötzlich seien sie veraltet. Mattmann wehrte sich dagegen, «nur Kurzfutter für den Tag zu produzieren», wie er sich ausdrückte. Jemand müsse in der schnelllebigen Zeit die Zusammenhänge erklären.

«Der Platz im Blatt ist beschränkt, mein Lieber», entgegnete Schmid.

«Kunststück, wenn die Zeitung immer dünner wird.»

«Die Inserate wandern ins Netz ab.»

«Aber in unserer Online-Ausgabe tauchen sie nicht wieder auf», bemerkte Mattmann.

«Wir kämpfen mit sinkenden Einnahmen an allen Fronten.»

«Und was wird in diesem Haus dagegen unternommen?»

«Die Marketingabteilung drängt uns, die Wochenendausgabe auszubauen. Mit Reisereportagen. Geschichten zu Mode und Architektur. Lifestyle eben. Das sei das Umfeld, das für Inserenten attraktiv sei, sagen sie uns.»

«Das ist nicht mein Thema.»

«Überlegen Sie mal. Halten Sie die Augen offen. Da kommt Ihnen doch etwas Hübsches in den Sinn, worüber Sie schreiben können.»

«Hübsches ist nicht mein Thema.»

«So habe ich das nicht gemeint. Erweitern Sie einfach ein wenig Ihre Palette.»

«Und wenn nicht? Womit muss ich rechnen?»

«Am Korrespondentennetz auf allen fünf Kontinenten soll nicht gerüttelt werden. Wir sind schliesslich ein Weltblatt. Dafür werde ich mich einsetzen.»

«Und Europa? Das wird von Zürich aus abgehandelt.»

«Auf keinen Fall, das kann ich Ihnen garantieren.»

Mattmann hatte da keine grosse Hoffnung, der Einfluss des Auslandchefs reichte nicht bis in die Chefetage. Der Korrespondentenposten in Skandinavien wäre einer der ersten, der eingespart würde, vermutete er. Heutzutage recherchierten die meisten Kollegen fast ausschliesslich im Internet oder per Mail. Vor Ort musste man nur noch äusserst selten sein. Seine Arbeit liesse sich im Prinzip von Zürich aus machen. Ein paar wenige Reisen genügten. Doch er konnte sich nicht vorstellen, auf die Redaktion zurückzukehren. Er war kein Schreibtischtäter. Vielmehr liebte er es, sich am Ort des Geschehens ein Bild zu machen, und pflegte die Kontakte zu seinen Gewährsleuten innerhalb der Regierungen in den skandinavischen Ländern sowie zu Wirtschaftskreisen und Kulturschaffenden.

«Keine Fragen mehr?», sagte Schmid und stand auf. Damit erklärte er das Meeting für beendet. Seine Tage bei der Zeitung waren gezählt, davon war Mattmann überzeugt, als er im Lift nach unten fuhr. Er erinnerte sich, wie er bereits während des Studiums für eine Regionalzeitung geschrieben hatte oder vielmehr die endlosen Papierschlangen mit Telexmeldungen abgeschnitten und redigiert hatte; mit der Schere kürzte er die Texte, mit dem Leimstift klebte er sie wieder zusammen; er träumte davon, in fernen Ländern unterwegs zu sein und grosse Reportagen auf seiner Hermes Baby zu tippen.

8

Rahel hatte eine Besprechung auf der Quartierwache Hottingen an der Gemeindestrasse. Statt mit dem Tram zurück ins Büro an der Kasernenstrasse zu fahren, ging sie zu Fuss über den Heimplatz und die Rämistrasse hinunter. An der Tramhaltestelle wartete Mattmann wie abgemacht. Auf dem Weg zu ihrem Büro erzählte er ihr von seinem ernüchternden Besuch auf der Auslandredaktion und dass er sich wahrscheinlich nach etwas Neuem umschauen müsse.

«Kommst du zurück in die Schweiz?», fragte sie und blieb mitten auf der Quaibrücke stehen.

«Kaum. Es ist mir irgendwie zu eng hier.»

«Zu eng? Hier?»

«Vom Blick über den See kann ich nicht leben. Ich liebe das Meer und die weiten Landschaften.»

«Noch immer ein lonely wolf?»

Mattmann gab keine Antwort. Sie gingen zum Bürkliplatz und weiter zum Paradeplatz.

«Mein Job gibt mir viel Freiheit», sagte er nach einer Weile. «Die würde ich hier vermissen.»

«Träumst du noch immer von der grossen Freiheit?»

«Ja.»

«Du warst schon immer ein Romantiker.»

«Ein romantischer Realist.»

Rahel lachte. «Was soll dieser Widerspruch?»

«Der Mensch ist ein widersprüchliches Wesen», versuchte es Mattmann in scherzhaftem Ton.

«Etwas einfach gestrickt, mein Lieber. Du wolltest damals einfach weg.»

«Ich hatte einen Plan.»

«Davon erfuhr ich erst, als du den Vertrag für den Posten in Australien bereits unterschrieben hattest.»

«Unterschrieben, aber noch nicht abgeschickt.»

«Das ist spitzfindig. Was aus uns werden sollte, interessierte dich nicht.»

Sie überquerten die Sihl.

«Wir hätten zusammen Australien und Neuseeland bereisen können.»

«Das hast du dir vielleicht so vorgestellt», sagte Rahel. «Doch ich wollte nicht weg, ich hatte eine Aufgabe. Ich wollte die Schule verändern.»

«Und was ist daraus geworden?»

«Die Schule ist wie ein Supertanker, den Kurs kannst du nur gradweise ändern. Keine schnellen Manöver.»

«Ist das anders bei der Polizei?», fragte Mattmann.

Rahel blieb vor einem Bürogebäude mit silberner Fassade stehen. «In der Abteilung ‹Leib und Leben› können wir nicht lange fackeln», sagte sie und zog den Badge aus der Tasche ihrer engen Jeans.

Sie lud ihn ein, einen Blick auf ihren Arbeitsplatz zu werfen. Durch einen langen Korridor gingen sie bis zu Rahels Büro. Auf dem Schild am Türrahmen stand: «Fw Rahel Reinhart».

«Fw?», fragte er. «Im Militär stand diese Abkürzung für Feldweibel.»

«Genau, das ist mein Dienstgrad. Feldweibel mit besonderen Aufgaben.»

«Kriminalkommissarin würde schöner tönen.»

«Das gibt es nur in Basel und in Deutschland. Sowie im Fernsehen», sagte sie und liess sich auf ihren Stuhl mit der abgewetzten Sitzfläche fallen. Sie machte ihm ein Zeichen, sich zu setzen. Ein Gestell voller Ordner machte den schmalen Raum noch enger.

«Hier löst du also deine Fälle.»

«Mit den einen geht es schneller, mit den andern langsamer», sagte sie und suchte in der Beige auf ihrem Pult nach einem Papier.

«Und wie viele davon bleiben ungelöst?», fragte Mattmann weiter.

«Cold Cases gibt es bei mir nicht. Ich bleibe dran.»

«Du warst schon immer hartnäckig.»

«Wenn es in der ersten Woche jeweils nicht gelingt, die entscheidenden Hinweise zu finden, wird es langwierig.»

«Wie lange ermittelst du schon im Fall Brunner?»

«Drei Wochen und vier Tage, wenn du es genau wissen willst. Damals wurde Lina Brunner tot aufgefunden.»

«Neue Erkenntnisse?»

«Für die Resultate muss ich dich auf die nächste Medienorientierung verweisen.»

«Ich bin nicht als Journalist hier», wandte Mattmann ein, «sondern ganz privat.»

«Wirklich?», fragte Rahel.

«Mit meiner Arbeit hat das nichts zu tun.»

«Gut so», sagte Rahel und schaute ihm in die Augen. Einen Moment zu lang, befürchtete sie, und mit einem Anflug von Sehnsucht, spürte sie. Das sollte er nicht merken.

Sie war froh, dass Ronald Zimmermann, ein gross gewachsener Mann in dunkelblauem Anzug und mit einer gestreiften Club-Krawatte, durch die offene Türe trat. Er fragte Rahel, ob sie fürs Mittagessen schon etwas vorhabe. Als er Mattmann bemerkte, trat er einen Schritt zurück. «Ich habe nicht bemerkt, dass du in einer Sitzung bist.»

«Nur ein alter Bekannter», sagte sie. «Er wollte mal schauen, wo ich arbeite.»

«Viel Schreibtischarbeit, wie Sie sehen», sagte Zimmermann. Er war forensischer Psychiater, machte für die Staatsanwaltschaft Tätergutachten und hatte auch einen Lehrauftrag an der Universität. «Der Alltag mit AgTs ist nicht annähernd so spannend, wie das in den Krimiserien im Fernsehen dargestellt wird», fuhr er weiter.

«AgTs?»

«Aussergewöhnliche Todesfälle. Entschuldigen Sie die Fachterminologie. Unsere erste Frage lautet immer: Handelt es sich um einen natürlichen Tod oder um Fremdeinwirkung? Ein natürlicher Tod», dozierte er, «darf nur dann bescheinigt werden, wenn die Grunderkrankung bekannt und der Eintritt des Todes aufgrund des Krankheitsverlaufs plausibel ist. Und Fremdeinwirkung ausgeschlossen werden kann.»

«Stopp! Keine Vorlesung in Rechtsmedizin», sagte Rahel.

«Klar, ihr habt sicher Angenehmeres zu besprechen», sagte Zimmermann. «Ihr wollt bestimmt zu zweit essen gehen.»

«Wir können auch zu dritt gehen», sagte Rahel schnell.

«Einfacher Lunch? Oder raffinierte Küche?», fragte Zimmermann.

«Ein Ort, wo man nicht lange warten muss», antwortete Rahel.

«Dann gehen wir in den ‹Bernerhof›, schneller Service und gutes Essen», schlug er vor. Rahel nickte und stand auf.

Draussen war es heiss. Sie waren froh, dass sie nur ein paar Schritte gehen mussten.

***

Zum pochierten Dorschfilet auf frischem Spinat hatte Zimmerman eine kleine Karaffe mit Räuschling bestellt. Er erzählte von der alten Traubensorte, die von einigen wenigen Weinbauern am Ufer des Zürichsee wieder angebaut werde. Als sie anstiessen, war Mattmann unsicher, ob er ihn duzen konnte, daher blieb er sicherheitshalber beim Sie. In Schweden sprach man alle mit Vornamen an, unabhängig von sozialer Schicht oder Titel.

«Gibt es im Fall Brunner ein Motiv?», fragte Mattmann.

Zimmermann winkte ab.

«Aussagen, die ihn belasten?»

«Keine. Und selbst sagt er gar nichts», hielt Rahel fest.

«Hat ein Verdächtiger das Recht, die Aussage zu verweigern?», fragte Mattmann hartnäckig weiter.

«In einem solchen Fall kommt der Grundsatz ‹Nemo tenetur› zum Zug», antwortete Zimmermann. «Niemand muss sich selbst belasten.»

«Und wenn der Verdächtige mit seinem Schweigen die Untersuchung behindert?»

«Wir können ihn nicht zwingen, mitzuwirken. Und aus

dieser Verweigerung dürfen einer beschuldigten Person keine negativen Konsequenzen erwachsen.»

Der Kellner brachte das Essen, dabei kamen sie auf anderes zu sprechen.

«Können Sie mir sagen, warum die Krimis aus Skandinavien so erfolgreich sind?», fragte Zimmermann.

«Starke Frauenfiguren», versuchte Mattmann zu erklären, «Ermittlerinnen im Alltag zwischen Kindertagesstätten und Kommissariat.»

«Unter die Haut geht mir eine Figur wie Lisbeth Salander in den Bestsellern von Stieg Larsson», fügte Rahel an.

«Und gibt einen Einblick in die schwedische Politik und Gesellschaft von heute», ergänzte Mattmann.

«Gab es da nicht ein Autorenduo, das in seinen Krimis den schwedischen Wohlfahrtsstaat durchleuchtet hat?», fragte Zimmermann. «Marxisten, wenn ich mich richtig erinnere. Die waren bekannt, als ich noch jung war.»

«Genau», sagte Mattmann, «Maj Sjöwall und ihr Partner Pär Wahlöö, sie haben in den sechziger und siebziger Jahren geschrieben. Das sind Klassiker, die müssen Sie mal lesen.»

«Werde ich mir einmal beschaffen», sagte Zimmermann. Mit einer Geste bedeutete er dem Kellner, dass er alles bezahle. Das liess Rahel nicht zu und beglich die Rechnung.

Zimmermann ging zur Tramhaltestelle. Mattmann und Rahel blieben vor dem Restaurant im Schatten stehen.

«Trinken wir noch irgendwo einen Kaffee?», fragte sie.

Umständlich zog er die Taschenuhr aus seiner Hosentasche und klappte sie auf. Er erschrak. Längst hätte er bei seiner Mutter sein müssen, das hatte er völlig vergessen.

«Meine Mutter wartet», sagte er, «ich muss jetzt Tempo Teufel weg.»

9

Susanne Brunner fuhr zu schnell auf der Autobahn. Sie war nicht in Eile, erst für zehn Uhr hatte sie sich mit ihrem Bruder in Basel verabredet. Doch sie fühlte sich getrieben. Sie musste unbedingt mit David sprechen. Er hatte auf der «Markthalle» beim Bahnhof bestanden, sie hätte ihn lieber in seiner Wohnung besucht, um zu sehen, wie er lebte.

Susanne war zu früh, daher schlenderte sie durch den hohen Kuppelbau, vorbei an den Imbissständen. Überall wurde gebraten und gedünstet, es roch nach exotischen Gewürzen. Die Vorbereitungen für das Mittagessen liefen auf Hochtouren, es gab thailändische und libanesische Angebote, eine Risotteria, zwei Cafés und vieles mehr. Die meisten Tische waren noch leer. Setzen mochte sie sich nicht, sie war unruhig.

Dann sah sie ihren Bruder, wie er durch die verglaste Eingangstüre trat. Magerer war er geworden, und einen Bart hatte er sich wachsen lassen. Seit seiner Rückkehr aus Kanada hatte sie mit ihm nur telefoniert. Sie ging auf ihn zu und wollte ihn umarmen, doch er wich zurück. Susanne schaute sich nach einem Tisch um, wo sie sich ungestört unterhalten konnten. Schweigend setzten sie sich. Er stützte seinen Kopf in beide Hände und starrte auf die Tischplatte.

«Der Bart steht dir gut. Aber warum musstest du dir den Schädel rasieren?»

Er zuckte mit den Schultern.

«Das macht dich nicht gerade freundlicher.»

Er schaute vor sich auf den Tisch.

«Magst du einen Kaffee?», fragte Susanne.

«Ich bin nicht müde», murmelte er.

«Du arbeitest Schicht.»

David antwortete nicht.

Sie stand auf und steuerte auf einen Stand mit einer grossen Auswahl von Backwaren zu. Mit zwei Tassen Milchkaffee und einem Stück Quarktorte kam sie zurück. «Das könnten wir teilen, wenn du magst.»

Er schüttelte den Kopf.

«Als Kinder haben wir uns immer auf die Torte gefreut. Vater brachte sie am Wochenende aus der Konditorei.»

«Eine Schwarzwäldertorte», sagte er leise.

«Dass du das noch weisst ...»

«Wer gute Noten aus der Schule brachte, bekam ein grosses Stück. Für mich gab es immer nur ein kleines.»

Susanne lächelte. «Er war streng mit dir.»

David schaute um sich, dann fragte er: «Was wollte die Polizei von dir wissen?»

«Wie Vater die letzte Zeit war. Ob Vater und Mutter oft stritten.»

«Und was hast du geantwortet?»

«Nicht viel.»

«Was genau?»

«Dass sie es gut zusammen gehabt haben.» Susanne stockte. «Dass Mutter immer vergesslicher wurde, davon habe ich jedoch nichts erzählt.»

«Gut», sagte David.

«Hätten wir sie ins Heim gebracht, würde sie jetzt vielleicht noch leben.»

David schwieg.

«Es machte Vater traurig, dass er ihr nicht helfen konnte.»

«Traurig! So ein Unsinn. Er war schlicht und einfach böse.»

«Er war sehr besorgt um unsere Mutter», sagte Susanne leise. Sie wollte ihre Hand auf seinen Unterarm legen, doch er zog ihn zurück.

«Warum musst du immer alles beschönigen?», fragte er verärgert.

«Ich versuche nur zu verstehen.»

«Du verstehst gar nichts.» Er schlug mit der Faust auf den Tisch.

Susanne hatte Lust, aufzustehen, zum Auto zu gehen und nach Hause zu fahren. Doch sie nahm eine Gabel voll Quarktorte. Nach einer Weile fragte sie: «Hat die Polizei dich auch befragt?»

«Klar.»

«Und?»

«Was, und?»

«Was wollten sie von dir wissen?»

«Dieses und jenes.»

«Ich hoffe, du hast unseren Vater nicht schlechtgemacht.»

«Wo denkst du hin!»

«Du warst im Chalet. Kurz bevor es passiert ist.»

«Woher weisst du das?»

«Das hast du mir am Telefon gesagt.»

«Habe ich?»

«Was wolltest du von ihm?»

David nahm einen Schluck vom kalt gewordenen Kaffee. Dann fragte er: «Bist du nach Basel gekommen, um mich danach zu fragen?»

«Ja.»

«Ist das so wichtig?»

Susanne beugte sich über den Tisch, bis sich ihre Köpfe fast berührten. «Du hast nichts mit dem Tod unserer Mutter zu tun. Sag mir das.»

«Würde dich das beruhigen?»

«Ja. Sehr.»

David wich zurück und schwieg. Dann fragte er: «Wenn ich dir alles erzähle, gehst du dann zur Polizei?»

«Was stellst du dir vor? Nie könnte ich dich belasten.»

«Ich bin unschuldig», sagte David mit Nachdruck. «Vater nicht.»

«Du willst sagen, er hat –»

«Ich bin überzeugt.»

Susanne erschrak. Sie war nach Basel gefahren, um von David mehr zu erfahren. Doch nun wagte sie nicht, weiterzufragen, und wechselte abrupt das Thema. «Du hast mir nie erzählt, was du alles in deinen Ferien erlebt hast. Nur vom kalten Regenwald hast du –»

«Es gibt keinen kalten Regenwald», unterbrach er sie. «Es gibt nur einen gemässigten und einen tropischen. Die Vegetation unterscheidet sich total. Und auch die Tiere.»

«Hast du Bären gesehen?»

«Nein. Auch keine Wölfe. Ich bin tagelang gewandert, ohne jemanden anzutreffen.»

«Mir wäre das zu einsam.»

«Mir nicht. Keiner Menschenseele bin ich auf dem West Coast Trail begegnet. Die Pazifikküste von Vancouver Island ist wunderbar.»

«Bestimmt.»

«Es ist der Pfad der Schiffbrüchigen», sagte David.

Sie ging nicht auf seine Anspielung ein.

Er stand auf und ging.

10

Mit dem Tram fuhr Mattmann vom Sihlquai zum Central und hinauf ins Hochschulquartier. Er hatte ein schlechtes Gewissen, dass er das Mittagessen mit seiner Mutter vergessen hatte. Noch mehr plagte ihn, dass er viel zu wenig Zeit für sie hatte, da er im Ausland lebte. Jedes Mal, wenn er auf Heimaturlaub in der Schweiz war, nahm er sich vor, sich ihr mehr zu widmen, doch es gelang ihm nie. An ihm alleine lag es aber nicht. Sie machte es ihm nicht einfach.

Bei der Haltestelle Seilbahn Rigiblick stieg er aus. Nach wenigen Minuten kam er zum gepflegten Mehrfamilienhaus, wo seine Mutter wohnte. Er läutete an der Wohnungstüre und warf einen Blick auf seine ausgetragenen schwarzen Jeans. Er hätte die andere Hose anziehen sollen.

«Entschuldige bitte, dass ich so spät dran bin», sagte Mattmann, als sie öffnete. Nervös fingerte er an der Kette seiner Taschenuhr.

«Du hattest die Zeit noch nie im Griff», sagte sie und bat ihn herein. «Du könntest dir endlich eine anständige Armbanduhr kaufen», doppelte sie nach. «Oder besser, ich schenke dir eine.»

Er liebte seine Taschenuhr, kein wertvolles Modell, er musste sie jeden Abend aufziehen, und ganz genau ging sie nicht. Er trug sie mehr zur Zier, zauberte sie manchmal hervor wie ein Taschenspieler oder auch nur, um zu demonstrieren, dass er sich von der Zeit nicht hetzen liess. Doch das verstand seine Mutter nicht. Er musste um jeden Preis verhindern, dass sie ihm eine dieser protzigen Armbanduhren schenkte.

«Danke», wehrte er ab, «es ist ein Geschenk von Gina.»

«Gina», sagte sie. «Hast du deine Frau nicht mitgebracht?»

«Sie kommt erst am Sonntag nach. Habe ich dir das am Telefon nicht gesagt?»

«Mittwoch, hast du mir gesagt. Und heute ist Mittwoch.»

«Ursprünglich war es so geplant. Doch in der Klinik ist etwas dazwischengekommen. Sie ist sehr beschäftigt.»

«Immer ist sie sehr beschäftigt. Zum Kindermachen hatte sie ja auch nie Zeit.»

«Mutter!»

«Oder liegt es an dir?»

«Können wir über etwas anderes sprechen?», fragte Mattmann. Er spürte, wie ein Groll in ihm aufstieg. Doch er fasste sich schnell und versuchte eine gute Miene zu machen, sie sahen sich ja so selten. Magdalena Mattmann war über achtzig Jahre alt, hatte ein kantiges Gesicht und eine spitze Nase. Ihre Haare waren rotbraun wie eh und je. Wie immer war sie elegant gekleidet und trug auch zu Hause Schuhe mit hohen Absätzen.

Sie führte ihn ins Wohnzimmer und zeigte auf den runden Nussbaumtisch, den sie für drei gedeckt hatte.

«Ich habe schon gegessen», sagte er.

Empört schaute sie ihn an. «Dann habe ich vergeblich gekocht!»

Mattmann wusste, sie hatte etwas in der Traiteurabteilung eingekauft. Kochen war nie ihr Ding gewesen.

«Nimmst du wenigstens einen Kaffee? Oder lieber Tee?», fragte sie.

«Gerne einen Schwarztee.»

Während sie in die Küche ging, blieb er vor dem grossen Büchergestell stehen. Auch im hohen Alter las Magdalena Mattmann noch jeden Abend bis spät in die Nacht, vor allem Romane und Biografien. Mit Leidenschaft ging sie ins Schauspielhaus oder in die Oper.

«Erzähl von dir», forderte sie ihn auf, als sie mit einer Kanne Tee und zwei Tassen zurückkam. Sie setzten sich ins Ecksofa, einander schräg gegenüber.

«Wo soll ich beginnen? Fang du an», gab er ihr den Ball zurück.

«Du weisst ja, was mich interessiert: Hast du über eine Rückkehr in die Schweiz nachgedacht?»

«Gina will in Stockholm bleiben, sie hat ihre Patienten dort.»

«Und du?»

«Wenn ich pensioniert werde, möchte ich mehr Zeit auf der Insel verbringen.»

«Wird es einem dort nicht schnell langweilig?», fragte sie.

Mattmann schwieg.

«Sammelst du eigentlich noch Schmetterlinge?»

«Es war dein Hobby, nicht meines.» Er winkte ab.

«Du hast sie doch so gerne aufgepinnt.»

Mattmann erinnerte sich, wie er immer drei zusammen in eine Art Einmachglas legen musste. Die Flügel zusammengeschlagen, rührten sie sich nicht. Aber sie lebten noch. Der Boden des Gefässes war mit einem Wattebausch belegt, den er zuvor mit ein paar Tropfen Zyankali getränkt hatte. «Deckel zu», mahnte ihn seine Mutter, wenn er zögerte. Sobald sie aufhörten zu zucken, durfte er keine Zeit verlieren: Mit Nadeln fixierte er die Schmetterlinge in der Steckschachtel, so wie sie am Schluss im Schaukasten zu sehen waren. Die Flügel schön ausgebreitet.

Mattmann fühlte sich unbequem im weichen Sofa. Er stand auf und ging im Wohnzimmer auf und ab.

«Willst du schon wieder gehen?», fragte sie

«Wir müssen noch etwas besprechen», begann er.

«Setz dich, du machst mich nervös.»

Er nahm einen Stuhl vom Esstisch, doch dann stellte er ihn wieder zurück und blieb vor ihr stehen. «Hast du einen Alois Brunner gekannt?»

«Muss ich den kennen?»

«Rahel hat so etwas angetönt.»

«Rahel?»

«Rahel Reinhart, du weisst, meine Freundin von einst.»

«Bist du wieder mit ihr zusammen?»

«Wie kommst du darauf?»

«Weil du ohne Gina gekommen bist.»

«Das habe ich dir eben erklärt.»

«Nicht mogeln, mein lieber Koni», sagte sie mit einem maliziösen Lächeln. «Das wäre doch schön. Du und Rahel, ihr habt euch immer gut verstanden. Wenn du nur nicht nach Australien geflogen wärest.»

«Oh, Mama.»

«Das wär doch ein Grund, wieder zurück in die Schweiz zu kommen.»

«Schluss jetzt! Ich bin glücklich mit Gina. Und glücklich in Schweden.»

«Wenn du meinst.»

Mattmann setzte sich seiner Mutter gegenüber. «Rahel arbeitet jetzt bei der Kriminalpolizei», sagte er, «und untersucht den Fall Brunner.»

«Was hat dieser Brunner denn verbrochen?»

«Er wird verdächtigt, mit dem Tod seiner Frau etwas zu tun zu haben.»

«Und? Hat er das?»

«Er sitzt in Untersuchungshaft. Weisst du das nicht?»

«Ich habe keinen Fernseher. Und in der Zeitung habe ich nichts gelesen.» Sie wischte ein Staubkorn vom Salontisch. Dann erhob sie sich aus dem Sofa und ging mit den beiden leeren Tassen in die Küche. Mattmann hörte, wie sie in der Küche hantierte. «Ich suche überall nach etwas Süssem für dich», rief sie, «aber ich glaube, ich habe nichts im Haus.»

«Nicht nötig», sagte er.

Sie kam aus der Küche zurück und öffnete den alten Sekretär, in den sie eine Bar hatte einbauen lassen.

«Willst du einen Schnaps?»

«Danke, nein.»

«Aber ich brauche jetzt etwas Starkes», sagte sie und schenkte sich einen Cognac ein. Im Stehen trank sie einen grossen Schluck und schenkte sich nach. Dann kam sie mit dem Glas zum Sofa und setzte sich neben ihn. Eine Weile sassen sie stumm nebeneinander. Dann drehte sie sich ihm zu. «Es ist ganz gut, dass wir das unter vier Augen besprechen. Denn es ist an der Zeit, die ganze Geschichte ad acta zu legen.»

«Welche Geschichte?»

«Wer dein Vater ist.»

Mattmann war es, als würde sich unter ihm ein tiefes Loch öffnen. Er wagte nicht, hinunterzuschauen.

«Das wolltest du schon lange wissen», sagte sie.

Als Kind hatte er sie oft danach gefragt, meistens hatte er schnell aufgegeben. Dann war diese Frage für ihn plötzlich nicht mehr so wichtig gewesen. Was aus ihm werden sollte, war kompliziert genug.

«Also», begann seine Mutter, «Alois Brunner ist dein Vater.»

Mattmann spürte, wie sich etwas in ihm verkrampfte. Wie es ihm die Kehle zuschnürte. Aber nicht der alte Brunner vom Chalet, wollte er entgegnen, brachte jedoch keinen Ton heraus. Er starrte vor sich hin.

«Hast du mich verstanden?», fragte sie.

Langsam drehte er sich ihr zu. Er sah den harten Zug um ihren Mund.

«Warum sagst du nichts?», fragte sie.

Er musste ruhig Blut bewahren, sagte er sich. Warum schaltete er seine Gefühle immer aus, wenn es brenzlig wurde? Statt aufzubrausen, versuchte er vernünftig zu überlegen und fragte sich, warum sie ihm das gerade heute erzählte. So wie er seine Mutter kannte, wusste sie, wenn es nur noch eines gab: Flucht nach vorne. Sie hatte bestimmt in der Zeitung von der Untersuchung gegen Brunner gelesen und fürchtete, dass da einiges zum Vorschein kommen könnte. Es musste Leute geben, die von ihrem Verhältnis zu Brunner wussten.

«Am Telefon wollte ich es dir nicht sagen. Aber jetzt, wo du hier bist, können wir das in Ruhe besprechen», sagte sie.

Er spürte, dass etwas in ihm aufstieg. War das Wut? Wut auf sich, dass er sich so lange mit dem Schweigen seiner Mutter abgefunden hatte? Wut auf seine Mutter?

«Erledigen wir das, ein für alle Mal», fuhr sie fort.

«Du glaubst, man kann das einfach mir nichts, dir nichts erledigen! Wie eine leidige Sache einfach aus der Welt schaffen», sagte er. Sein Kopf war hochrot angelaufen.

«Lass uns vernünftig miteinander sprechen», versuchte sie ihn zu beruhigen. «Ich werde dir alles erklären.»

Nun brach ein Damm in seinem Innern. Er schlug mit der Faust auf den Salontisch und schrie: «Alles will ich wissen! Diesmal will ich wirklich alles wissen!»

«Hör mir zu», sagte sie und fixierte ihn mit ihren kalten blaugrauen Augen.

«Behandle mich nicht wie ein Kind. Ich bin nicht mehr dein kleiner Junge.»

Mit keiner Silbe ging sie auf seine Empörung ein. Sie streckte ihren Rücken durch und setzte zu einer längeren Rede an, gut vorbereitet, wie er sofort merkte. «Als junge Sekretärin habe ich auf der Direktion eines Sprengstoffunternehmens gearbeitet. Ich habe die Lohntüten füllen müssen, denn damals sind die Löhne bar ausbezahlt worden, alle zwei Wochen.»

Sie vergewisserte sich, dass er ihr folgte. «Die Direktion und der eine Produktionsstandort befanden sich in Liestal, der andere hinten am Vierwaldstättersee, an einem abgelegenen Ort. Der Chefbuchhalter fuhr jeweils mit dem Firmenwagen dorthin, auf der Rückbank zwei Holzkistchen mit den Lohntüten für die Angestellten und die Arbeiter. Als er einmal krank war, sprang ich ein. Du musst wissen, ich war damals eine der wenigen Frauen mit Führerausweis.»

Sie schaute ihren Sohn triumphierend an und fuhr fort: «Wenige Tage zuvor war die schmale Strasse zur Sprengstofffabrik verschüttet worden. Am Schiffssteg in Flüelen wartete daher das elegante Motorboot auf mich, das nur für Geschäftskunden und die Direktion eingesetzt wurde. Am Steuerrad ein Mann in einem verblichenen blauen Arbeitsoverall. Mit zwei Fingern steuerte er das Schiff über den See. Die Hände sind mir sofort aufgefallen. Kräftige Hände, aber nicht die eines Arbeiters. Und gar nicht scheu war er. Weisst du, was er mich gefragt hat?»

Mattmann schüttelte den Kopf.

«Ob wir mit den Lohntüten abhauen wollen.» Sie lächelte. «Ob du es glaubst oder nicht, ich wäre mit ihm gleich nach Paris durchgebrannt. Schockiert dich das?»

«Weshalb sollte es?», fragte er.

Sie holte tief Luft. «Diese Hände! Was für ein Mann!» Sie

schloss einen Moment lang die Augen. «Alois kam mich an den Sonntagen mit seinem Motorrad in Liestal besuchen. Einmal ist er sogar eine Treppe hinuntergefahren, um mich zu beeindrucken. Abends fuhr er wieder zurück an den Urnersee. Es blieb uns jeweils nicht viel Zeit.»

So hatte Mattmann seine Mutter noch nie erzählen gehört. Mit so viel Wärme in ihrer Stimme. Mit einem Strahlen in ihren Augen.

«Er kam aus einer mausarmen Bergbauernfamilie, meine Vorfahren dagegen waren Unternehmer, mein Vater ursprünglich Theologe. Das fand ich spannend, diese Unterschiede der Herkunft, während er sich schämte. Kein Problem, dachte ich, verstand aber schon bald, nie hätte er mit seinem Lohn als Arbeiter eine ganze Familie ernähren können, mein lieber Wisel.»

«Wisel?»

«Die Abkürzung für Alois. So üblich in der Innerschweiz, wo er herkommt.»

«Wie das kleine Raubtier Wiesel?»

«Mit kurzem ‹i›. Schlank und flink war er. Und auch eher ein Einzelgänger. Aber gross und muskulös. Und etwas naiv. Wisel beteuerte, sich weiterbilden und Chemie studieren zu wollen. Doch er hatte keine Ahnung, wie lange das gedauert hätte – erst die Matura nachholen und dann das Studium. Da stellte ich fest, dass ich schwanger war.»

«Mit mir?»

«Genau.»

«Und warum habt ihr nicht geheiratet?»

«Er liess mich sitzen.»

«Hat er wenigstens für meinen Unterhalt bezahlt?»

«Keinen roten Rappen.»

«Und wie bist du über die Runden gekommen?»

«Alleine.»

«Hat dich Grossvater nicht unterstützt? Geld war ja genug da.»

«Ich wollte auf eigenen Beinen stehen. Daher ging ich nach

Zürich, wo ich eine gute Arbeit gefunden habe. Da war ich froh, dass du unter der Woche ab und zu bei deinen Grosseltern in Sternenberg warst.»

«Ab und zu? Ich war die ganze Zeit bei ihnen, bis ich ins Gymnasium kam.»

«Aber die Wochenenden haben wir gemeinsam verbracht. Und alle Ferien.»

«Nicht ganz alle, soweit ich mich erinnere», sagte er und stand auf.

Seine Mutter räusperte sich. «Du kannst dir nicht vorstellen, wie das damals war, als alleinstehende Mutter, Ende der fünfziger Jahre. Davon habe ich Rahel einmal etwas erzählt.»

«Was weiss sie mehr?»

«So genau kann ich mich nicht erinnern, worüber wir damals alles gesprochen haben.»

«Du weisst es haargenau!» Mattmann konnte die Wut auf seine Mutter nicht länger zurückhalten. «Ihr hast du erzählt, wer mein Vater ist. Und mir nicht!»

«Rahel wäre eine gute Schwiegertochter geworden. Da hast du etwas versäumt.»

«Darum geht es doch nicht, Himmelherrgott!»

«Mit ihr wärst du in der Schweiz geblieben.»

«Du denkst nur an dich.»

«Beruhige dich», entgegnete sie. «Lass uns wie zwei Erwachsene miteinander sprechen.»

Er hatte genug gehört. Er musste weg. Bevor er etwas entgegnete, das er nicht mehr zurücknehmen konnte. Ohne sich zu verabschieden, schletzte er die Türe hinter sich zu und ging. Mit grossen Schritten stieg er den steilen Weg hinauf bis zum Hotel Rigiblick. Er konnte keinen klaren Gedanken fassen, er musste sich Luft verschaffen. Und einen Überblick. Doch die Stadt und der Uetliberg lagen im Dunst.

11

An der Bergstation Rigiblick nahm Mattmann die Seilbahn und fuhr hinunter, dann mit dem Tram Richtung ETH und Hauptbahnhof. Da kam ihm in den Sinn, dass er den Termin bei seinem alten Coiffeur vergessen hatte. Doch Eric wartete geduldig auf ihn und freute sich, als er auftauchte.

Nach der Pensionierung hatte sich Eric in seiner privaten Wohnung in der Riedtli-Siedlung einen improvisierten Salon eingerichtet. Das Haarewaschen fand im kleinen Badezimmer statt, das Schneiden im Esszimmer. Sie sprachen über die neumodischen Namen in der Coiffeur-Branche: «Hairoin» fand Mattmann eher geschmacklos, «Hair force one» fand Eric witzig, wie auch «James Blond – Licence to cut».

«Einer meiner alten Kunden verirrte sich letzthin in ein solches Haarstudio.» Eric lachte. «Die Coiffeuse oder besser gesagt das nicht mehr ganz junge Girl, das ihm die Haare schnitt, trug ein blau-grünes Übergwändli, wie es Bauern früher im Stall getragen haben. Ist das hip, oder wie heisst das?»

«Kann man so sagen.»

«Da kann man gleich Stallduft versprühen, wenn die in der Grossstadt das cool finden.»

«Bei dir riecht es wenigstens nach Shampoo und Haarwasser.» Mattmann erinnerte sich an den Coiffeursalon in Bauma, in den ihn seine Grossmutter begleitet hatte. Es gab einen Kinderstuhl, in den er schon längst nicht mehr hineingepasst hatte, doch der grosse Coiffeurstuhl mit Lederpolster und Kopfstütze war viel zu gross für ihn. Im Spiegel mit dunklem Holzrahmen sah er die alten Männer auf der langen Bank, die ewig Zeit zum Warten hatten. Am Schluss versprühte der Coiffeur ein Haarwasser aus einem kristallartigen Fläschchen mit rotem Ballon zum Pumpen. Es roch fürchterlich.

Eric kommentierte die Resultate des letzten Fussballspiels, wechselte zum Tennisturnier, das er stundenlang am Fernsehen verfolgt hatte. Mattmann hörte zu, da konnte er nicht mitreden. Über Politik wollte Eric nicht sprechen, und er verstand, wenn Mattmann auch mal seine Ruhe haben wollte.

Ihm ging die Auseinandersetzung mit seiner Mutter durch den Kopf, und er sah sich als kleinen Jungen, über dem Schachbrett brütend, welchen nächsten Zug er machen könnte. Die Mutter thronte hinter ihren Figuren auf der anderen Seite des Brettes. Er war noch zu klein gewesen, um das Spiel zu überblicken, und mehr als einen Zug vorausdenken konnte er auch nicht. Seine Mutter hatte von Anfang an einen Schlachtplan im Kopf, und genüsslich frass sie ihm einen Bauern nach dem anderen weg, bis sein König und seine Königin schutzlos dastanden. Wenn sie zum letzten Zug angesetzt hatte, sagte sie mit einem Lächeln: «Schach matt, mein Lieber.» Er hätte noch so gerne gegen sie verloren, wenn sie ihn am Schluss nur in die Arme genommen hätte. Er hatte um ihre Liebe gekämpft, doch näher als beim Schach war er ihr nie gekommen.

Eric band ihm das blaue Nylonmäntelchen los, schüttelte die Haare auf den Boden und wischte die schwarzen Locken zusammen.

«Noch kaum ein graues Haar», bemerkte er, «und schon bald sechzig.»

«Den Sechzigsten habe ich hinter mir», sagte Mattmann leise und fragte: «Kannst du mich nass rasieren, mit Schaum und gewetztem Messer?»

«Nein», antwortete Eric, «das habe ich nie gelernt.»

«Nie?»

«Eigentlich bin ich kein Herrencoiffeur», gestand ihm Eric. «Meine Lehre habe ich in einem Damensalon gemacht.» Er band ihm das Mäntelchen wieder um und erzählte, wie die Haare der Männer ab Mitte der 1960er-Jahre länger und länger wurden, die Beatles und Rolling Stones als Vorbilder. «Da kam einmal ein junger Mann und setzte sich scheu zwischen die Damen», fuhr Eric fort, «und dann ein weiterer. Schon bald war ich für die Männer zuständig, und die Inhaberin wechselte das Schild über dem Eingang: ‹Damen- und Herrensalon›.» Mattmann spürte, wie der elektrische Scherkopf über seine Ohren fuhr, wo der eine und andere Haarbüschel spriesste wie bei einem Luchs. Oder bei einem alten Mann, dachte Mattmann. Eric reichte ihm den Handspiegel. Er war beruhigt, er sah um Jahre jünger aus. Gina würde es bei ihrer Ankunft auf den ersten Blick bemerken.

Im Hotel Baur au Lac genehmigte sich Mattmann ein Glas Champagner. Er sass in der Ecke der grossen Halle mit dem Kronleuchter und beobachtete das Kommen und Gehen. Wohlbetuchte Touristen waren noch beim Afternoon Tea, am Nebentisch unterhielten sich zwei Geschäftsleute mit gedämpfter Stimme. Für den Abend hatte er nichts geplant. Rahel wollte er nicht anrufen, und zurück ins «Gyrenbad» mochte er noch nicht fahren. Er fühlte sich frei und gleichzeitig etwas einsam. Da war ihm die Welt des Fünf-Stern-Hauses gerade recht. Es war noch immer das erste Haus am Platz, wie schon vor mehr als hundertfünfzig Jahren, als die Bahnhofstrasse noch Fröschengraben geheissen hatte. Es war ursprünglich ein Wassergraben, der zusätzlich zur Stadtmauer als Befestigung gedient hatte. Später wurde er schiffbar gemacht, dass man mit dem Weidling vom See bis zum Rennwegtor fahren konnte. Mit dem Beginn des Eisenbahnzeitalters wurde der Kanal zugeschüttet und die Prachtstrasse angelegt.

Mattmann bestellte ein zweites Glas Champagner und betrachtete die beiden Ölporträts des Hotelgründers Baur und seiner Frau, die den Eingang flankierten. Sein Telefon vibrierte. Es war Gina.

«Ich warte hier auf dich», sagte Mattmann.

«Ich höre Stimmen im Hintergrund. Gläser klirren. Wo bist du?»

«In Zürich. Im ‹Baur au Lac›, beim Apéro.»

«Tönt vornehm», sagte sie.

«Es gibt etwas zu feiern. Keine Kündigung. Wenigstens vorerst. Da kann man sich etwas leisten.» Mattmann berichtete ihr von seinem Besuch auf der Redaktion.

«Und wie geht es deiner Mutter?», fragte Gina.

«Wie immer.»

«War es nett?»

Mattmann zögerte. Dann erzählte er ihr alles. Wie er verspätet bei seiner Mutter aufgetaucht war und sie ihm eröffnet hatte, wer sein Vater war.

«Mamma mia!», rief Gina.

«Ohne Vorwarnung. Einfach so ist sie damit herausgerückt. Nach all den Jahren.»

«So eine Schweinerei!»

Nicht so laut, wollte ihr Mattmann entgegnen und blickte sich in der Hotelhalle um.

«Du hast ihr hoffentlich deine Meinung gesagt.»

«Etwas Wut kam schon auf», sagte er leise. «Aber man muss doch ruhig miteinander sprechen können.»

Gina lachte ihn aus. «Hau mal auf den Tisch, Koma!»

Nicht hier. Und nicht jetzt, dachte Mattmann.

«Hörst du mich?», fragte sie. «Hätte mich meine Mutter so lange zum Narren gehalten, wir wären uns arg in die Haare geraten.»

Nachdem er aufgehängt hatte, sah er auf seinem Mobiltelefon, dass er eine SMS von Rahel erhalten hatte.

Begehung am Tatort. Morgen um 10 Uhr im Chalet. Willst du dabei sein?

Darf ich das?, schrieb er zurück.

Ich leite die Untersuchung. Es könnte dich interessieren, antwortete sie unmittelbar.

Was führte Rahel im Schilde?, dachte Mattmann.

12

Rahel hatte alles für die Begehung am Tatort organisiert. Sie war als Erste im Chalet angekommen und wartete auf den Staatsanwalt und Brunner, der, von zwei Polizisten begleitet, jeden Moment eintreffen würde. Mattmann stand etwas abseits, auf ein Zeichen von Rahel sollte er dazustossen.

Langsam rollte der graue Bus über den schmalen Weg zum Chalet. Einer der uniformierten Polizisten öffnete die Schiebetüre und war Brunner beim Aussteigen behilflich. Mit festem Schritt, leicht vornübergeneigt und den Blick auf den Weg geheftet, kam er auf Rahel zu, die vor dem Eingang stand. Er war fünfundachtzig Jahre alt, wie sie aus den Akten wusste, ein Greis war er aber noch lange nicht. Sie ging ihm entgegen und begrüsste ihn. Er nickte nur mit dem Kopf und blieb stehen, als hätte er hier nichts zu suchen. Hier, wo er mehr als zwanzig Jahre mit seiner Frau gelebt hatte, dachte Rahel.

Wenig später traf Staatsanwalt Hugentobler ein und begrüsste Rahel ganz kurz. Er leitete von Amtes wegen die Untersuchung. Normalerweise fanden die Befragungen auf der Abteilung statt. Hugentobler war jedoch dafür bekannt, dass er die Zeugen lieber am Ort des Geschehens verhörte oder «grillte», wie man es sich im Büro erzählte. Rahel wusste wie alle andern auf der Abteilung, dass sich der Staatsanwalt nicht immer an die Vorschriften hielt. Er setzte darauf, dass Angeklagte wie Zeugen bei einer Rekonstruktion am Tatort oft von ihren Gefühlen übermannt wurden, was ihnen die Zunge löste. Und wenn nicht, war er nicht zimperlich und half nach.

Als Susanne Brunner eintraf, wollte Mattmann auf sie zugehen. Rahel winkte jedoch ab.

«Versammlung hier vor dem Haus, der Angeschuldigte, sein Verteidiger und alle Zeugen», rief Hugentobler. Er schaute zu Rahel. «Sind alle da?»

«Wir warten noch auf den Anwalt des Angeschuldigten», sagte sie.

Hugentobler schaute auf die Uhr, dann auf Mattmann. «Und Sie? Sind Sie der Sohn?»

«David Brunner kann nicht kommen», informierte Rahel. «An seiner Stelle habe ich Herrn Mattmann gebeten, heute anwesend zu sein.»

Mattmann schaute sie an. Wie sollte er dem Staatsanwalt erklären, warum er anstelle von David aufgeboten wurde? Das war jedoch nicht sein Problem, das musste sie klären. Hugentobler schien sich dafür nicht zu interessieren. Er öffnete seine Mappe, entnahm ihr ein Bündel Papiere, schaute sich um, wem er die Mappe übergeben konnte. Rahel tat, als würde sie es nicht bemerken. Der Staatsanwalt klemmte das dünne Ledermäppchen unter den einen Arm, blätterte die Unterlagen durch und murmelte: «Voll von Ungereimtheiten, dieser Bericht der Voruntersuchung. Und die Arbeit der Spurensuche – lückenhaft.» Er blickte hoch zu Rahel und fragte: «Ist Brunners Anwalt endlich eingetroffen?»

«Er hat sich verfahren. Der Ärmste ist in Girenbad am Bachtel gelandet. Er hat nicht gewusst, dass es zwei Orte mit diesem Namen gibt.»

«So ein Trottel», sagte Hugentobler. «Dann fangen wir eben ohne ihn an.»

Susanne Brunner protestierte, und auch Rahel wollte darauf bestehen, zu warten.

«Bis Alois Brunner an der Reihe ist, wird er wohl da sein», sagte Hugentobler und knöpfte sich Susanne vor. «Warum sind Sie an jenem Nachmittag zu Ihren Eltern gefahren?»

«Das habe ich der Polizei doch alles schon erzählt.»

«Aber mir nicht.»

«Ich versuchte meine Eltern am Vorabend anzurufen, doch sie gingen nicht ans Telefon», begann sie. «Als ich sie auch am nächsten Tag nicht erreichen konnte, weder nach dem Frühstück noch nach dem Mittagessen, war ich beunruhigt. Daher bin ich am Nachmittag nach der Arbeit zum Chalet gefahren.»

«Ist Ihnen etwas aufgefallen, als Sie angekommen sind?»

«Die Türe war offen.»

«Sind Sie hineingegangen?»

«Klar.»

«Was haben Sie vorgefunden?»

«Es war keiner da. Ich rief nach meiner Mutter, dann nach meinem Vater, doch niemand antwortete. Dann bin ich langsam ums Haus gegangen. Vorsichtig, denn es lagen überall alte Bretter, voll von rostigen Nägeln. Mein Vater war ständig daran, die Fassade zu erneuern.»

«Was ist Ihnen sonst noch aufgefallen?»

«Dann habe ich sie gesehen, von hinten, auf der Bank. Und bin auf sie zugegangen.»

«Zeigen Sie uns, wie Sie sich ihnen genähert haben.»

«Das geht nicht», wehrte sich Susanne.

«Tun Sie so, als wären wir an jenem Nachmittag und Sie wüssten von nichts.»

«Das ist grausam.»

«Das ist eine Rekonstruktion», sagte Hugentobler. «Also gehen Sie! Genauso wie an besagtem Tag. Wir müssen die Begehung auch fotografisch festhalten.»

Rahel schüttelte den Kopf. «Müssen wir nicht», sagte sie leise vor sich hin, und den Rest dachte sie sich. Die Begehung zog sich unnötig in die Länge, etwas Neues hatte der Staatsanwalt bis jetzt nicht in Erfahrung gebracht.

Hinter dem Chalet war es zum Glück schattig und kühl, doch die Wiese zwischen Haus und Waldrand lag in der Sonne und war voll von blühenden Lupinen. Ein Meer von Violett und hellem Rosa. So harmonisch, dachte Rahel und wünschte sich einen Moment, den Staatsanwalt sowie die ganze Begehung sich selbst zu überlassen und einfach wegzugehen.

«Ich zögerte», sagte Susanne.

«Was stimmte nicht?»

«Irgendetwas.»

«Irgendetwas! Das ist keine Antwort. Wie hat Ihr Vater reagiert? Er musste gehört haben, dass Sie gekommen sind.»

«Beide sind einfach auf der Gartenbank gesessen, ohne sich umzudrehen.»

«Sie gingen um die Bank, gaben Sie zu Protokoll. Beschreiben Sie! Wie haben Sie Ihren Vater angetroffen? Wie Ihre Mutter?»

«Als wäre sie eingeschlafen, ihr Kopf an seiner Brust. An ihrem Hinterkopf –»

«Was ist Ihnen am Hinterkopf Ihrer Mutter aufgefallen?»

«Ich kann mich nicht erinnern.»

«Doch, das können Sie.»

«Ihr Haar war verklebt. Voll Blut.»

«Wie haben Sie reagiert?»

Susanne Brunner schaute hilfesuchend zu Rahel, doch die wies mit der Hand zum Staatsanwalt, dann fuhr Susanne Brunner fort: «Ich tippte meinem Vater auf die Schulter. Dabei fürchtete ich, er würde nie mehr aufwachen. Als er die Augen öffnete, erschrak ich. Seinen Blick werde ich nie vergessen.»

«Beschreiben Sie!»

«Ich kann nicht.»

«Sie müssen. Sie sind Zeugin und dazu verpflichtet, Auskunft zu geben.»

«Er wollte aufstehen und löste seinen Arm von den Schultern meiner Mutter. Sie sank wie erstarrt auf seinen Schoss. Dann versuchte er, sie aufzurichten. Vergeblich. Ihre Augen standen weit offen. Die Haut ganz gelb. Wie Wachs.»

«Und dann?»

«Bin ich ins Haus gerannt.»

Rahel beobachtete, wie Susanne zu ihrem Vater schaute. Dieser hatte sich abgewandt und schien die Lupinen zu betrachten.

«Nach einer Weile stand mein Vater plötzlich in der Küche», fuhr Susanne fort. «Ich suchte mein Mobiltelefon. Ich wusste nicht mehr, wo ich meine Handtasche hatte. Ich war ganz verstört. ‹Ich muss einen Krankenwagen rufen. Sofort!›, habe ich ihn angeschrien. Er hat nur den Kopf geschüttelt.»

Susanne verbarg ihr Gesicht in beiden Händen. Rahel trat

zu ihr und legte vorsichtig eine Hand auf ihren Rücken. Staatsanwalt Hugentobler warf ihr einen missbilligenden Blick zu. Dann wandte er sich an Brunner: «Was war an jenem Abend vorgefallen, als Ihre Tochter Sie anzurufen versuchte?»

«Halt», sagte Susanne, «wir müssen auf seinen Anwalt warten.»

«Wir haben keine Zeit zum Warten!»

Rahel wollte eingreifen, doch sie wusste, es würde nichts nützen. Es war nicht das erste Mal, dass sie mit Hugentobler vor Ort war.

Dieser trat einen Schritt auf Brunner zu. «Beschreiben Sie jenen Abend, die Nacht und den folgenden Tag.»

Brunner schaute an ihm vorbei auf die Blumenwiese.

«Was geschah an jenem Abend?»

Brunner schwieg.

«Was damals geschah, will ich von Ihnen wissen», wiederholte Hugentobler ungeduldig. Mit der flachen Hand schlug er sich auf den Hinterkopf, um eine lästige Fliege zu töten. «Verstehen Sie mich überhaupt?»

Brunner schwieg weiter.

«Meine Geduld reicht nicht ewig», sagte Hugentobler.

«Wir sollten auf den Verteidiger warten», wandte Susanne ein. «Mein Vater hat das Recht dazu.»

«Auf Verteidiger, die sich verfahren, kann ich verzichten.»

«In fünf, maximal zehn Minuten müsste er hier sein», sagte Rahel.

«Wir müssen jetzt vorwärtsmachen», sagte Hugentobler. «Schon seit Wochen schweigt Ihr Vater. Entweder er hat etwas zu seiner Verteidigung anzuführen, oder ich muss die Verlängerung der Untersuchungshaft beantragen.»

Brunner lächelte und schien etwas entdeckt zu haben. Rahel sah, wie ein grosser Feldhase Haken schlagend zum Waldrand lief.

«Zum letzten Mal! Brunner, erklären Sie uns, was war vorgefallen?»

«Ich bitte Sie», sagte Susanne Brunner und trat zwischen

den Staatsanwalt und ihren Vater, der völlig abwesend zu sein schien.

«Einvernahme beendet», sagte Staatsanwalt Hugentobler, entfernte sich ein paar Schritte und winkte Rahel zu sich. Diese Geste kam bei ihr nicht gut an.

«Ein hoffnungsloser Fall, dieser Brunner», sagte er und befragte sie nach den Resultaten der Obduktion von Lina Brunners Leiche.

«Einblutungen und gequetschtes Gewebe am Hinterkopf unter der Hutkrempenlinie», fasste sie zusammen. Wie immer, dachte sie, hatte er den Bericht nicht gelesen. «Diese Verletzungen stammen zweifellos von einem Sturz, was auf einen Unfall hindeuten würde.»

«Weiter», sagte Hugentobler.

«Zusätzlich wurden Spuren eines Schlages mit einem stumpfen Gegenstand auf Schädelhöhe festgestellt. Weder Axt noch Hammer, eher ein Eisenrohr oder etwas Ähnliches.»

«Kam der Schlag von hinten oder von vorne?»

«Eindeutig von vorne. Verletzungen am Schädelknochen. Hirnblutung mit tödlichen Folgen.»

«Und dieses Rohr, haben Sie das gefunden?»

«Nein.»

«Schwach», sagte Hugentobler. «Blutspuren an Brunners Kleidern, ich meine, an den Kleidern des mutmasslichen Täters?»

«Nur von Lina Brunner. Keine Blutspuren von Dritten.»

«Andere Spuren? Finger- oder Fussabdrücke, Reifenspuren?»

«In der Nacht nach der Tat hat es heftig geregnet. Als die Polizei eintraf, waren mehr als vierundzwanzig Stunden vergangen.»

«Anzeichen, dass etwas vernichtet wurde? Asche im Kachelofen oder wo auch immer?»

«Hinter dem Haus verbrannte Brunner offenbar alles, was er nicht mehr brauchte, Kehricht und alte imprägnierte Bretter. Eigentlich Sondermüll.»

«Schweinerei!», fluchte Hugentobler. «In der Asche müssen die Techniker der Spurensicherung doch irgendeinen Hinweis gefunden haben.»

«Unzählige rostige Nägel.»

«Und?»

«Brunner habe die Bretter an der Nordfassade erneuert, erfuhren wir.»

«Was soll ich damit anfangen? Ich brauche Hinweise auf Beweismittel, etwas Handfestes!»

«Wir haben nichts.»

Hugentobler schaute zu Alois Brunner, der mit seiner Tochter und den beiden Polizisten im Schatten des Chalets stand. «So raffiniert kann der Alte doch nicht gewesen sein», sagte er eine Spur leiser.

«Wenn nichts vorliegt –»

Hugentobler liess sie nicht ausreden. «Gibt es wenigstens ein Motiv?»

Rahel räusperte sich. «Undurchsichtig. Unsere Befragungen im Umfeld des Opfers haben kein klares Bild ergeben. Ganz offen gesagt – gar kein Bild.»

Hugentobler packte seine Papiere in die Mappe. Dann resümierte er: «Brunner hat schlechte Karten. Aber wir haben noch schlechtere. Irgendwie offensichtlich, dass er als Täter in Frage kommt. Aber wir haben keine Beweise. Nur Indizien und die Ergebnisse der Obduktion des Opfers. Doch keine Tatwaffe, keine Spuren eines Kampfs, um den Tatverdächtigen mit der Tat in Verbindung zu bringen. Und keine Zeugen. Nur Mutmassungen», sagte Hugentobler und knurrte: «Nicht gut. Gar nicht gut. Nichts, was für eine Verlängerung der Untersuchungshaft spricht. Allein mit Verdunklungsgefahr kommen wir beim Zwangsmassnahmengericht nicht durch.»

Rahel wollte etwas einwenden, doch Staatsanwalt Hugentobler schnitt ihr das Wort ab. «Sie müssen den Fall nochmals von vorne aufrollen.»

Ohne sich zu verabschieden, ging er zu seinem Auto und fuhr weg. Die beiden Polizisten führten Brunner ab, und Rahel fragte Susanne Brunner, ob sie ihr ein Taxi bestellen solle, doch sie winkte ab. Sie wollte auf den Anwalt warten.

Rahel schloss die Haustüre. Mattmann stand unten an der Treppe und schaute ihr zu.

«Ich dachte, am Tatort werden die Türen versiegelt.»

«Das war einmal. Wir haben alle Schliesszylinder ausgewechselt.»

«Du musst mir noch ein paar andere Dinge erklären», sagte er.

«Nicht jetzt. Ich muss schleunigst zurück ins Büro.»

«Warum hast du mich zum Augenschein eingeladen?»

«Wer weiss …»

«Meine Mutter sagt, dass du die ganze Zeit gewusst hast, dass Brunner mein Vater ist.»

Rahel kam die Treppenstufen herunter und wollte an ihm vorbeigehen.

«Warum hast du das verschwiegen?»

«Es war nicht an mir, dir das zu erklären.»

Er schaute zum grauen Kleinbus, der langsam auf dem Waldweg zurück auf die Hauptstrasse fuhr und Brunner zurück ins Gefängnis brachte.

«Ich werde dir morgen einen Termin bei Brunner in der Untersuchungshaft einfädeln. Als Familienangehöriger ist das möglich.» Rahel drehte sich um und ging zu ihrem Auto.

«Sehr aufmerksam von Ihnen, Frau Kommissarin!», rief er ihr höhnisch nach. «Ich bin Ihnen zu grosser Dankbarkeit verpflichtet. Familienzusammenführung in Untersuchungshaft.»

Sie öffnete die Autotür, hob leicht die Hand zum Gruss und rief: «Die genaue Uhrzeit erfährst du morgen.» Dann fuhr sie ab.

Er stand alleine vor dem Chalet. Das ging ihm alles zu schnell. Er wusste nicht, wie er all seine Gefühle und Gedanken ordnen sollte.

13

Mattmann hatte gut geschlafen. So tief wie seit Langem nicht mehr. Sein Schlaf war die letzten Jahre immer leichter geworden. Oft erwachte er mitten in der Nacht und lag eine oder zwei Stunden wach. Er hatte sich angewöhnt, dass er einen ersten und einen zweiten Schlaf hatte. Und dazwischen drehte er ein paar Runden in seinem eigenen Wartesaal der Nacht.

Dass Rahel mehr wusste als er selbst, ärgerte ihn bis aufs Blut. Beim Aufwachen war es sein erster Gedanke. Kaum hatte er sich auf die Bettkante gesetzt, rief sie an. Ohne Einleitung teilte sie ihm mit: «Du wirst punkt elf Uhr im Bezirksgefängnis Winterthur erwartet.»

«Das geht mir zu schnell.»

«Du musst wissen, ob du deinen Vater sehen willst oder nicht.»

«Wir zwei könnten uns vorher treffen», schlug er vor.

«Ich habe eine Einvernahme.»

Mattmann war nun hellwach. «Du bist mir noch eine Antwort schuldig.»

«Was willst du wissen?»

«Was hat dir meine Mutter damals gesagt?»

«Frag sie. Oder deinen Vater. Nun hast du die Gelegenheit.»

Er zögerte. «Eine erste Begegnung im Gefängnis?»

«Er sitzt in Untersuchungshaft», korrigierte sie.

«Ein schöner Ort für ein erstes Gespräch.»

«Du hast keine Wahl.»

«Ich warte, bis er entlassen wird.»

«Das kann dauern.»

«Wie lange?»

«Das kann ich nicht sagen. Ich muss jetzt weiter.»

Er wollte noch etwas fragen, doch die Verbindung war bereits unterbrochen.

Bis zehn Uhr hatte Mattmann noch Zeit. Er frühstückte ohne Appetit und las auf seinem iPad die Online-Ausgaben von «Dagens Nyheter», «Svenska Dagbladet» und «Hufvudstadsbladet». Zwar hatte er während seiner Ferien eine Stellvertreterin in Stockholm, trotzdem wollte er auf dem Laufenden sein.

Er trank einen zweiten Kaffee, erzählte der Wirtin, wohin er gehe, und sie trug ihm auf, Brunner von ihr zu grüssen. Dann fuhr er mit seinem alten Volvo nach Winterthur zum Bezirksgericht und parkierte auf dem Feld für Besucher. Vis-à-vis lag der einstöckige Bau mit den vergitterten Fenstern.

Er stieg aus und meldete sich am Schalter, wo er sich ausweisen und auf der Besucherliste eintragen musste. In einen grauen Plastikbehälter, wie er es von der Sicherheitskontrolle des Flughafens kannte, musste er sein Mobiltelefon und alle metallischen Gegenstände abgeben. Dann wurde er von einem Polizisten zu einer Sicherheitsschleuse geführt und danach in einen Besprechungsraum mit einem Tisch und drei Stühlen. Mattmann setzte sich und wartete. Dann ging die Türe auf. Brunner wurde von einem Aufseher hereingeführt. Wie bei der Beerdigung und bei der Begehung am Tatort schaute er stumm auf den Boden. Als Brunner ihm gegenüber Platz genommen hatte, starrte er auf die Tischplatte. Die buschigen Augenbrauen verdeckten seine Augen. Seine weissen Haare waren dicht und wild gelockt.

Mattmann wartete eine Weile, dann sagte er: «Elise Manz hat mir aufgetragen, Sie zu grüssen. Sie macht sich Sorgen, wie es Ihnen geht.»

Brunner sass reglos da. Er war frisch rasiert, sein Gesicht hatte erstaunlich wenig Falten. Er hatte volle Lippen, die er fest verschlossen hielt. Plötzlich hob er seinen Kopf und fixierte ihn mit zusammengekniffenen Augen. Dann lächelte er. Mattmann war unsicher, ob es ein freundliches oder ein eher hämisches Lächeln war. Ob er damit ausdrücken wollte, nun sei es zu spät, sich um ihn Sorgen zu machen. Oder ob er ihn erkannt hatte. Er schaute auf Brunners kräftige Finger und die Adern, die wie Hügelzüge über seinen Handrücken liefen, dazwischen tiefe Furchen. Was hatte er mit seinen Händen alles angepackt?, fragte sich Mattmann. Hatte er seinen Kindern beim Gute-Nacht-Sagen je über die Haare gestrichen?

Wiederum lächelte Brunner und zog die Mundwinkel leicht nach hinten. Er schien sich über den Besuch zu freuen. Seine graugrünen Augen strahlten eine Wärme aus, die Mattmann nicht erwartet hatte. Und dann bewegte er seine Lippen.

«Hallo, Koni», sagte Brunner.

Lange hatte Konrad Mattmann auf diesen Augenblick gewartet. Doch er hatte sich nicht überlegt, wie er seinen Vater nennen sollte.

«Guten Tag, Alois», sagte er schliesslich. «Vater» war ihm zu pathetisch. «Papa» wäre zu vertraulich gewesen, «Pa» hätte nicht gepasst, alles kam ihm falsch vor.

«Deine Mutter hat mich Wisel genannt», sagte Brunner.

«Und wie hast du sie genannt?»

«Lena», sagte er und schloss die Augen. «Lena», wiederholte er leise. «Wir wären ein schönes Paar gewesen.»

«Du hast sie verlassen», sagte Mattmann, «als ich noch nicht einmal auf der Welt war.»

Brunner atmete tief, ohne etwas zu erwidern.

«Du hast sie im Stich gelassen.»

Langsam öffnete er die Augen und fragte: «Sagt sie das?

«Stimmt das etwa nicht?»

Brunner schwieg.

«Und du hast nie Unterhalt bezahlt.»

Brunner schüttelte den Kopf. Aber erklären wollte er nichts. Er wandte sich an den Aufseher in der Ecke und verlangte, zurück in die Zelle gebracht zu werden. Bei der Türe drehte er sich noch einmal um und sagte: «Deine Mutter hätte alles von mir haben können. Doch sie wollte kein Geld von mir. Sie wollte mich nie mehr sehen.»

Als Mattmann wieder bei seinem Wagen stand, wählte er Rahels Nummer.

«Wie war's?», fragte sie.

«Es war interessant, ein Untersuchungsgefängnis einmal von innen zu sehen. Für einen unbescholtenen Bürger wie mich.»

«Unbescholten, dass ich nicht lache.»

«Ein altmodisches Wort, ich weiss.»

«Und?», fragte sie weiter. «Was hast du von deinem Vater erfahren?»

«Dies und das.»

«Er hat also nicht die ganze Zeit geschwiegen wie bei allen Verhören?»

«Wir haben über meine Mutter gesprochen. Ich verstehe nicht, wer da wen verlassen hat.»

«Eheknatsch?»

«Sie waren nie verheiratet», sagte Mattmann. «Ich trage ja nicht einmal seinen Namen.»

«Klar.»

Beide schwiegen. Dann fragte er: «Was hat dir meine Mutter damals alles erzählt?»

«Du bist hartnäckig.»

«Gehst du immer noch so gerne schwimmen?», fragte er.

«Am liebsten früh am Morgen oder am Abend nach dem Büro.»

«Morgen ist Samstag, hast du da nicht frei?»

Ich muss morgen ins Büro. Aber nach fünf Uhr? Wenn es nicht mehr so heiss ist? Am Bellevue, wie das letzte Mal?»

«Okay», sagte er. Dann hörte er ein Klicken, und die Verbindung war abgebrochen.

***

Rahel hatte eigentlich nichts Privates mit Mattmann mehr abmachen wollen. Doch dann brachte er den Vorschlag, schwimmen zu gehen, und sie war einfach darauf eingestiegen. Die Aussicht, das Wochenende wieder im Büro zu verbringen oder einsam zu Hause, war alles andere als verlockend. Zudem war sie mit ihren Ermittlungen in eine Sackgasse geraten. Auch ihr Plan, Brunner mit Mattmann zu konfrontieren, hatte nichts gebracht. Brunner schwieg wie ein Grab, sie hatte nichts Neues in den Händen, um eine weitere Hafterstreckung beim Zwangsmassnahmengericht beantragen zu können. Sie musste ihn auf freien Fuss setzen.

Der Tathergang liess sich durch die Obduktion zwar einigermassen rekonstruieren, Lina Brunners Tod musste zwischen dem späten Nachmittag und dem frühen Abend eingetreten sein. Für das, was vorher geschehen war, gab es jedoch keine Anhaltspunkte. Gefunden wurde sie von ihrer Tochter erst am Nachmittag des darauffolgenden Tages.

Für Rahel war klar, dass es sich um eine sogenannte Fremdeinwirkung und nicht um einen Unfall handelte, das konnte sie anhand der Verletzungen beweisen. Doch fürs Gericht brauchte sie die Tatwaffe und Spuren, welche Brunner mit der Tat in Verbindung brachten. Oder ein Geständnis. Sie hatte weder das eine noch das andere.

Rahel nahm sich vor, alle Unterlagen ein weiteres Mal durchzugehen und sich darauf zu konzentrieren, was auf einen anderen Täter hinweisen könnte. Vielleicht schwieg Brunner, um einen Dritten zu schützen, überlegte sie. Susanne wie David Brunner kamen als Täter nicht in Frage, beide hatten ein Alibi für den Abend, als ihre Mutter ums Leben kam.

Und noch eine Einsicht war ihr gekommen: Sie musste klar trennen, im Kopf wie in ihrem Herz, zwischen ihren Ermittlungen und dieser alten Geschichte, die mit Konrad auftauchte. Sie würde morgen bis um fünf im Büro arbeiten, und dann wollte sie ihre Freizeit geniessen. Mit Schwimmen im See. Mit Konrad, wenn er unbedingt mitkommen wollte. Und was sich daraus ergeben würde, das liess sie auf sich zukommen. Sie konnte nicht alles unter ihrer Kontrolle behalten. Auch bei ihren Ermittlungen vertraute sie manchmal auf den Zufall. Wenn etwas reif war, würde es ihr zufallen. Sie durfte nur den Moment nicht verpassen.

Teil III

Heidenloch

*Seit gestern bin ich wieder zu Hause. In der Küche. Es ist stock-
dunkel draussen. Ich kann nicht schlafen. Du hast mir manchmal einen Tee gemacht und dich neben mich gesetzt. Lina, wo
bist du? Ich bin so alleine. Aber das war schon immer so. Allein
gegen die ganze Welt. Es ist ungerecht, Lina, ich musste in die
Fabrik, und all die Dummköpfe konnten weiter zur Schule
gehen. Bei uns zu Hause war nichts anderes denkbar. Und
keiner der Lehrer kümmerte sich um mich. Das wäre doch ihre
Aufgabe: die Fähigen fördern!*

*Mit all meiner Kraft setzte ich mich ein, dass unsere beiden
Kinder eine höhere Schule besuchen konnten. Susanne hat ihren
Weg gemacht. Aber David! Im Gepäck fremder Leute wühlen.
Und nun Staub aufwirbeln, statt die alten Geschichten ruhen zu
lassen. Plötzlich ist er dagestanden und hat alles wissen wollen.*

14

Susanne wollte Mattmann treffen, so schnell wie möglich. Sie rief ihn an, ohne genau zu sagen, worum es ging, und war überrascht, dass er einfach zugesagt hatte. Sie wohnte in einer Neubauwohnung nur wenige Schritte von der Altstadt von Winterthur entfernt. Es roch noch nach Farbe, alle Möbel waren neu; nach der Trennung von ihrem Mann wagte sie einen Neuanfang. Enkel waren noch keine in Sicht, nun konnte sie sich das Leben so einrichten, wie sie das wollte. Die Verhaftung ihres Vaters hatte ihr jedoch einen Strich durch die Rechnung gemacht. Nachdem sie ihn gestern nach seiner Entlassung im Untersuchungsgefängnis abgeholt und zurück ins Chalet gebracht hatte, sass sie am Abend ganz alleine in ihrer neuen Wohnung. Mit vielen Fragen. Und grosser Sorge um ihren Bruder David. Mattmann war im richtigen Moment aufgetaucht, wenn auch sehr überraschend, dachte sie.

Zum Glück musste sie an diesem Samstagvormittag nicht arbeiten. Und zum Glück traf Mattmann schon bald bei ihr ein. Sie hatten bisher nur ein paar Worte vor dem Chalet gewechselt, an der Beerdigung ihrer Mutter hatten sie sich nur kurz gesehen. Nun hatten sie Zeit. Sie führte ihn durch die Wohnung auf den Balkon. Eine Weile standen sie nebeneinander, beide mit den Händen auf der Brüstung des Geländers.

«Schon lange wollte ich einmal im obersten Stock wohnen», sagte sie, «nun habe ich den Überblick, wenigstens über die Stadt und die ‹Sidi›.»

«Sidi?»

«Die ehemalige Mechanische Seidenfabrik Winterthur. In den Backsteinbauten wurden einst die schönsten Stoffe für Krawatten und Abendkleider gewoben.»

«Arbeiten Sie in der Textilbranche?»

«Schöne Stoffe haben mich immer interessiert. Und nun wohne ich da, wo die schwarze Seide für die Beerdigung der englischen Königin Victoria gewoben wurde. Kilometer von Seidenstoffen wurden damals benötigt. Heute befinden sich hier die Fotostiftung und das Fotomuseum. Und vieles mehr.»

«Sie arbeiten im Museum?»

«Weit gefehlt. Ich bin Buchhalterin. Und im Übrigen können wir uns duzen.»

Mattmann schaute sie verdutzt an.

«Ich weiss alles.»

«Alles?»

«Wir sind Halbgeschwister.»

«Weisst du das schon lang?», fragte er.

«Seit gestern.» Sie versuchte zu lächeln. «Ich war bei meinem Vater. Und er hat mir endlich alles erzählt.»

«Ich war gestern auch bei ihm.»

«Ich weiss. Am Vormittag. Ich war am Nachmittag dort.»

«Du warst überrascht, nehme ich an. All das zu erfahren.»

«Und ob. Wie lange weisst du das schon?»

«Meine Mutter ist am Mittwoch damit herausgerückt. Ich hatte zwei Tage Vorsprung. Aber was ist das schon? Begriffen habe ich das noch nicht richtig.»

«Wie soll man das begreifen? Zuerst muss ich mehr wissen. Gestern konnte ich meinen Vater nicht so viel fragen.» Susanne hielt inne. Dann fuhr sie weiter. «Wann waren deine Mutter und er zusammen?»

«Sie haben in derselben Firma gearbeitet. Etwas mit Sprengstoff.»

Mein Vater hat nie etwas über früher erzählt», sagte Susanne. «Doch auf dem Weg ins Chalet hat er plötzlich zu sprechen begonnen.»

«Sie haben ihn entlassen?»

«Klar», sagte sie. «Ich habe immer gewusst, dass er unschuldig ist.»

Susanne strahlte etwas Pragmatisches aus. Sie stand mit beiden Beinen fest auf dem Boden. «Ich habe eine Bitte an dich», sagte sie, «aber lass uns drinnen darüber sprechen.»

Sie drehte sich um und ging hinein ins Wohnzimmer. Mattmann folgte ihr. Sie platzierte ihn auf eines der beiden grossen, mit grauem Wollstoff bezogenen Sofas. In der Küche machte sie zwei Espresso und setzte sich ihm gegenüber.

«David war schon immer etwas eigenartig. Aber seit dem Tod unserer Mutter mache ich mir grosse Sorgen um ihn», begann sie. «Du musst mir helfen. Ich habe Angst, dass er etwas Dummes macht.»

«Wovor hast du Angst?»

«Dass er sich etwas antut.»

«Wende dich an die Polizei», sagte er und lehnte sich im weichen Sofa zurück. «Die haben ihre Spezialisten für solche Fälle.»

«Ich brauche deine Unterstützung, nicht diejenige der Polizei.» Sie machte eine lange Pause, und als er nicht reagierte, sagte sie: «Bitte, fahr zu David.»

«Ich kenne ihn nicht. Was arbeitet er? Hat er Familie?»

Susanne schaute ihm in die Augen. «Ich weiss sehr wenig von ihm. Er ist ein Einzelgänger.»

«Wie soll er dann einem völlig Unbekannten etwas erzählen?»

«Wir sind Geschwister. Halbgeschwister.»

«Weiss er das?», fragte Mattmann.

«Keine Ahnung.»

«Du musst ihn vorher informieren.»

«Das bringt nichts. Wir zwei müssen jetzt zusammenspannen. Bitte fahr zu ihm.» Susanne hatte sich schon immer einen älteren Bruder gewünscht, nun sass er ihr gegenüber. Sie spürte, ihm konnte sie sich anvertrauen. «David und mein Vater hatten sich nie viel zu sagen», fuhr sie fort.

«Waren sie zerstritten?»

«Sie gingen sich aus dem Weg.»

«Schon lange?»

«Ich weiss nicht, wann es zum Bruch kam», sagte sie. «Es ging irgendwie schleichend. Meine Mutter hat sehr darunter gelitten.»

Susanne und Mattmann blieben eine Weile stumm sitzen.

Dann sagte sie leise: «Mein Vater war als Hauswart bei der BBC tätig. Das war damals noch das Flaggschiff der Schweizer Industrie, die ‹Brown Boveri & Cie.›, aber nach dem Zusammenschluss zur ABB blieb kein Stein mehr auf dem andern. Alles wurde umorganisiert. Sein Arbeitsplatz wurde Teil des Facility Managements und dieses ein eigenes Profitcenter. Jeder Arbeitsgang wurde rationalisiert. Als Hauswart war er nur noch ein kleines Rädchen. Wir wohnten damals in Baden, und er zählte die Jahre, Monate und Tage bis zu seiner Pensionierung.» Sie schaute hinaus.

Auf dem Fensterbrett hüpfte ein Spatz hin und her. «Nach dem Umzug von Baden ins Chalet hatte er Zeit zum Träumen. Wochenlang ist er umhergegangen und hat an einer grossen Erfindung herumstudiert.»

«Was hat er erfunden?»

«‹Erfindung› ist vielleicht ein etwas grosses Wort. Eine Maschine, die krumme Nägel wieder geradebiegt, wollte er entwickeln. Oder an einem Superleim hat er herumgepröbelt, mit dem er alles hätte flicken können. Dabei gab es auf dem Markt schon eine Fülle von Produkten.» Sie wandte sich wieder an Mattmann. «Fahr bitte zu David. Fahr heute noch.»

«Morgen», sagte er, «heute habe ich noch einen Termin in Zürich.»

15

Die Abendsonne blendete ihn, als Mattmann auf Rahel wartete. Er stand an der Tramhaltestelle Bellevue und suchte in der Menschenmenge nach ihr. Sie hatte ihm zwar den Besuch bei Brunner im Untersuchungsgefängnis ermöglicht. Als er sie nachher angerufen hatte, hatte sie wieder ihre eisige Stimme als Polizistin hervorgekehrt, die nur ihren Dienst versah. Als er sie dagegen fragte, ob sie zusammen schwimmen gehen wollten, war sie plötzlich unternehmungslustig und für alles zu haben. War sie schon früher so von einem ins andere Extrem geschwankt?

Mattmann schaute Richtung Quaibrücke, doch er konnte sie nicht entdecken. Er war überzeugt, sie sofort an ihrer aufrechten Haltung und dem ihr eigenen eleganten Gang zu erkennen. Dann spürte er zwei Finger, die auf seine Schulter tippten. Er drehte sich um und sah sie vor sich. Ihre langen braunen Haare trug sie diesmal offen.

«Du hast mich aus einer anderen Richtung erwartet», sagte sie.

«Ich glaubte, du kämest direkt aus dem Büro.»

«Bei mir kann man nie wissen.» Sie zeigte auf ihre blaue Segeltuchtasche. «Alles dabei. Und du?»

«Ich habe meine Badehose vergessen.»

«Dann mietest du dir eine», sagte sie. Sie gingen in forschem Tempo los und überholten die Liebespaare, die Hand in Hand dem See entlangschlenderten.

«Bist du in festen Händen?», fragte er.

«Ich war zehn Jahre verheiratet. Doch dann ging es mit Andreas nicht mehr.»

«Falsch verbunden?»

«Kann man sagen. Und du?», fragte sie.

Er würde ihr später von Gina erzählen, dachte er und war froh, dass sie beim Seebad Utoquai ankamen, dem alten Holzbad, das auf Pfählen im See stand. Er schielte auf die elektronische Anzeige der Wassertemperatur. «Achtzehn Grad», sagte er. «Brrr.»

«Komm schon», sagte Rahel, «das bist du dich doch gewohnt von der Ostsee.»

Am Drehkreuz ging sie mit der Saisonkarte durch und direkt zu den Umkleidekabinen. Er stellte sich vor der Kasse in die Schlange, um ein Ticket zu kaufen und eine Badehose zu mieten. Sie war etwas zu eng, wie er in der Garderobe feststellte. Im Spiegel sah er seinen Bauch. Er war nicht mehr der Jüngste. Mit einem Mal fühlte er sich zu alt für einen Badeausflug mit seiner ersten, längst verflossenen Liebe.

Als Mattmann aus dem Halbdunkel der Garderobe aufs Deck trat, entdeckte er Rahel in einem dunkelblauen Einteiler unter der Dusche. Er schaute ihr zu, wie sie aufs Sprungbrett stieg, das leicht federte, als sie Kopf voran in den See sprang. Er stieg rückwärts die hölzernen Stufen hinunter und crawlte hinter ihr her.

«Wir schwimmen über den See», rief er ihr zu, als er sie eingeholt hatte.

«Bei den gelben Bojen endet die Zone für Schwimmer», rief sie zurück.

«Verstanden, Frau Kommissarin!», sagte er und tauchte unter. Durchs grünblaue Wasser sah er ihre langen Beine. Er wollte sie am Fuss packen, doch er liess es bleiben und tauchte auf. Sie schwammen Seite an Seite der Abendsonne entgegen. Eine Schar Mädchen schwamm kreischend an ihnen vorbei, verfolgt von jungen Burschen, die wie Delfine neben ihnen auf- und untertauchten.

Es war noch schön warm, nur eine leichte Abendbrise wehte. Zum Essen schöpften sie sich einen Teller am Salatbuffet des Kiosks und bestellten ein Glas kühlen Weisswein. Damit stiegen sie aufs obere Deck und setzten sich in den Windschatten der Brüstung. Sie hörten, wie sich die Jugendlichen auf dem Floss vergnügten.

Ich habe deine Mutter immer bewundert», sagte Rahel.

«Eine selbstständige Frau. Alleine zog sie dich gross.» Sie legte die Gabel zur Seite. «Und arbeitete gleichzeitig den ganzen Tag als Sekretärin.»

«So hat sie das dargestellt. Sie hatte Französisch und Englisch studiert und arbeitete Teilzeit in einem Übersetzungsbüro. Daneben versuchte sie selber zu schreiben, etwas Literarisches, aber das ist ihr nicht gelungen. Und vielleicht war ich es, der ihr im Wege stand.»

«Es war damals sicher nicht einfach als alleinstehende Mutter.»

Mattmann räusperte sich. «Ich bin bei meinen Grosseltern aufgewachsen.»

«Aber später, als du ins Gymnasium gingest, da wohntest du doch bei ihr.»

«Lass uns lieber über etwas anderes sprechen», sagte er und trank einen Schluck Wein. Über seine Mutter wollte er später mit ihr reden. Nun wollte er nur den Augenblick geniessen. Doch Rahel fuhr fort: «Ich habe mich mit ihr immer gut verstanden.»

Er spiesste ein paar Maiskörner auf. «Sie hat mit dir schon damals über meinen Vater gesprochen», sagte er und schaute sie vorwurfsvoll an. «Und mich habt ihr beiden im Unwissen gelassen.»

«Stimmt.»

«Warum?»

«Sie wollte es dir immer erzählen, doch sie wusste nicht, wie. Vielleicht hatte sie gehofft, ich würde sie dabei unterstützen.» Rahel fuhr sich durchs Haar. «Für mich wie für sie kam dein Aufbruch nach Australien überraschend.»

«Spätestens dann hätte sie es mir sagen müssen.»

«Vielleicht hatte sie Angst, dich ganz zu verlieren, wenn sie dir davon erzählt hätte.»

«Und warum hast du mir damals nichts gesagt?»

Rahel zuckte mit den Schultern. «Du wolltest einfach weg. Und wir hatten uns plötzlich nicht mehr viel zu sagen.»

Mattmann betrachtete seine Beine. Die nassen Badehosen klebten ihm an den Oberschenkeln.

«Bist du mir böse?», fragte sie.

«Ich weiss nicht recht, ob mit dir oder mehr mit meiner Mutter.»

«Oder mit beiden.»

«Noch etwas zu trinken?», fragte er.

«Etwas Warmes. Gerne einen Kaffee», sagte Rahel.

Er stieg die steile Treppe hinab und kam nach einer Weile mit zwei Tassen zurück aufs Oberdeck. Rahel lehnte mit dem Rücken an der Brüstung, die Beine hatte sie angezogen und beide Arme um die Knie geschlungen. Sie hatte ihr nasses Badekleid ausgezogen und trug nur ein langes weisses Hemd.

Er stellte den Kaffee ab und setzte sich neben sie.

Rahel trank langsam. Die Augen beinahe geschlossen. Aus schmalen Schlitzen sah sie ihn an und sagte: «Du hast bald Geburtstag.»

«Dass du dich erinnerst.»

«Am 4. Juli. Am Unabhängigkeitstag der USA.»

«Ich hätte gern einmal in Amerika gelebt.»

«Hat dir deine Zeitung nie einen Posten in Washington angeboten?»

«Die Hauptstadt der USA muss öde sein. Aber aus Kalifornien hätte ich gerne berichtet.»

«Ich träume von einer Fahrt der Westküste entlang, von Seattle bis nach San Francisco», sagte Rahel, «auf dem Highway No. 1.»

Mattmann rückte etwas näher. Ihre Schultern berührten sich. Er legte seinen Arm um sie und stellte sich vor, dass er sie am ganzen Körper wärmen würde, später am Abend, wenn sie in einem hübschen kleinen Hotel ein Zimmer nähmen. Er könnte nicht warten, bis die Türe hinter ihnen ins Schloss fallen und sie in die frischen Laken schlüpfen würden. Zuerst Seite an Seite liegend, Haut an Haut. Dann sich einander zudrehend, seine Hand an ihrem Hals, unter den noch feuchten Haaren, nach Seewasser riechend, dann vorsichtig mit den Fingerspitzen hinuntergleitend, über die Brüste und weiter über den Bauch bis zu ihrer Scham. Sie würde ihn plötzlich wie ein wildes Tier auf den Rücken werfen, sich auf ihn stürzen und ihm tief in die Augen schauen. Eng umschlugen, dass nichts mehr zwischen ihnen wäre, alles vergessen, einen ewigen Moment lang, bis sie im weichen Bett für immer versinken würden.

Das Knarren der Treppenstufen schreckte ihn auf. Der Bademeister kam mit dem Schlauch, um das Deck abzuspritzen. Er zog seinen Arm zurück, Rahel stand auf und packte ihre Sachen, sie musste nur noch ihre Jeans und Schuhe anziehen. Mattmann ging in die Garderobe. Er fröstelte und sehnte sich in seinen Traum zurück, in ihre Arme, in eine Zeit, die längst vergangen war. Rahel war seine erste grosse Liebe gewesen. Sie war ihm damals nicht nachgereist. Wie hatte er nur so naiv sein können, darauf zu hoffen. Und jetzt standen sie beide an einem ganz anderen Ort.

Angezogen wartete Mattmann vor der Badeanstalt.

***

Rahel kämmte sich die noch feuchten Haare, warf einen Blick in den Spiegel und legte ein dezentes Rot auf die Lippen. Als sie aus der Garderobe kam, sah sie ihn, wie er auf sie wartete. Sie freute sich und ging auf ihn zu.

Sie schlenderten zurück Richtung Bellevue.

«Und nun?», fragte sie.

«Wartet niemand auf dich zu Hause?»

«Mao.»

«Mao?»

«Das ist doch ein schöner Name für einen Kater», sagte sie. «Er erinnert mich an die alten Zeiten. An den alten Mao und sein rotes Büchlein, das ich immer bei mir trug.»

«Ich war nicht so politisch engagiert wie du.»

«Und heute? Wo stehst du heute?»

«Politisch?»

«Ja. Und überhaupt. Du hast mir noch gar nichts über dich erzählt.»

«Über meine Arbeit bei der Zeitung?»

«Du bist bestimmt viel unterwegs als Korrespondent. Jede Woche in einer anderen Stadt Skandinaviens: Helsinki, Oslo, Kopenhagen, Reykjavík und … Wie heisst die Hauptstadt von Grönland?»

«Nuuk.»

«Nuuk tönt spannend. Wann fliegst du dorthin?»

«Ich bin meistens in Stockholm und bin nur alle zwei Monate auf Achse.»

«Wie lebst du in Schweden? Allein? Oder wartet dort jemand auf dich?»

«Ich lebe mit Gina zusammen. Einer Ärztin.»

«Schon lange?»

«Wir sind seit vielen Jahren verheiratet.»

«Glücklich?»

«Glück ist kein Zustand. Aber Gina ist immer noch ein Geheimnis für mich. Und wir haben es lustig zusammen.»

«Du liebst geheimnisvolle Frauen.»

«Du bist für mich immer ein Geheimnis geblieben», sagte Mattmann.

Sie kamen zum Bellevue und mussten sich entscheiden. Ins Kino gehen oder das Limmatquai hinunterschlendern. Rahel ging gerne ins Kino, doch in der letzten Zeit war sie nicht mehr dazu gekommen. Mit Mattmann zwei Stunden im Dunkeln zu sitzen, danach war ihr jedoch nun nicht zumute. Sie hatte sich vorgestellt, ihm den Idaplatz zu zeigen. Das Quartier hatte sich seit dem Bau des Uetlibergtunnels enorm verändert. Die Weststrasse war zu einer ruhigen Quartierstrasse geworden, die umliegenden Strassen zu Fressmeilen; japanische und äthiopische Restaurants schossen wie Pilze aus dem Boden, und am Wochenende wurde überall gebruncht, im «Dihei» oder bei «Babette». Noch hatte es den einen und anderen Coiffeursalon für Damen und Herren an einer der Ecken oder ein Gravuratelier mit Zinnpokalen, Firmenschildern und Medaillen aus Messing im Schaufenster. Doch es war nur eine Frage der Zeit, bis diese altmodischen Geschäfte verschwinden würden.

Als Mattmann jedoch Gina erwähnt hatte, war Rahel plötzlich jede Lust vergangen, mit ihm den Abend zu verbringen und schon gar nicht die Nacht. Mit einem flüchtigen Kuss verabschiedete sie sich, nahm am Bellevue das 11er-Tram und fuhr nach Schwamendingen, zurück in ihr Reiheneinfamilienhaus, das sie und Andreas gekauft hatten. Sie wünschten sich Kinder, aber es kamen keine. Nach der Scheidung war das Haus viel zu gross für sie und ihren Kater, doch sie konnte sich nicht aufraffen, es zu verkaufen und in eine kleine, zentral gelegene Wohnung zu ziehen. Mao hätte das nie mitgemacht, und Rahel hatte weder Zeit noch Kraft für so ein grosses Unternehmen. Der Job und das Haus waren die beiden Fixpunkte in ihrem Leben, aber wirklich Halt gaben sie ihr nicht. Sie hatte den Garten verwildern lassen, und im Bad lösten sich die Kacheln. Beim Herd funktionierte nur noch die kleine Platte. Sie hatte schon länger nicht mehr gekocht.

16

Das Mietshaus, in dem David Brunner wohnte, lag am westlichen Stadtrand von Basel, unmittelbar neben dem weitläufigen Gelände der psychiatrischen Universitätsklinik. Erstmals seit Mattmanns Ankunft in der Schweiz war heute der Himmel bedeckt, ein grauer Sonntag, nicht kalt, aber unfreundlich. Auf der Flughafenstrasse donnerte der Verkehr Richtung Frankreich und zum nahe gelegenen EuroAirport.

Mattmann stieg die Treppe hoch bis in den dritten Stock und klingelte. Niemand reagierte. Als er es nochmals versuchte, öffnete sich die Türe der Wohnung gegenüber. Eine ältere Frau erklärte ihm, dass er lange warten könne. Die Post und Gratiszeitungen würden sich seit Wochen in Brunners Briefkasten stapeln. Da öffnete sich die Türe des Aufzugs. Ein Mann in Kapuzenpullover und Windjacke schritt direkt auf die Wohnungstüre zu und schloss auf.

«Sind Sie David Brunner?», fragte Mattmann.

«Das geht dich nichts an», antwortete dieser und wollte die Türe hinter sich zuziehen.

«Ich bin –»

«Hier gibt es nichts zu schnüffeln», schnitt David ihm das Wort ab.

Mattmann hätte gerne den Fuss in die Türe gehalten, aber er besann sich. Hausfriedensbruch wollte er nicht begehen.

«Ihre Schwester schickt mich», sagte er.

David horchte auf.

«Sie macht sich Sorgen um Sie.»

«Warum kommt sie nicht selber?»

«Sie glaubt, nichts ausrichten zu können.» Mattmann rechnete damit, dass ihm einfach die Türe vor der Nase zugeknallt würde. David Brunner blieb im Flur stehen und schien sich nicht entscheiden zu können. Mattmann liess ihm Zeit. Als Journalist hatte er gelernt, nicht mit der Türe ins Haus zu fallen. Das war keine gute Methode, ein Gespräch in Gang zu bringen.

David stand still unter der Türe und schaute zu Boden. Dann wandte er sich langsam ab, ging in den Flur, warf seine Jacke auf einen Stuhl und streifte die Turnschuhe ab. Die Türe liess er offen.

«Darf ich hineinkommen?»

David zuckte mit den Schultern.

Langsam trat Mattmann ein und schloss die Türe hinter sich. Er hängte seine Jacke auf, zog sich ebenfalls die Schuhe aus und folgte David. Die Lamellenstoren liessen nur dünne Streifen Tageslicht in die Einzimmerwohnung. David öffnete das Fenster. Er zündete sich eine Zigarette an und schaute fragend auf Mattmanns Füsse.

«In Schweden zieht man immer die Schuhe aus, wenn man eine fremde Wohnung betritt. Nicht nur im Winter, wenn es Schnee hat.»

«Du lebst in Schweden?»

«Seit mehr als zehn Jahren.»

«Schön karg, nehme ich an.»

«Mir gefällt es. Besser als in der Schweiz.»

David legte sich der Länge nach aufs Sofa. Mattmann setzte sich in einen Sessel. Langsam gewöhnten sich seine Augen ans Halbdunkel. Die Tapete war wild gemustert, helle Ranken auf einem dunkelgrünen Hintergrund. An der einen Wand hing ein Farbposter, das eine Art Märchenwald zeigte: hohe Nadelbäume und ein Teppich von Farnen, deren gezackte Blätter hellgrün schimmerten. Mattmann glaubte, David sei eingeschlafen, doch mit einem Ruck setzte sich dieser auf und fragte: «Hast du im Fernsehen die Sendung über den Regenwald gesehen?»

«Nein», sagte Mattmann.

«Da hast du etwas verpasst. Und weisst du was? Ich habe es mit eigenen Augen gesehen! In Kanada. An der Westküste. Der grösste Baum ist sechsundsiebzig Meter hoch. So hoch wie der Turm von Pisa. Und auch die anderen Bäume sind riesig.»

«Als Journalist bin ich viel gereist, aber dort war ich noch nie.»

David horchte auf. «Du kommst von einer Zeitung? Oder vom Fernsehen?»

«Ich komme aus privaten Gründen. Ich heisse Konrad.»

«Noch nie gesehen.»

«Wir sind verwandt.»

«Meine Verwandtschaft interessiert mich nicht», sagte David.

«Ich bin auch kein grosser Familienmensch», fuhr Mattmann fort, «aber –»

David unterbrach ihn: «Komm zur Sache!»

«Dein Vater –»

«Hockt im Gefängnis.»

«Ja», sagte Mattmann, «ich habe ihn dort besucht.»

«In der Zelle?»

«Nein, da kommt man nicht rein.»

«Und er nicht raus.»

«Er ist aus der Untersuchungshaft entlassen worden», sagte Mattmann. «Hat dich niemand informiert?»

«Mir sagt man nichts.» Sein Blick war finster.

«Ich will dir helfen», begann Mattmann.

«Du siehst wie ein Bulle aus», unterbrach ihn David.

«Ich bin dein Halbbruder.»

David lächelte. «Und das soll ich dir glauben?»

«Ich kann es dir nicht beweisen. Aber du kannst deinen Vater fragen.»

«Ich spreche nicht mehr mit ihm.»

Das Heulen der Sirene eines Polizeiautos kam näher.

David zuckte zusammen.

«Hast du etwas auf dem Kerbholz?»

«Wo denkst du hin», sagte David, stand auf und ging zum offenen Fenster. Mit zwei Fingern spreizte er zwei Lamellen der Storen und schaute auf die Strasse, bis die Sirene nicht mehr zu hören war.

Mattmann stand ebenfalls auf und betrachtete die aufge-

emons: **Tel. 0221-5 69 77-0 · info@emons-verlag.de**

Bitte senden Sie mir das aktuelle Verlagsprogramm zu

Ich möchte den Newsletter von emons: **per E-Mail erhalten**

Ich habe Interesse an Krimis aus folgender Region:

 Besuchen Sie uns auch auf www.facebook.com/EmonsVerlag

Name

Straße

PLZ/Ort

E-Mail

Ich bin damit einverstanden, dass meine hier angeführten Daten zu dem folgenden Zweck »Versand von Kundenprospekt« erhoben, verarbeitet und genutzt sowie unter Umständen an unseren Dienstleister zum Versand des angeforderten Kundenprospektes weitergegeben bzw. übermittelt und dort ebenfalls zu dem folgenden Zweck »Versand von Kundenprospekt« verarbeitet und genutzt werden. Hier werden die Daten unmittelbar nach dem Versand gelöscht. Im werden mit dem Zugang meiner Widerrufserklärung meine Daten gelöscht.

emons: **verlag**
Cäcilienstraße 48

50667 Köln

pinnten Fotos neben dem Plakat des Regenwalds. Es waren Bilder von einem unendlich langen Strand und hohen Wellen. Dann schaute er zu David. Langsam kam dieser auf ihn zu, stellte sich neben ihn und zeigte auf eine Gruppe von kleinen Holzhäusern und ein grösseres Gebäude mit einer Terrasse hoch über dem Meer.

«Die ‹Middle Beach Lodge›», sagte er. «Am Pazifik.»

«Hast du da übernachtet?»

«Das Hotel ist für andere Leute als mich gemacht, für vornehmere.»

«Wo am Pazifik?»

«Kanada. Vancouver Island. Ich wollte die Grauwale sehen.»

«Die möchte ich auch einmal sehen.»

«Sehr eindrückliche Tiere. Sie werden bis fünfzehn Meter lang und können vierzig Tonnen wiegen. Dabei ernähren sie sich nur von Flohkrebsen und kleinen Fischen. Und dem, was sie am Meeresboden im Schlamm finden.»

Mattmann bemerkte, wie Davids Augen zu glänzen begannen, die Tiere schienen ihm am Herzen zu liegen.

«Im Atlantik wurde der Grauwal schon vor mehreren Jahrhunderten von Walfängern ausgerottet», fuhr David fort. «Als ‹Teufelsfische› wurden sie damals bezeichnet, weil die Walkühe mit wütenden Angriffen ihre Kälber zu schützen versuchten.»

David ging zu seinem Laptop und suchte Bilder von Grauwalen. Mattmann stand hinter ihm und übte sich in Geduld. Nachdem sie mehrere Dutzend Bilder von auftauchenden Walen, ihren Schwanzflossen und ihren Fontänen angeschaut hatten, folgte ein Porträt eines Mannes mit silbernen Haaren und silbernem Bart, etwa in Mattmanns Alter. David wollte im Bilderordner weiterblättern, als Mattmann fragte: «Wer ist das?»

David schaute lange auf das Foto. «Ein ausgewanderter Schweizer. Einer, der seinen Traum realisiert hat», sagte er. Nach einer Weile fuhr er fort. «Joe hat es in Vancouver zu etwas gebracht.» Dann wandte er sich um und blickte Mattmann in die Augen. «Joes Vater und mein Vater haben in derselben Fabrik gearbeitet.»

Mattmann war überrascht von der abrupten Wendung des Gesprächs. Er durfte ihn jetzt nicht unterbrechen.

David lachte schrill. «Bei der Sprengstofffabrik Cheddite! Die Firma hatte zwei Standorte in der Schweiz. In Liestal und in Isleten. Und dann –»

«Was weisst du mehr?», fragte Mattmann und hoffte, der Gesprächsfaden würde nicht reissen.

«Eine ganze Menge.»

«Was?»

David zögerte. Er legte sich wieder aufs Sofa, breitete eine Wolldecke über seine Beine und zog sie hoch bis zum Kinn.

«Was kann ich für dich tun?», fragte Mattmann.

«Vielleicht brauche ich deine Hilfe. Später.»

«Ich kann noch eine Weile hierbleiben.»

«Geh jetzt.»

«Bist du sicher?»

«Ja.»

Mattmann legte seine Visitenkarte auf das Tischchen und verliess die Wohnung.

17

David starrte zur Decke. Der Besuch von Mattmann hatte ihn
verwirrt. Er hatte behauptet, sein Halbbruder und von Susanne
geschickt worden zu sein. Wie aus heiterem Himmel war er aufgetaucht. Sein Vater hatte offenbar noch weitere Geheimnisse.

Einen Moment hatte er Vertrauen zu Mattmann gefasst und
hätte fast zu viel erzählt, als er mit Joe und Cheddite begonnen
hatte. David drehte sich auf die Seite. Wenn Mattmann tatsächlich Journalist war und es gut mit ihm meinte, dann konnte er
ihm womöglich helfen. Was Joe damals am Rande des Pazifiks
angetönt hatte, liess ihn nicht mehr los. Zurück in der Schweiz,
ging er der Sache nach.

Er kehrte sich auf den Bauch und vergrub sein Gesicht im
Kissen. Wenn er Joe Feller nicht getroffen hätte, wäre das alles
nicht passiert. Joe hatte ihn in die Lodge zum Essen eingeladen,
nachdem sie auf einer Bootsfahrt beim Whale Watching neben-
einandergesessen waren. David vermied es, wenn immer möglich, mit fremden Menschen zu sprechen, aber die Wale hatten
es ihm angetan, er musste seine Begeisterung mit jemandem
teilen. Warum er die Einladung nicht abgelehnt hatte, konnte
er sich im Nachhinein nicht erklären.

David drehte sich wieder auf den Rücken. Dann nahm
er das Mobiltelefon aus seiner Hosentasche und checkte die
Mails. Keine Antwort von Paula. Beim Essen damals in der
Lodge war sie auch am Tisch gesessen, Joes Tochter. Sie war
eine leidenschaftliche Surferin, die sich vor nichts fürchtete.
Der Wind konnte nie stark genug blasen, die Wellen konnten
nie zu hoch sein. Sie versuchte ihn zu überreden, selbst einmal auf den Wellen zu reiten, das Gefühl sei unbeschreiblich.
Doch das traute er sich nicht zu. Als Paula früh zu Bett ging,
erzählte ihm Joe am Kaminfeuer, wie er seinen Vater verloren
habe, als er noch ganz klein gewesen sei. Später habe er herausgefunden, dass sein Vater einfach verschwunden sei. Auch

an seine Mutter könne er sich nur verschwommen erinnern. Bei einer Tante sei er aufgewachsen und nach dem Studium so schnell wie möglich ausgewandert. Zur alten Welt habe er alle Kontakte abgebrochen. «Aus Josef wurde Joe», mit diesen Worten, so erinnerte sich David, hatte er es auf den Punkt gebracht. Den Sepp aus der Innerschweiz hatte er wie eine alte Haut abgelegt.

Das hätte David auch gerne gemacht, sich mit einem Schlag von all den alten Geschichten befreit. Wäre er nur mutiger gewesen, damals am Pazifik. Paula hatte für ihn am nächsten Tag ein Surfboard und einen Neoprenanzug ausgeliehen und ihn an den Strand geschleppt. Er hatte nicht einmal versucht, sich in den engen Anzug zwängen. Er sah nur die hohen Wellen und die weisse Gischt, nachdem sie sich überschlagen hatten. Seine Beine schlotterten, wenn er sich vorstellte, wie er unter Wasser jede Orientierung verlieren würde und keine Luft mehr bekäme. An die Erlösung nach dem Tod dachte er öfters, aber nicht so. Er wollte nicht langsam ersticken. Es müsste schnell gehen.

David hatte Paula noch eine Weile vom Strand aus zugeschaut, wie sie mit dem Oberkörper auf dem Surfbrett liegend hinauspaddelte, wie sie einmal unter einer Welle durchtauchte, bevor sie sich überschlug. Er hatte gewartet, bis sie weit draussen auf das Brett geklettert war und dann auf den Wellen zurück ans Land surfte. Wie von einem Glücksrausch getragen. Wie fühlte sich das an? Glück? Davon hatte er nur eine vage Vorstellung. Er konnte sich nicht erinnern, je richtig glücklich gewesen zu sein. Vielleicht, als er noch ganz klein war, mit seiner Schwester, aber dass er das noch einmal erleben würde, daran glaubte er nicht.

Paula war ihm nicht böse, dass er es nicht gewagt hatte. «Vielleicht ein andermal», hatte sie nur gesagt. Sie hatten sich auf Anhieb verstanden, obwohl er fast doppelt so alt war wie sie. Paula studierte Chemie, er war ein einsamer Junggeselle. Eine Freundin hatte er nie gehabt, und Freunde hatte er auch keine. «Du bist wie ein Onkel aus dem alten Europa», hatte sie einmal zu ihm gesagt. Sie war für ihn wie eine Fee aus einem fernen Land. Heiter und doch ernst, dachte er.

Nach seiner Rückkehr hatten sie ein paar harmlose Whats-Apps hin- und hergeschickt und später gemailt. Dabei verstand er plötzlich, was sie mit der Bezeichnung «Onkel aus dem alten Europa» gemeint hatte: Sie wollte etwas zum Verschwinden ihres Grossvaters herausfinden. Und er sollte ihr helfen.

David stand auf und ging im Flur auf und ab. Er hatte sie unterstützt, auch wenn es ihn einiges an Überwindung gekostet hatte. Er war erstaunt gewesen, wie intensiv Paula im Internet zu recherchieren begann. Ihr Grossvater stammte aus Ziefen im Kanton Baselland. Bei der dortigen Gemeindeverwaltung hatte sie per Mail nach Unterlagen gefragt. Sie wurde auf das informatisierte Standesregister «Infostar» verwiesen, doch auf dem digitalen Weg kam sie nicht weiter. Paula hätte von Vancouver viertausend Kilometer nach Ottawa fliegen und sich auf der Schweizer Botschaft persönlich ausweisen müssen, um an die Daten ihres Grossvaters Otto Feller heranzukommen. Nach langem Hin und Her hatte sie David überreden können, von Basel nach Arlesheim zu fahren und vor Ort ein paar Informationen direkt beim Zivilstandsamt des Kantons Baselland einzuziehen.

Es hatte David eine grosse Anstrengung gekostet, seine Scheu zu überwinden und sich mit Paulas Vollmacht am Schalter zu melden. Doch die Beamtin hatte ihn freundlich empfangen, hatte sich geduldig angehört, warum er sich für die Lebensdaten von Otto Feller interessierte.

Der Hinweis auf Cheddite half ihm weiter. Als passionierte Pistolenschützin wusste die Beamtin alles über diese ehemalige Pulver- und Sprengstofffabrik, deren Schweizer Hauptsitz sich in Liestal befunden hatte. Der Name Cheddite stamme von einer Fabrik in Savoyen, begann sie zu erzählen. Ende des 19. Jahrhunderts war dort ein neuartiger Sprengstoff produziert worden, der weniger empfindlich gegenüber Schlag und Stoss gewesen war und nach dem Ort Chedde benannt wurde, wo sich die Fabrik befand. «Société Universelle d'Explosifs – La

Cheddite» habe die Firma geheissen, mit dem Hauptsitz in Paris. Sie habe nicht nur den Markt in Frankreich, sondern auch im französischen Einflussbereich von Nordafrika bis Indochina beherrscht und weitere Produktionsstätten auf der ganzen Welt betrieben. Dazu gehörte auch eine Tochterfirma in der Schweiz, die mit der Fabrikation von Zündschnüren in Liestal begonnen habe. Und, die Pistolenschützin wollte nicht aufhören mit Erzählen, während des Ersten Weltkriegs sei auch die Sprengstofffabrik in Isleten am Vierwaldstättersee übernommen worden.

David versuchte, auf sein Anliegen zurückzukommen. Die Beamtin, die sich lieber im Kleinkaliberschützenstand als im Büro aufhielt, setzte sich an den Computer und fand im Nu Paula Feller, geboren und wohnhaft in Vancouver, Tochter des Josef Feller und der Greta Sentner, einer gebürtigen Österreicherin. Auch Paulas Grossvater, Otto Feller, hatte sie schnell ausgemacht, Chemiker und Laborleiter in der Sprengstofffabrik Isleten. Doch dann stutzte sie: Feller war am 17. Dezember 1977 für verschollen erklärt worden, siebzehn Jahre nachdem er das letzte Mal lebend gesehen worden war. Die Untersuchung der Polizei sei erfolglos ad acta gelegt worden.

Da sah David ein blaues Licht zwischen den Lamellen blinken. Er ging zum Fenster. Ein Polizeiauto mit Blaulicht auf dem Dach fuhr aufs Trottoir vor dem Haus. Er musste schleunigst verschwinden.

18

Auf dem Weg zu seinem Auto versuchte Mattmann Susanne anzurufen, doch sie nahm nicht ab. Er hatte ein ungutes Gefühl, David allein zurückzulassen. Bestand die Gefahr, dass er sich etwas antun würde, fragte er sich. Und wenn ja, was müsste er unternehmen? Er wollte Susanne berichten, wie er David vorgefunden hatte. Zuvor wollte er etwas Kleines essen, es war bereits Mittag. Mattmann fuhr in die Stadt und parkierte hinter dem Bahnhof im Gundeldingenquartier. Alle Restaurants waren am Sonntag geschlossen, nur das «tibits» am Meret-Oppenheimer-Platz war offen. Er stellte sich am Buffet einen Teller mit Salaten und vegetarischen Gerichten zusammen. Als er an der Kasse in der Schlange stand, klingelte sein Telefon. Es war Rahel.

«Du warst soeben bei David Brunner», sagte sie. Am Ton ihrer Stimme merkte er sofort, dass er es mit der Ermittlerin zu tun hatte, nicht mit Rahel, mit der er am Abend zuvor im «Utoquai» gewesen war. Mattmann suchte eine ruhige Ecke und stellte seinen Teller ab.

«Susanne Brunner hat mich gebeten, ihn zu besuchen.»

«Du hättest mich informieren können.»

«Stimmt.»

«Ich halte dich im Fall Brunner auf dem Laufenden. Und du behältst alles für dich.»

«Family business.»

Rahel ging nicht darauf ein. «Der Vogel ist ausgeflogen.»

«Was wolltest du von David?»

«Ihn vorladen.»

«Warum?»

«Kein Kommentar.»

«Komm schon!»

«Hast du seine Handynummer», fragte sie, «dass wir ihn orten können?»

«Nein, aber er hat meine.»

«Wenn er dich anruft, dann informierst du mich. Auf der Stelle! Verstanden?»

«Okay. Und was sage ich ihm?»

«Du musst ihm gar nichts sagen.»

«Und wenn er auf einer Brücke steht und …»

«Er ist nicht der Typ dazu.»

«Bist du dir sicher?», fragte er.

«Ja», sagte sie und hängte auf.

Hoffentlich hatte sie recht, dachte Mattmann. Susanne wollte er später über seinen Besuch bei David informieren. Er musste nach Zürich, um Gina am Flughafen abzuholen.

***

Rahel Reinhart ärgerte sich über Mattmann und noch mehr über die interkantonale Zusammenarbeit. Die Basler Polizei zeigte sich nicht gerade kooperativ. Von Zürich aus Unterstützung anzufordern, war nicht einfach. Die Polizeihoheit war in der Schweiz eine kantonale Angelegenheit. Überall Sand im Getriebe, wenn es darum ging, schnell vorwärtszukommen.

Sie erweiterte den Kreis der Verdächtigen im Fall Brunner. Da ihr konkrete Beweise gegen den Ehemann fehlten, zielte Rahel nun auf die nächsten Verwandten des Opfers. Sie ging davon aus, dass es sich beim Tod von Lina Brunner um ein Beziehungsdelikt handelte. Wo sich David an jenem Abend befunden hatte, als seine Mutter gestorben war, diese Frage war plötzlich wieder offen. Sein Kumpel hatte kalte Füsse bekommen und die Aussage zurückgezogen. Damit hatte David kein Alibi mehr.

19

David fuhr mit seinem Toyota auf der Autobahn und verliess Basel Richtung Osten. Er versuchte ruhig zu bleiben und nicht schneller als erlaubt zu fahren. In eine Kontrolle wollte er auf keinen Fall geraten.

Bei der ersten Autobahnraststätte hielt er an und bestellte beim Schalter des Drive-in einen Hamburger und Pommes. Er ass schnell und rauchte eine Zigarette. Das Brausen des Verkehrs und das Nikotin beruhigten ihn. Er stellte sich vor, auf der Autobahn einfach weiterzufahren, bis ans Ende der Welt. Oder so lange sein Geld fürs Benzin reichen würde. Schlafen könnte er auf dem Parkplatz einer Raststätte, wie ein Fernfahrer. Das wäre ein idealer Job, dachte er, ständig unterwegs zu sein, allein im eigenen Führerstand, die Koje zum Schlafen immer dabei.

Er sah auf seinem Handy, dass sich Paula gemeldet hatte. Noch vor dem Auftauchen Mattmanns in seiner Wohnung hatte er ihr geschrieben, dass er sich nun endlich entschlossen habe, seiner eigenen Geschichte auf den Grund zu gehen. Darauf antwortete sie jetzt: *Sehr gut, David! Beginn mit Cheddite in Liestal. Muss ganz in deiner Nähe sein. Schau die Fotos auf Google Maps.*

David wollte sein Handy weglegen, da piepste es wieder. Paula schickte ihm die Koordinaten des ehemaligen Standortes der Sprengstofffabrik im Heidenloch zwischen Liestal und Lausen, im Windental. David zoomte die Ansicht auf dem Satellitenbild so nahe wie möglich. Unten am Flüsschen standen zwei grössere Gebäude, eine Fabrikantenvilla und ein lang gezogener Bau. Bäume verdeckten einen grossen Teil der Anlage, es sah aus, als hätte sich die Natur das Gelände zurückerobert. Ein guter Ort, um ein paar Tage unterzutauchen, dachte David und schrieb: *Bin kurz vor Liestal.*

Paula reagierte sofort: *Check das Firmenarchiv, weiss nicht, wo man das findet.*

David wollte sich eine zweite Portion Pommes bestellen, doch er liess es bleiben. Er musste weiter.

Paula liess jedoch nicht locker: *Schon gefunden. Im Staatsarchiv. Das ist phantastisch mit dem Internet. Alles digitalisiert. Alles, was es noch gibt. Laufmeter von Dokumenten. Allerdings mit grossen Lücken für die 1950er-Jahre.*

David schaltete sein Mobiltelefon aus. Die Polizei konnte einen Flüchtigen orten, wenn das Telefon auf Empfang war, das hatte er im Fernsehen gesehen. Sein Auto musste er so schnell wie möglich loswerden, um seine Spur zu verwischen. Schon oft hatte er sich gewünscht, einfach verschwinden zu können. Für immer. Zuerst musste er jedoch weg von der Raststätte.

Auf der Autobahn nahm er die nächste Ausfahrt nach Liestal, fuhr zum Bahnhof und stellte sein Auto auf einen Parkplatz. Würde die Polizei es entdecken, könnten sie annehmen, er sei mit dem Zug weitergefahren. Er ging jedoch zu Fuss durchs Städtchen, dann über die Brücke und folgte der Ergolz bis ins Heidenloch, wo sich die Gebäude der ehemaligen Sprengstofffabrik befanden. Sie wurden damals ausserhalb der Stadt errichtet, weil es bei der Herstellung von Sprengstoff immer wieder zu Explosionen kam. Vor Jahrzehnten war die Produktion stillgelegt worden. Einige Gebäude waren am Zerfallen, andere überwuchert. Künstler und Handwerker nutzten noch einzelne der alten Baracken.

«Suchst du was?», fragte ein junger Mann.

David wusste nicht, was er antworten sollte, und schaute sich um.

«Kommst du von der Immo-Verwaltung?»

«Nein, ich wollte …», stotterte David, «… nur mal wissen, wo Cheddite produziert hat.»

«Ich bin Jean», stellte sich der Mann im Overall voller Farbflecken vor. «Keine Ahnung, was hier einmal war. Aber Pedro kann dir weiterhelfen. Der hat lange hier gearbeitet.» Schon seit zehn Jahren sei er pensioniert, habe hier aber immer noch einen Gemüsegarten. Am Sonntag sei er allerdings nie da.

David folgte Jean in sein Atelier. An den Wänden lehnten

Ölbilder: Dreiecke, Punkte, grosse und kleine Flächen in dunklen Farben. Mit Kunst konnte David nichts anfangen.

«Ich brauche einen Unterschlupf für zwei oder drei Nächte», sagte er.

«Hast du etwas ausgefressen?», fragte Jean.

David errötete.

«Du hast wohl niemanden umgelegt», sagte Jean und lachte.

David zuckte zusammen.

«Keine Angst. Hier gelten andere Gesetze. Hinter dem Atelier hat es einen unbenutzten Raum und eine Matratze. Da kannst du eine Weile bleiben.»

20

Gina landete auf dem Flughafen Zürich-Kloten, und Mattmann wartete in der Ankunftshalle. Er spähte durch die grossen Scheiben, ob er sie an einem der Gepäckbänder entdecken konnte. Doch plötzlich stand sie vor ihm, strahlte übers ganze Gesicht und fiel ihm um den Hals. Gina war einen Kopf kleiner, hatte schwarze Augen und bereits graues Haar, obwohl sie zehn Jahre jünger war als er. Das einfache schwarze Kleid betonte ihren südländischen Teint. Sie hatte ein feuriges Temperament, während er zurückhaltend und auf Harmonie bedacht war. Im Lauf ihrer Ehe hatten beide erkannt, dass jeder von ihnen einen grossen Freiraum brauchte, daher verbrachten sie auch nicht alle Ferien zusammen. Drei Wochen Urlaub in der Schweiz waren Gina eindeutig zu viel. Sie kam später und hatte sich zudem für einen internationalen Ärztekongress in Locarno angemeldet, der mitten in ihren Ferien stattfand.

Auf dem Weg zur Parkgarage begann er von seinen Reiseplänen zu erzählen. Zwei Pässe wollte er diesmal mit ihr überqueren, den Lukmanier auf dem Weg nach Süden und den Ofenpass auf dem Rückweg. Damit liesse sich auch ein Besuch im Nationalpark verbinden.

«Später», sagte Gina, «darüber können wir beim Abendessen sprechen.»

Als er ihr Gepäck verstaut hatte, sass er einen Moment stumm hinter dem Steuer. Dann startete er den Motor. Langsam fuhr er die zehn Stockwerke auf der spiralförmigen Rampe zur Ausfahrt hinunter, danach auf die Flughafen-Autobahn. Es herrschte dichter Verkehr wie jeden Sonntagabend. Erst als sie auf der A 1 Richtung Winterthur unterwegs waren, auf der mittleren Spur und mit konstanter Geschwindigkeit, sagte sie: «Du und deine Mutter, das ist ja eine verrückte Sache.»

Konzentriert blickte er geradeaus.

«Unglaublich, dass sie dir so lange verheimlicht hat, wer dein Vater ist.»

Er schwieg.

«Noch weniger verstehe ich, warum du nie darauf bestanden hast, dass sie damit herausrückt.»

«Nun weiss ich es.»

«Warum gesteht sie dir das erst jetzt?», fragte sie.

«Woher soll ich das wissen?»

«Du warst bei ihr. Hast du sie nicht gefragt?»

«Sie ist mir ausgewichen.»

«Dann musst du sie eben festnageln.»

«Das ist nicht so einfach, das weisst du.»

«Warum so gehemmt?», fragte Gina. «Als Journalist quatschst du jeden an. Wenn es um Privates geht, kannst du nicht diskret genug sein.»

Mattmann verliess in Effretikon die Autobahn und fuhr über Fehraltorf nach Wildberg. Er kurbelte das Fenster herunter.

«Und wer – bitte – ist dein neuer Herr Vater?», schrie Gina, um den Fahrtwind und die Motorengeräusche zu übertönen.

«Alois Brunner.»

«Noch nie gehört.»

«Du kennst ihn nicht.»

«Erzähl mir von ihm.»

«Später.»

«Das sagst du immer, wenn dir etwas unangenehm ist.»

Von Wildberg fuhr Mattmann ins Tösstal hinunter.

Dann schwiegen sie, bis sie im «Gyrenbad» ankamen.

Gina wollte nach der langen Reise nicht in der niedrigen Gaststube essen. Auf der Terrasse war gedeckt, doch alle Tische waren leer. Es war am Abend im Tösstal ziemlich frisch geworden, obwohl es am Tag so heiss gewesen war. Kleine Teekerzen flackerten im Abendwind. Sie bestellten zur Vorspeise eine heisse Suppe, zum Hauptgang ein Risotto. Beide stocherten in ihren Tellern.

«Wer ist nun dein Vater?», fragte sie.

Mattmann legte die Gabel zur Seite. Nach einer Weile begann er: «Alois Brunner. Fünfundachtzig Jahre alt. Zwei Kinder. Zwei Enkel.»

«Und eine Frau hat er wohl auch», bemerkte Gina.

«Sie ist vor Kurzem gestorben.»

«War sie krank?»

«Ums Leben gekommen. Wie und warum, wird abgeklärt.»

«Du weisst gewiss mehr.»

«Brunner, ich meine, mein Vater, sass deswegen in Untersuchungshaft.»

«Ein netter Vater, in der Tat», sagte Gina und schob den Teller weg. Es war ihr kalt, doch hineingehen wollte sie nicht. Sie bestellte einen Tee und bat um eine Wolldecke. Mattmann bestellte einen Espresso und einen Grappa.

«Ich habe ihn im Gefängnis besucht», sagte er.

«Und?»

«Er sagt nicht viel.»

«Ist er schuldig?», fragte sie nach.

«Woher soll ich das wissen.»

«Sitzt er noch immer?»

«Er ist wieder auf freiem Fuss. Er wohnt nur wenige hundert Meter von hier.»

«Dann machen wir einen Abendspaziergang und besuchen ihn.»

«Ein andermal.»

«Wann?»

«Ich brauche etwas Zeit», rechtfertigte sich Mattmann.

«Da kann ich lange warten, befürchte ich.»

Nach dem Essen gingen sie direkt aufs Zimmer. Mattmann war müde. Er wollte nicht weiter darüber sprechen und legte sich schlafen. Gina kam auch ins Bett, doch sie wollte noch ein bisschen lesen. Nach zehn Minuten drehte er sich zu ihr und fragte: «Was liest du eigentlich?»

«Die Biografie von Bertha von Suttner.»

«Eine Frauenbiografie, wie immer.»

«Der Untertitel heisst ‹Ein Leben für den Frieden›. Das Buch könnte auch dich interessieren.»

Er setzte sich auf und betrachtete das Bild auf dem Buchumschlag. «Eindrückliche Frau. Aber noch nie von ihr gehört.»

Sie erzählte ihm, wie die junge Bertha, geborene Gräfin Kinsky von Wchinitz, sich auf eine Annonce meldete. Ein Industrieller in Paris suchte eine Privatsekretärin mit ausgezeichneten Kenntnissen in Englisch, Französisch, Deutsch und Schwedisch. Ausser Schwedisch erfüllte die hübsche und sprachbegabte Frau aus böhmischem Adelshaus alle Bedingungen und bekam die Stelle. Die junge Gräfin reiste nach Paris, wo Alfred Nobel sie persönlich am Bahnhof abholte und in die Suite eines Grandhotels führte; die Räume des Sekretariats in seinem Privatpalais seien noch nicht bezugsbereit. Bertha wurde schnell klar, dass ihr Arbeitgeber mehr als eine Sekretärin suchte. Dass es sich bei Nobel um den Erfinder des Dynamits handelte, erfuhr sie erst am folgenden Tag, ebenso dass er einer der damals reichsten Männer war und Sprengstofffabriken auf der halben Welt besass. Doch der vierzigjährige Nobel war äusserst menschenscheu, und die selbstbewusste und schöne Gräfin reiste bereits nach acht Tagen wieder zurück nach Wien und heiratete ihre grosse Liebe Arthur von Suttner.

«Interessant», murmelte er.

«Musst du lesen», meinte Gina, doch Mattmann war bereits eingeschlafen.

Am nächsten Morgen fuhren sie früh los, durchs enge Tösstal, dem Walensee entlang und auf der Autobahn Richtung San Bernardino. Mattmann hatte beim Abendessen vorgeschlagen, auf dem alten Saumpfad über den Splügenpass nach Chiavenna zu wandern. Gina war für die bequemere Variante per Auto. Sie war eine sportliche Autofahrerin und liebte Passfahrten. Anfangs war die Stimmung im Auto gedrückt. Der Ferienanfang war nicht wirklich gelungen.

«Du könntest etwas Musik machen», sagte sie.

Er stellte das Radio ein und suchte «Rete Due». Der Sender der italienischsprachigen Schweiz spielte Paolo Fresu. Gina liebte den melancholischen sardischen Trompeter, doch passte sein Sound nicht richtig zur kurvigen Strasse.

«Such etwas Beschwingteres», sagte sie, und er wechselte zu «Rete Uno», doch auch das war nicht das Richtige. Schon während den letzten Ferien hatte Gina Mattmann vorgeschlagen, einen CD-Spieler einbauen zu lassen. Das sei ein Stilbruch in seinem Oldtimer, hatte er sich gewehrt, und ein Anschluss für den iPod komme schon gar nicht in Frage. Am liebsten höre er Radio und jede Stunde die Nachrichten, da sei er auf dem Laufenden.

Nach einer Pause auf dem Splügenpass mit Mittagessen im Hotel della Posta fuhr Gina die schmale Strasse hinunter nach Isola. Mattmann sass wieder auf dem Beifahrersitz. Er spürte ein flaues Gefühl im Magen, nicht nur, weil er bei jeder Kehre in die Tiefe blickte, sondern weil er daran dachte, seiner Mutter die Meinung zu sagen, damit sie mit allem herausrückte. Es half nichts, die Sache weiter hinauszuzögern, daher sagte er zu Gina: «Lass uns zurückfahren. Gleich jetzt. Dann ist es erledigt.»

«Es?», fragte sie.

«Das mit meinem Vater.»

«Das lässt sich nicht einfach so erledigen», sagte Gina.

«Ich muss es jetzt machen.»

«Nach all den Jahren kann das bestimmt noch ein paar Tage warten.»

Er gab ihr recht und erzählte von seinen beiden neuen Geschwistern, David und Susanne, die unterschiedlicher nicht hätten sein können und kaum Kontakt pflegten.

In Chiavenna stellten sie das Auto ab und schlenderten durch die Altstadt. Gina in ihrem taillierten, grün leuchtenden Sommerkleid und mit roten Lippen, Mattmann im abgewetzten Jackett und dem üblichen weissen Hemd. Gina ging auf ein Herrenmodegeschäft zu und schleuste ihn hinein. «Etwas

Sommerliches für den Herrn», sagte sie dem Verkäufer und steuerte auf eine Stange mit Hemden zu. Mattmann musste ein halbes Dutzend probieren. Am besten gefielen ihm die beiden weissen, das eine aus einem feinen Leinenstoff, das andere mit einer gewebten Karostruktur, die erst auf den zweiten Blick erkennbar war. Gina war unterdessen bei den Anzügen und hatte eine Hose über ihren Arm gelegt. Sie ging damit zur Türe, um die Farbe im Abendlicht zu prüfen. «Das elegante Dunkelblau passt ausgezeichnet zu dir», sagte sie, «statt immer nur Schwarz.»

Er musste in den Anzug steigen, und Gina nickte zufrieden. Die Hose war sportlich geschnitten, und der Baumwollstoff gab ihm eine dezent legere Note.

Der Verkäufer stimmte zu. «Perfetto!»

Schuhe wollte er jedoch nicht auch noch probieren. Sie nahmen beide Hemden und den Anzug.

Auf der Piazza San Pietro bestellten sie einen fruchtigen Weisswein. Was auf der Alpennordseite bedrückte, war in weiter Ferne. Mattmann war mit Gina wieder auf derselben Wellenlänge und konnte sich ganz im Hier und Jetzt zurücklehnen. Sie bestellten ein zweites Glas und bekamen eine weitere Portion der Apéro-Häppchen, die er so liebte.

«Hast du gestern Abend noch lange in deiner Biografie gelesen?», fragte er.

Gina erzählte, wie sich Alfred Nobel schwergetan habe, nachdem Bertha zu ihrem Geliebten nach Wien zurückgekehrt sei. Zum Trost habe er sich mit einer zwanzigjährigen Blumenhändlerin liiert. Auch diese Beziehung habe unglücklich geendet, obwohl er die junge Frau auf Händen getragen habe. Er mehr als zwanzig Jahre älter, hochkultiviert, diszipliniert und masslos eifersüchtig, sie lebenslustig und unverschämt. In Paris richtete ihr Nobel eine grosse Wohnung mit Bediensteten ein, selbst war er ständig auf Geschäftsreise. Als sie von einem Kavallerie-Offizier ein Kind erwartete, löste er die Verbindung, zahlte ihr jedoch lebenslang eine Rente.

«Nobel», sagte Mattmann.

«Traurig», sagte Gina. «Dieser Sprengstoff-Unternehmer war ein einsamer Mensch.»

Nach dem letzten Schluck machten sie sich auf die Suche nach einem Hotel und blieben vor einem Palast mit einer verwitterten Fassade stehen. Das Portal stand offen. An einem Tisch im Schatten sass ein Mann, der in einem Buch las. Mit seinen zerzausten Haaren glich er eher einem Professor als einem Palastbesitzer. Eines der beiden Zimmer im «Palazzo Salis» war noch frei. Er führte sie durch die grosse Halle, die in glanzvollen Zeiten für festliche Tafeln und Konzerte genutzt worden war, und dann zu ihrem Zimmer. Es war viel kleiner, als Mattmann es sich vorgestellt hatte. Das Bett füllte mehr als die Hälfte des Raums, der jedoch hoch und sehr hell war. Zwei grosse Glastüren führten direkt in einen verwilderten Garten.

«Das nehmen wir», sagte Gina sofort. «Für drei Nächte.» Sie schaute zu Mattmann, der nickte und lachte.

Auch einen Tisch in einem der besten Restaurants der Stadt fanden sie auf Anhieb. Gina las die Speisekarte laut vor und schnalzte mit der Zunge, als würde sie jedes der Gerichte kosten.

«Fühlst du dich hier zu Hause?», fragte er, als sie sich nach dem Essen auf den Weg zu ihrem Palazzo machten.

«Ja», sagte sie, «so vieles erinnert mich an meine Nonna.»

«Zuerst kommt dir deine Grossmutter in den Sinn?»

«Meine Grossmutter ist mir in vielem näher als meine Mutter.»

«Vielleicht ist das einfach zu kompliziert mit den eigenen Eltern.» Mattmann legte seinen Arm um ihre Schultern, dann fragte er: «Wollen wir weiter nach Süden fahren?»

«Ich dachte, du willst zurück. Zu deiner Mama. Und sie zur Rede stellen.»

«Das kann warten. Wir könnten weiter bis Genua und dann die Fähre nach Sardinien nehmen.»

«Das machen wir im Herbst», sagte sie und schaute ihm in die Augen. «Hier gefällt es mir.»

Im breiten Bett in ihrem Palastzimmer schmiegte sich Mattmann an Gina. Ihre Füsse waren noch kalt von den Marmorplatten im Bad.

«Wärme mich», sagte sie und hielt ihn mit beiden Händen um den Hals.

Er küsste sie. Dann kraulte sie ihm die Brust. Er schloss die Augen und hörte, wie Gina ihr Nachthemd über den Kopf streifte. Dann spürte er ihre Lippen an seinem Ohr. «Koma. In bella Italia schlafen wir nicht in der Nacht.»

Er sah in ihre dunklen Augen und hoffte, sie würde ihn verzehren, bis nichts mehr von ihm übrig bliebe.

Als er erwachte, lag Gina neben ihm. Die Vorhänge waren noch immer halb gezogen, die Morgensonne schien durch den Spalt, und eine Katze streckte ihren Kopf herein. Ihr schwarzes Fell glänzte. Auf dem Boden lag Ginas Nachthemd.

21

David verbrachte den ganzen Tag mit Jean. An diesem Montag hätte er eigentlich auf dem Flughafen arbeiten sollen, doch er hatte sich schon am Vortag per Mail krankgemeldet. Niemand hatte zurückgefragt, was ihm fehle. Niemand vermisste ihn am Arbeitsplatz. Er hatte weder auf der Arbeit noch sonst Freunde.

Im Heidenloch fühlte er sich dagegen bereits nach einer Nacht wohler als all die Jahre in seiner Wohnung, wo er nie mit einem Nachbarn Kontakt hatte. Er half Jean beim Aufräumen, kochte und machte den Abwasch. Am Abend lernte er am grossen, langen Tisch weitere Künstler und Handwerker kennen. Er hörte zu, von sich erzählte er nichts. Später kam Pedro dazu.

«Ich habe gehört, du suchst mich», sagte er mit starkem spanischen Akzent.

Sie tranken Rotwein, und Pedro erzählte seine ganze Lebensgeschichte: 1958 war er als Dreiundzwanzigjähriger in die Schweiz gekommen. Zwanzig Jahre hatte er für Cheddite in der Zündschnur-Fabrik gearbeitet. Als die Sprengstoffproduktion 1978 von Liestal nach Isleten verlegt wurde, machte er nicht mit. Auf das einsame Flussdelta am Vierwaldstättersee wollte er um keinen Preis. David erfuhr, dass er wohl oder übel in der Kunststofffabrik arbeiten musste, die Cheddite auf dem Gelände eingerichtet hatte. Bis zu seiner Pensionierung arbeitete er mit dem Guss von Kunststoffteilen für die Industrie, zwei Jahre später wurde dann auch diese Produktion eingestellt.

«Mein Erspartes hat für ein Treibhaus gereicht, für mehr nicht», erzählte Pedro.

Er ging mit David zu seinem Gemüsegarten. Auf die Tomatenstauden war er besonders stolz, die grossen Couilles de Taureau, die Stierhoden, die Montserrat und die Muchamiel, prächtige Fleischtomaten.

«Ich habe noch alte Bilder, wie das hier einmal ausgesehen hat», sagte er.

David nickte.

Am nächsten Nachmittag brachte Pedro ein vergilbtes, graugrünes Papiermäppchen mit. «Habe ich aus der Mulde gefischt, als sie hier alles dichtgemacht haben.» Er klaubte ein paar schwarz-weisse Fotos heraus: Baracken mit kahlen Bäumen davor, keine Menschenseele weit und breit. Wie ein Straflager sah es aus. Auf einem anderen Bild war ein Hochkamin zu erkennen, davor ganz klein ein Mann im Overall. David betrachtete es näher. Das Gesicht konnte er nicht richtig erkennen.

«Ist das hier im Heidenloch?», fragte er.

Pedro zuckte mit den Schultern.

«Kann ich das behalten?», fragte David.

«Von mir aus», sagte Pedro und packte die anderen Bilder wieder ein.

David konnte nicht schlafen. Er lag in der Hängematte hinter dem Atelier. Die hohen Tannen warfen schwarze Schatten, es war Vollmond. Im Heidenloch konnte er nicht bleiben, das wusste er, die Polizei war hinter ihm her. Doch er hatte keine Ahnung, wohin er fliehen sollte. Er dachte an den Regenwald, seine letzten Ferien, die er auf Vancouver Island verbracht hatte. Er war sich vorgekommen wie in einem Märchenwald. Am liebsten wäre er dorthin zurückgeflogen, doch die Flughäfen wurden sicher von der Polizei überwacht. Gerne hätte er Paula wiedergesehen, die einzige Seele, die sich ein wenig für ihn interessierte.

Er lag mutterseelenallein in der Hängematte und betrachtete zwischen den dunklen Stämmen die Sterne am Nachthimmel. Er dachte an seine Mutter. Wenn man nach dem Tod in den Himmel kommt, dann würde er jetzt am liebsten sterben. Etwas war längst erloschen in seinem Leben.

Rahel lag wach in ihrem Reihenhaus in Schwamendingen. Mit der grossen Zehe kraulte sie das Fell von Mao. Sie spürte, dass er wach war wie sie. Katzen waren nachtaktiv, das wusste sie, nächstens würde er durchs offene Fenster ins Freie springen, um sein Revier zu überwachen. Dann wäre sie ganz allein. Konnte sie wegen des Vollmonds nicht einschlafen? Sie musste endlich den Rollladen flicken lassen, damit sie in ihrem Schlafzimmer wieder richtig dunkel machen konnte. Oder wenigstens dicke Vorhänge kaufen. Sie brauchte das Gefühl, in einer Höhle zu sein, um in den Tiefschlaf absinken zu können. Im Mondlicht, das wie ein Scheinwerfer auf ihr Bett gerichtet war, tanzten ihre Gedanken von einem Fall zum anderen. Brunner hatte Priorität. Eine Lösung war aber in weiter Ferne. Trotzdem durfte der Fall nicht liegen bleiben, Cold Cases waren ihr ein Gräuel.

Vielleicht wäre es besser, sie würde aufstehen, die Jogginghose und die Laufschuhe anziehen und wie ihr Kater eine Runde im Quartier drehen. Aber das ging nicht, sie musste schlafen, sie hatte einen langen Tag vor sich. Sie mochte nicht ans Büro denken. Und nicht an Konrad. Sie wusste, er war jetzt mit Gina in Chiavenna. Sie hatte ihn angerufen, um ihm nochmals zu erklären, dass Brunner ihr Fall sei, und um zu erfahren, was er mache. Da waren er und Gina eben beim Frühstück in irgendeinem Palazzo.

Sie hatte sich ausgemalt, dass mit Konrad und ihr wieder etwas werden könnte. Es war nur eine kleine Hoffnung gewesen, doch diese platzte nun endgültig. Da Konrad als Sohn Brunners in den Fall Brunner verstrickt war, konnte sie ihm jedoch nicht ganz ausweichen. Und den Fall abgeben, das war für sie kein Thema. Rahel drehte sich im Bett von einer auf die andere Seite. Vielleicht wäre es trotzdem das Beste, dachte sie, wenn sich eine Kollegin der ganzen Geschichte annehmen würde und sie ein paar Tage freinähme. Wieder einmal eine Bergtour machen, der Hitze im Unterland entfliehen, den ganzen Betrieb von «Leib und Leben» hinter sich lassen. Alleine mochte sie allerdings nicht gehen. Zudem war sie viel zu müde, um für ihr Privatleben irgendetwas zu planen.

Rahel war eingedöst. Sie musste ihren Kater impfen lassen. Sie suchte das Transportkistchen, legte eine kleine Decke hinein und etwas Trockenfutter. Sie musste sich beeilen, doch sie konnte Mao nicht finden. Er war weder im Haus noch im Garten. Sie wusste, er hasste es, wenn er zum Impfen musste und eingesperrt wurde. War er abgehauen? Für immer? Da wachte sie auf. Mao sass auf dem Fensterbrett und schaute hinaus.

Teil IV

Isole di Brissago

Es ist kalt, barfuss auf dem Balkon. In der Nacht. Das sind die Stunden der Dämonen. Dämonen sind keine Monster, keine bösen Geister. Dämonen sind Hausgeister, die meinen es gut mit einem. Das hat mir ein Kumpel erklärt, mit dem ich die Zelle geteilt habe. Es sind die Seelen der Verstorbenen, die herumgeistern. Man kann zu ihnen sprechen, aber sie geben einem keine Antwort, wie auch du stumm bleibst. Du meinst es doch gut mit mir, Lina, nicht wahr? Mein Vater hatte nie ein gutes Wort für mich übrig. Nie konnte ich es ihm recht machen. Wie sehnte ich mich nach dem Tag, an dem ich das Sagen hatte. Doch dann hinterliess er mir nichts als Schulden. Noch immer sehe ich ihn höhnisch lachen, in der Nacht, wenn ich nicht schlafen kann. Wie dieser verdammte Feller. Wie hat David davon erfahren? Ich müsste endlich mal vernünftig mit ihm sprechen.

23

In der Morgendämmerung fischte David mit zittriger Hand nach seinem kleinen Rucksack unter der Hängematte. Er zog ihn zu sich hoch, öffnete den Reissverschluss und suchte nach dem Foto, das er von Pedro bekommen hatte. Im schalen Licht versuchte er das Gesicht des Mannes im Overall vor dem Hochkamin zu erkennen. Schon gestern hatte es ihn an seinen Vater erinnert. Nun wusste er: Es war sein Vater. Er hatte etwas mit der Sprengstofffabrik in Isleten zu tun, aber er wusste nicht, was. Er könnte an den Urnersee fahren und vielleicht dort etwas in Erfahrung bringen. Doch dazu fehlte ihm die Kraft. Er wollte nur noch einmal mit Susanne reden, über früher. Er stand auf und packte seine Sachen.

Im Heidenloch war so früh an diesem Mittwochmorgen noch niemand auf den Beinen. Für Jean schrieb er einen kurzen Dank auf einen Zettel und schob ihn unter der Türe in sein Atelier. Dann machte er sich auf zum Bahnhof, wo sein Auto stand.

Bei Sonnenaufgang war er bereits wieder auf der Autobahn. Beide Spuren vor ihm waren leer. Er drückte das Gaspedal seines alten Toyotas durch und glaubte, er könne abheben. Er fuhr gegen Osten, der roten Sonne entgegen, und musste sich selbst eingestehen, es gab ein paar wenige schöne Momente im Leben. Nach einer Stunde war er bereits kurz vor Winterthur, nahm die Ausfahrt Töss und fuhr Richtung Stadtzentrum. Der grosse Parkplatz, auf dem der Zirkus Knie jedes Jahr seine Zelte aufschlug, war noch fast leer. Ein paar wenige Männer in grauen Anzügen und Frauen in ebenso grauen Jacketts und Hosen hasteten mit schweren Laptoptaschen Richtung Altstadt. David lehnte sich ans Auto und rauchte eine Zigarette. Auto um Auto fuhr auf den Parkplatz. Alle mussten zur Arbeit, nur er hatte etwas anderes vor.

Bis zur Wohnung seiner Schwester waren es nur ein paar

hundert Meter. Susanne war überrascht, als sie die Türe öffnete. Ohne Gruss drängte er sich an ihr vorbei in die Wohnung.

«So früh», sagte sie und bot ihm einen Kaffee an.

«Ich brauche ein Bier.»

«Vor dem Frühstück?»

«Ja, grosse Schwester, ich habe Durst. Grossen Durst.» Er setzte sich aufs Sofa.

Susanne kam mit einem Glas und einer Dose Bier.

«Kein Glas», sagte er.

«Warum bist du gekommen?»

«Über früher will ich mir dir reden», sagte David leise, aber bestimmt. «Weisst du noch, ich war damals elf oder zwölf Jahre alt. Der Felsbrocken, der mitten im Fischteich lag, musste weg. Vater bohrte ein Loch ins Gestein, versenkte ein kleines Rohr mit Zündstoff und legte die Zündschnur aus. Das war das einzige Mal, dass er erzählte, wie er mit Dynamit gearbeitet hatte. So stolz und glücklich hatte ich ihn sonst nie gesehen. Doch dann ging die Zündung zu früh los, und es hagelte Geröll und Vorwürfe. Dabei war es nicht meine Schuld. Von jenem Tag an konnte ich es ihm nie mehr recht machen.»

«Ich glaube nicht, dass ich dabei war.»

«Du und Mutter habt zugeschaut.»

«Bist du sicher?»

«Todsicher.»

«Ich kann mich nicht erinnern», sagte Susanne.

«Es wurde nie darüber gesprochen. Wie auch sonst nie über früher gesprochen wurde.»

Susanne erschrak. «David», sagte sie, «du weisst mehr als ich.»

Er lächelte, mit verzerrtem Gesicht.

«Erzähl es mir!»

«Das kann man nicht einfach so erzählen.»

«Du warst im Chalet, am Tag, als das mit unserer Mutter geschah.»

«Wie konnten sie ihn gehen lassen?», fragte David.

«Er ist unschuldig!»

«Schwesterlein! Sie haben zwar nichts gegen ihn in der Hand. Aber unschuldig ist er deswegen nicht.»

Sie erzählte ihm, wie sie mit ihrem Vater im Chalet angekommen war, wie er als Erstes zum Forellenteich gegangen war, den Schieber zum Einlauf am Bach geöffnet hatte, dann ums Haus herum und in den Werkzeugschuppen.

«Wonach hat er gesucht?», wollte David wissen.

«Keine Ahnung. Er war schlechter Laune.»

«Er war immer schlechter Laune.»

«Mutter hat immer versucht, gut Wetter zu machen», sagte sie und schaute David an. Er entgegnete ihren Blick nicht. Dann sagte sie beinahe trotzig: «Ich will daran glauben, dass er unschuldig ist.»

«Dass ich nicht lache!», rief David.

«Und du, bist du wirklich unschuldig am Tod unserer Mutter?»

«Ja, das bin ich. Es war nicht meine Schuld. Ich wollte ihn nur zur Rede stellen. Er war am Entnageln von alten Fassadenbrettern. Er hatte das Brecheisen in der Hand.»

«Hat er zugeschlagen?», fragte Susanne.

«Nein. Hätte ich es ihm nicht aus den Händen gerissen, wäre ich jetzt mausetot. Und das wäre nicht das Schlechteste.»

«Dann warst du es? Hast du unsere Mutter …?»

«Es war ein Unfall.»

«Geh zur Polizei. Und erkläre alles.»

«Am Schluss muss ich für etwas büssen, wofür ich nichts kann.»

Susanne suchte nach Worten. «Eben hast du gesagt, dass du mit dem eisernen Ding zugeschlagen hast.»

«Ich hatte es am Schluss in der Hand.»

«Genau …», sagte Susanne.

«Ich werde mich aus dem Staub machen.»

«Einfach abhauen?»

«Ja, abhauen. Aber ich weiss nicht, wohin», sagte David. Er war müde. Die letzte Nacht hatte er kein Auge zugetan.

«Du musst dich ausruhen. Bleib hier, ich habe ein Gästezimmer.» Susanne stand auf. «Ich werde dir das Bett frisch beziehen. Und wenn du hungrig bist, der Kühlschrank ist voll.»

«Ich mag nichts essen.»

«Bist du krank?»

«Nein.»

David erzählte ihr in unzusammenhängenden Sätzen von der Begegnung mit Joe am Pazifik, vom Besuch auf dem Zivilstandsamt in Arlesheim, von Cheddite und Pedro und einem Beweis, den er in der Hand hatte. Aber er konnte Vater doch nicht anzeigen, auch wenn er es verdient hätte. David sank in sich zusammen und stützte den Kopf in seine Hände.

«David. Mein armer David», sagte Susanne, setzte sich neben ihn und wollte ihn in die Arme nehmen. Er schüttelte sie ab und stiess einen Schrei aus.

«Du bist völlig durch den Wind», sagte Susanne.

«In meinem Kopf ist es glasklar.»

«Du brauchst Hilfe. Professionelle Hilfe. Am besten von einem Psychiater.»

«Quatsch.»

«Hast du es schon einmal versucht, mit einem Fachmann?»

«Dafür gibt es keine Fachmänner.»

«Konnte dir Konrad Mattmann wenigstens etwas helfen?»

«Ein komischer Kerl.»

«Er ist unser Halbbruder. Hat er dir das erzählt?»

«Er hat etwas davon geschwafelt. Aber warum sollte ich ihm glauben?»

«Ich dachte, dich interessiert, was uns Vater so lange verschwiegen hat.»

«Was weisst du?»

«Dass er schon mal verheiratet war. Oder besser gesagt, dass es vor unserer Mutter eine andere Frau in seinem Leben gegeben hat.»

«Weisst du, dass er früher in einer Sprengstofffabrik gearbeitet hat? Und was dort vorgefallen ist?», fragte David.

Susanne schüttelte den Kopf und fragte: «Was hast du jetzt vor?»

David wollte das Foto aus seinem Rucksack ziehen, doch er liess es bleiben. Vielleicht konnte Mattmann da tatsächlich weiterhelfen. Ihm selbst fehlte die Kraft.

Ohne sich zu verabschieden, verliess David die Wohnung.

24

Von Chiavenna fuhren Mattmann und Gina die schöne Strecke dem Comersee entlang bis nach Cernobbio und dann bei Chiasso über die Grenze zurück in die Schweiz. Auf der Autobahn kamen sie schnell voran bis Locarno. Sie wollten noch einen Ausflug auf die Brissago-Inseln machen und dort übernachten. Gina hatte von der Gräfin Antoinette Fleming de Saint Léger gelesen, welche die beiden Inseln vor hundertfünfzig Jahren gekauft hatte und sich dort einen Paradiesgarten anlegen liess. Die Gräfin war ein uneheliches Kind des Zaren Alexander II., hatte eine gute Ausbildung genossen und drei Ehemänner überlebt. Ihre grosse Liebe galt den Pflanzen. Von Kalifornien, Chile, dem Kap der Guten Hoffnung, von Australien und vom Mittelmeerraum hatte sie Gewächse eingeführt und liess diese auf ihrer Insel im Lago Maggiore anpflanzen. Völlig verarmt starb sie im Altersheim, doch ihr botanischer Garten lebte weiter.

In Locarno bestiegen sie das Kursschiff und kamen mit vielen anderen Besuchern auf den Isole di Brissago an. Die Schlange vor dem Eingang des Gartens liessen Gina und Mattmann links liegen. Sie tranken zuerst einen kühlen weissen Merlot auf der Terrasse der «Villa Emden» und bezogen dann ihr Zimmer im obersten Stock des ehemaligen Herrschaftshauses.

Am späteren Nachmittag, als die Massen von Besuchern mit dem Schiff zurück aufs Festland fuhren, streiften sie auf den schmalen Pfaden über die Insel. Alles stand in voller Blüte. Auf den kleinen Tafeln am Fuss der Pflanzen waren die Namen in fünf Sprachen aufgelistet. Laut las Gina die schönen lateinischen und italienischen Namen: «Paradisea lusitanica, Giglio del paradiso», und übersetzte für Mattmann auf Deutsch: «Paradieslilie». Sie ging weiter, entdeckte die Paradiesvogelblume und den Honigglockenbusch. Hinter einem Bambuswäldchen fand er eine kleine Türe in einer alten Mauer. Sie führte zum sogenannten römischen Bad mit Pool und einer Bronzestatue. Ein Gärtner pflückte Unkraut zwischen den Rosen.

«Hat die Gräfin einst hier gebadet?», fragte Gina.

«Nein», sagte er. Mattmann wollte mehr wissen, und es gelang ihm, den Gärtner in ein Gespräch zu verwickeln. Das römische Bad wie die Villa in der heutigen Form habe erst Max Emden, der nächste Besitzer der Inseln, bauen lassen. Er habe mit Warenhäusern sein Geld gemacht und sich in den dreissiger Jahren ins Tessin zurückgezogen, wegen seiner jüdischen Herkunft. Die Gemäuer des Bades stammten übrigens von einer Dynamitfabrik. Allerdings sei hier nur kurze Zeit Sprengstoff hergestellt worden.

«Eine Fabrik von Alfred Nobel?», fragte Gina, doch der Gärtner zuckte mit den Schultern. Sie erkundigten sich im Besucherzentrum, doch dort war nichts zu erfahren. Nun war auch Mattmanns Interesse geweckt. Er roch eine interessante Story, wie auf dem Gelände einer Sprengstofffabrik ein botanischer Garten entstanden war, der bis heute blühte.

Vor dem Nachtessen setzte sich Gina in einen Liegestuhl und las in ihrer Biografie von Bertha von Suttner.

Sie schaute vom Buch auf. «Übrigens, Suttner arbeitete als Journalistin für österreichische Zeitungen und Zeitschriften und verdiente ihr Geld auch mit dem Schreiben von Unterhaltungsromanen. Bekannt wurde sie mit ihrem pazifistischen Roman ‹Die Waffen nieder!›.»

«Weiss man, ob Nobel diesen Roman je gelesen hat?», fragte Mattmann.

«Der Sprengstoffkönig gratulierte ihr sogar zum Erfolg dieses Buches. Es wurde in zwölf Sprachen übersetzt und in siebenundvierzig Auflagen gedruckt.»

Gina erzählte ihm, wie Bertha von Suttner zu einer prominenten Vertreterin der Friedensbewegung wurde und 1891 am Weltfriedenskongress in Rom auftrat, ein Jahr später am internationalen Friedenskongress in Bern.

Mattmann recherchierte weiter auf dem Netz, was er zur Geschichte der Insel finden konnte und ob die Sprengstofffabrik auf der Insel etwas mit Nobel zu tun hatte. Tatsächlich spielte Nobel eine grosse Rolle beim Bau des Gotthardtunnels. Nobel hatte 1866 das Dynamit erfunden, das deutlich stärker war als Schwarzpulver. Erstmals wurde dieser Sprengstoff am Gotthard eingesetzt. Für die Herstellung des Dynamits errichtete Nobel zwei Sprengstofffabriken, eine in Isleten am Vierwaldstättersee, die andere in Ascona. Kaum hatte die Fabrik am Rande des damaligen Marktfleckens am Lago Maggiore die Produktion aufgenommen, flog sie in die Luft. Der Gemeinderat widersetzte sich einem Wiederaufbau, weshalb Nobel und seine Kompagnons einen abgelegeneren Ort suchten.

Sie kauften die Nutzungsrechte auf den beiden «Kanincheninseln», wie die Isole di Brissago im Volksmund hiessen. Fortan sollten sich dort keine Kaninchen mehr vermehren und zum Fleischbedarf beitragen, sondern Dynamit fabriziert werden, allerdings nur während zwei Jahren. Dann wehrten sich der Gemeinderat von Brissago und die anderen Gemeinden am See.

Der Kampf um die Sprengstofffabrik war gut dokumentiert, weil Louis Favre, der Baumeister des Gotthardtunnels, beim Bundesrat vorstellig wurde. Er sei für die Arbeiten am Südportal dringend auf diesen Produktionsstandort angewiesen; es sei viel zu gefährlich, das Dynamit im Winter mit Schlitten über den Gotthardpass zu transportieren, argumentierte er. Die Tessiner konnten sich schliesslich gegen die Regierung und das Parlament in Bern durchsetzen. Die Sprengstofffabrikanten mussten den Betrieb auf der Insel einstellen und fanden einen neuen Standort weiter südlich, auf italienischem Staatsgebiet. Die beiden Inseln verkauften sie der exzentrischen Gräfin, die an diesem Ort ihren Paradiesgarten anlegte.

Beim Nachtessen waren nur wenige Tische besetzt, da der Betrieb der Kursschiffe am Abend eingestellt war. Ein paar wenige Gäste waren mit ihrem eigenen Motorboot gekommen. Gina und Mattmann bestellten Brasato di coniglio, geschmortes

Kaninchen, und Maispolenta. Vom historischen Bezug zur Kanincheninsel wusste der Kellner nichts. Mattmann wollte den Küchenchef an den Tisch bestellen, doch Gina war es peinlich, und sie winkte ab. Das gab Mattmann die Gelegenheit zu erzählen, was er zur Geschichte der Insel herausgefunden hatte.

«So verrückt war die Gräfin gar nicht», sagte Gina. «Sie war der Zeit einfach etwas voraus.»

Mattmann stutzte.

«Die Männer haben ihren Tunnel durch die Alpen gesprengt», sagte sie und nahm einen Schluck Merlot. «Sie sah voraus, dass eine abgelegene Insel besser für eine Projektion des Paradieses genutzt werden könnte statt als Standort für eine Sprengstofffabrik.»

Mattmann stimmte ihr zu. In Gedanken war er aber bereits auf der Alpennordseite, wo es gemäss Wetterbericht grau und nass war. Er hatte versprochen, seine Mutter zu besuchen, während Gina zu ihrem Ärztekongress nach Locarno ging.

«Ich will jetzt alles von ihr wissen», sagte Mattmann.

«Gut so!»

«Aber wo soll ich beginnen?»

«Egal, du schmeisst ihr einfach alle deine Fragen an den Kopf.»

«So geht das nicht», sagte er.

«Warum?»

«Wir haben immer vernünftig miteinander gesprochen.»

«Dann ist es höchste Zeit, dass die Fetzen fliegen.»

«Vielleicht hast du recht. Ich muss eine andere Tonart wählen.» Er machte eine Pause. «Mir hat sie die längste Zeit kein Sterbenswörtchen gesagt. Rahel gegenüber hat sie schon vor Jahren etwas erwähnt.»

«Wer ist Rahel?», fragte Gina.

«Eine längst verflossene Liebe. Ich habe dir einmal von ihr erzählt.»

«Hast du deine alte Flamme wiedergetroffen?»

Mattmann trank seinen Wein aus. Gina kniff ihre Augen zusammen und wartete auf eine Antwort.

«Rahel Reinhart ermittelt im Fall Brunner», sagte er. «Sie führt den Fall.»

«Hat sie dich vernommen?»

«Warum sollte sie? Ich bin da nicht involviert.»

«Offenbar doch.»

«Kein Grund zur Eifersucht», wehrte Mattmann ab. «Da ist nichts.»

Gina schaute ihm in die Augen. Dann sah sie sich nach dem Kellner um. Sie bestellte noch Kaffee.

«Diese Rahel und deine Mutter wissen also mehr als du», sagte Gina.

Er nickte.

«Kommst du dir dabei nicht dumm vor?»

«Ja», antwortete er, «ziemlich dumm.»

«Dann hast du viel zu tun während der nächsten Tage. Deine Mutter muss nun endlich auspacken.»

«Ich kann sie nicht zwingen.»

«Du musst sie schütteln.»

«Meine Mutter ist schon alt.»

«Mit Rücksicht kommst du bei ihr nicht weit.»

«Stimmt», sagte er.

25

Rahel sass bis spät am Abend im Büro. David Brunner hatte sie unterdessen zur Fahndung ausgeschrieben, ohne Erfolg. Sie hatte zwar keine Beweise gegen ihn in der Hand, doch eine ganze Kette von Indizien machte ihn zum Hauptverdächtigen. Und da war noch jemand, der bisher für sie keine Rolle gespielt hatte: Magdalena Mattmann. Schon damals, als sie noch mit ihrem Sohn zusammen gewesen war, hatte sie ihr von dessen Vater erzählt. Warum waren sie und Brunner nicht zusammengeblieben? Dieser Frage war sie immer ausgewichen. Seltsam, dachte Rahel, dass ihr das erst die letzten Tage in den Sinn gekommen war. Dabei musste sie zugeben, sie hatte ihr diese Frage damals gar nicht gestellt. War sie einfach zu jung gewesen, um die Mutter ihres Liebhabers danach zu fragen? Nein, dachte Rahel. Es war nicht das. Magdalena Mattmann hatte es gar nicht zugelassen, dass dies zum Thema wurde.

Nun war die Situation eine andere. Rahel war am Nachmittag bei ihr in Sternenberg gewesen, wo sie ein Ferienhaus besass. Sie konnte sich nicht erinnern, mit Mattmann einmal dort gewesen zu sein. Der Ort war für ihn mit Erinnerungen an seine Kindheit zu belastet. Dabei war Sternenberg ganz hübsch, die am höchsten gelegene Gemeinde im Kanton Zürich. Schweizweit bekannt wurde Sternenberg durch den gleichnamigen Kinofilm. Einer kehrt in das Dorf seiner Kindheit zurück. Um die Schliessung der Dorfschule zu verhindern, wird er selbst wieder Schüler. Mathias Gnädinger spielte die Hauptrolle, Rahel erinnerte sich.

Und noch etwas kam ihr in den Sinn, als sie mit Magdalena Mattmann heute Nachmittag – nach so vielen Jahren – wieder gesprochen hatte. Wie sie ihren Freundinnen in der Stadt erzählt hatte, warum sie Sternenberg so liebte. Im Herbst und im Winter, wenn es im Unterland wochenlang neblig war, schien dort oben die Sonne. Sie hatte sich diebisch gefreut, wenn die andern unten «in der Suppe sassen», wie sie sich ausdrückte, und sie sich über dem Nebelmeer auf ihrer Terrasse sonnte.

Die Befragung von Magdalena fiel jedoch enttäuschend aus. Sie servierte Tee in feinen Porzellantassen und dazu die örtliche Spezialität, den Baumerfladen. Lang und breit hatte sie Rahel erklärt, wie ein Appenzeller Auswanderer diese Lebkuchenspezialität ins Tösstal mitgebracht hatte und die Mandelfüllung durch eine Haselnussfüllung ersetzt hatte. Mit diesen Spitzfindigkeiten versuchte sie vom eigentlichen Gesprächsthema abzulenken. Und als Rahel sie nach den Gründen der Trennung von Brunner gefragt hatte, mitten in der Schwangerschaft, hüllte sie sich in Schweigen.

Es war ein grauer Tag gewesen. Auch in Sternenberg hatte es den ganzen Tag geregnet. Rahel hatte kein Druckmittel gegen Magdalena in der Hand, daher musste sie unverrichteter Dinge wieder abziehen.

Rahel sass an ihrem Pult und schloss die Akte Brunner. Wenigstens für heute. Sie schaute aus dem Fenster. Es war schon fast dunkel und regnete immer noch. Rahel hatte keine Lust, nach Hause zu gehen, und auch keinen Hunger, irgendwo etwas Kleines zu essen. Sie klickte sich durch die Kino-App auf ihrem Mobiltelefon und stellte fest, sie war überhaupt nicht im Bild, welche neuen Filme angelaufen waren. Im «Filmpodium» lief eine Retrospektive zur italienischen Regisseurin Lina Wertmüller. Um neun Uhr stand «Travolti da un insolito destino nell'azzurro mare d'agosto» auf dem Programm. So gut sprach Rahel nicht Italienisch, dass sie den ganzen Titel verstand, zum Glück war er in der Filmbeschreibung übersetzt: «Hingerissen von einem ungewöhnlichen Schicksal im azurblauen Meer im August». Sogar auf Deutsch konnte man sich den Titel auf der Zunge zergehen lassen. Sie liebte Wertmüller und ihre ausschweifenden Filmtitel wie auch die starken Frauenfiguren in ihren Geschichten. Und sie liebte den Schauspieler Giancarlo Giannini, ob er den leidenschaftlichen Liebhaber spielte oder den kleinen Macho, der seine sieben Schwestern für sich arbeiten liess.

Es war kurz vor neun. Sie raffte sich auf und schnappte sich den Regenmantel. Zu Fuss ging sie über die Sihlbrücke zum Pelikanplatz.

Nach sieben Minuten sass sie mit hundert anderen im dunklen Kinosaal und folgte dem Schicksal der reichen Gattin eines Industriellen, die wegen eines Motorschadens mit dem Kapitän ihrer Jacht auf einer einsamen Insel strandete.

Die entfesselte Leidenschaft des Seebären zog Rahel in den Bann und liess sie träumen. Auch das Wasser war so azurblau, wie im Filmtitel versprochen. Doch nach der Rückkehr aufs Festland war die alte Ordnung wiederhergestellt.

Als sie um halb zwölf vors Kino trat, regnete es in Strömen. Sie klappte den Kragen ihres Mantels hoch und sprang zur nahen Haltestelle des Trams. Sie musste nach Hause. Mao hatte sein Futter noch nicht bekommen, er würde bestimmt auf sie warten.

26

David war den ganzen Tag ziellos durchs Zürcher Oberland gefahren. Er wusste weder ein noch aus. Alles war seine Schuld, davon war er überzeugt. Er nahm sie gerne auf sich, nur eines wollte er auf gar keinen Fall: Dass man ihn einsperrte. Nicht wegen der Strafe, die er abzusitzen hätte, sondern weil er es mit sich selbst nicht länger aushielt.

Es war Nacht geworden. Er sass im Auto auf dem Parkplatz des «Gyrenbads» und wartete, bis die letzten Gäste weggefahren waren. Der Regen prasselte gegen die Windschutzscheibe. David blieb hinter dem Steuer sitzen und rauchte. Langsam liess der Regen nach. Er öffnete die Autotür. Weit entfernt hörte er einen Hund bellen. Er wartete, bis es ganz still war, dann stieg er aus und ging rund um den Gasthof, bis er zum Hintereingang der Küche kam, wo noch Licht brannte. Durchs Fenster sah er Elise Manz beim Aufräumen zu, der Koch war längst gegangen. Als er die Türe öffnete, erschrak die alte Wirtin. Zuerst erkannte sie ihn nicht.

«Ich bin's», sagte er leise, trat ein und strich sich die nassen Haare aus dem Gesicht.

«David?», fragte sie.

Er blieb in der offenen Türe stehen und zog sie langsam hinter sich zu. Nun erkannte sie ihn und ging auf ihn zu. Sie wusste nicht, ob sie ihn umarmen sollte. Sie hatte ihn seit Jahren nicht mehr gesehen. Und auch seine nassen Kleider schreckten sie ab.

«So eine Überraschung», sagte sie. «Woher kommst du?» David sagte nichts, und sie fragte weiter: «Du bist sicher hungrig.»

Er nickte.

Sie ging zum Kühlschrank, holte eine Bratwurst und eine vakuumierte Packung geraffelter Kartoffeln hervor und ging zurück zum Herd. Er setzte sich an den Tisch, und sie begann mit Braten. Nachdem sie ihm die Wurst und die Rösti vorgesetzt hatte, schaute sie ihm zu, wie er alles verschlang. Dann räumte sie ab. David stand auf und ging zur Türe.

«Wo schläfst du?», fragte sie.

Er zuckte mit den Schultern.

«Du kannst bei mir auf dem Sofa übernachten.»

David öffnete die Türe.

«So kannst du nicht Auto fahren. Du bist ja todmüde.»

Ja, das bin ich, dachte er. Elise Manz kennt mich am besten. Doch sie kann mir auch nicht helfen. Er erinnerte sich, als sie noch in Baden lebten und im «Gyrenbad» Ferien gemacht hatten. Er war ein kleiner Junge gewesen, und die Wirtin war für ihn wie eine zweite Mutter. Oder Grossmutter, mit ihrer fülligen Postur und ihrem gütigen Gesicht. Er konnte sich an sie nur mit grauen Haaren erinnern.

Elise Manz ging vor ihm die steile Treppe hoch in den obersten Stock, wo sich ihre kleine Wohnung befand. Sie nahm zwei weisse Laken und eine graubraune Wolldecke aus dem Schrank und bezog das Sofa mit Unter- und Oberlaken sowie mit der Wolldecke, oben zurückgeschlagen.

«Schlaf gut», sagte sie. Er hätte gerne noch einen Kuss auf die Stirne bekommen wie früher, doch er wartete vergeblich. Elise Manz ging hinunter, sie musste in der Küche noch aufräumen. David legte sich hin, ohne sich auszuziehen. Die letzte Nacht würde er bei ihr verbringen.

27

Auf dem Morgenschiff waren nur wenige Passagiere, als Gina und Mattmann nach Locarno fuhren.

«Pendler?», flüsterte Gina. «So gemütlich möchte ich auch zur Arbeit fahren.»

Mattmann lächelte. «Dann ziehen wir auf eine Insel im Schärengarten vor Stockholm, wo ich in Ruhe meine Artikel schreiben kann.»

Sie sassen auf dem Oberdeck und genossen die Fahrt über den spiegelglatten See.

Von der Anlegestelle Imbarcatoio bis ins «Hôtel du Lac» waren es nur ein paar Schritte. Gina hatte für die Zeit ihres Ärztekongresses ein Zimmer reserviert, Donnerstag bis Dienstag. Sie deponierte ihr Gepäck hinter der Rezeption, dann gingen sie zu einem Kaffee ins «Al Porto», und Mattmann genehmigte sich ein Amaretti dazu, von der klassischen Sorte mit dem weichen Kern. Danach begleitete er Gina bis zum Kongresszentrum und ging zum Parkhaus, wo sein Volvo stand, und fuhr los.

Im Tessin herrschte wunderbares Sommerwetter. Nach dem Gotthardtunnel war es grau und trüb. Bei Luzern begann es zu regnen. Er fuhr direkt ins Tösstal, nach Sternenberg. Seine Mutter wollte partout nicht in ihrer Stadtwohnung in Zürich abmachen. Er wusste, wieso. Seit Jahren lag sie ihm in den Ohren, dass sie ihm das Ferienhaus übergeben wolle. Der Unterhalt überfordere ihre Kräfte. Doch was sollte er mit dem grossen Haus, wenn er nur ein paar Tage pro Jahr in der Schweiz war? Ein Verkauf kam für sie aber nicht in Frage.

Die Strasse durchs Tösstal führte mehrmals über die Bahnlinie. Vor mehreren Barrieren musste er warten, bis der Regionalzug vorbeibrauste. Jede Woche hatte er während seiner Kindheit auf seine Mutter gewartet, die in Zürich gearbeitet und gewohnt hatte. Nur am Samstag und Sonntag besuchte sie ihn bei seinen Grosseltern. Sie führten ein Heim für handicapierte Kinder. Seine Grossmutter hantierte von früh bis spät in der Küche, während sein Grossvater als ruhender Pol im Büro sass. Er war der Hausvater, der für alle ein offenes Ohr hatte, auch für ihn. Mattmann sah ihn deutlich vor sich, wie er an seinem schweren Pult die Post öffnete. Manchmal durfte er auf seinen Knien sitzen und mit einem Brieföffner die Umschläge aufschlitzen.

Der Zug donnerte vorbei, die Schranken hoben sich, und er fuhr weiter. Er war mit den Heimkindern wie in einer grossen Familie aufgewachsen. Am liebsten mochte er die taubstumme Sara. Jeden Morgen machte sie die Betten aller Heimbewohner. Mit beiden Händen strich sie die Falten der Wolldecken flach, so sorgfältig, dass es ihm wie ein Streicheln vorkam. Und einmal fuhr sie ihm übers Haar. Er war sechs oder sieben Jahre alt gewesen und hatte sich nach seiner Mutter gesehnt.

In Bauma schwenkte er links ab und fuhr die steile Strasse hoch. Nachdem er einen dunklen Wald passiert hatte, tauchte das Ortsschild von Sternenberg auf, dann die Käserei, das alte Schulhaus und die Kirche. Vor dem Gasthof Sternen stellte er sein Auto ab und ging die letzten Meter zu Fuss, vorbei an dem lang gezogenen Gebäude, in dem einst das Heim untergebracht war. Nun stand es leer. Dann sah er am Ende des Strässchens die grosse Villa, die sich einst ein reicher Industrieller als Sommerhaus gebaut hatte. Die Grosseltern hatten das Haus übernommen und das Parterre sowie das erste Stockwerk bewohnt. Im zweiten Stock unter dem Dach war eine kleine Dreizimmerwohnung, wo er und seine Mutter gewohnt hatten, wenn sie am Wochenende aus der Stadt kam. Die Stube war eng und düster, die zwei Schlafkammern auf der Hangseite des Hauses hatten nur kleine Fenster gegen Norden. An eine Küche konnte er sich nicht erinnern. Gekocht hatte seine Mutter nie, wenn sie nach Sternenberg hinaufgekommen war. Sie hatten die Mahlzeiten immer im Heim eingenommen, im Besucherzimmer.

Unter der Woche hatte er im Speisesaal gegessen. Wie einen

kleinen Bruder hatten ihn die Heimbewohner in ihrer Mitte aufgenommen. Am liebsten sass er neben Sara. Auch wenn sie weder sprechen noch hören konnte, verstanden sie sich gut. Eines Mittags war sie nicht am Mittagstisch, auch am Abend blieb ihr Stuhl neben ihm leer. Erst ein paar Tage später durfte er sie im Krankenzimmer besuchen. Sie kämpfte gegen hohes Fieber, zugedeckt mit einer Wolldecke. Als er an ihr Bett trat, versuchte sie den Kopf ein wenig zu heben, dann sank sie zurück ins Kissen. Mit den Fingern fuhr sie über den orangen Wollstoff bis zum silbern glänzenden Etikett mit dem Eskimo am Aufschlag. In eine lange Jacke mit Kapuze gehüllt, strahlte er übers ganze Gesicht. Am nächsten Tag durfte er Sara nicht mehr besuchen, auch nicht an den folgenden Tagen. Fragte er, wie es ihr ging, bekam er keine Antwort. Als er nicht lockerliess, sagte ihm sein Grossvater, es würde keine Strasse dort hinführen, wo Sara nun wohne, sie sei im Himmel.

Mattmann blieb vor dem Haus stehen. Es hatte aufgehört zu regnen. Im ersten Stock ging ein Fenster auf, und seine Mutter schaute hinaus.

«Ausnahmsweise pünktlich, mein Junge», rief sie ihm zu. «Oder hast du dir endlich eine Armbanduhr gekauft?»

Sie schloss das Fenster, wenig später trat sie aus der grossen eichenen Doppeltüre und kam ihm entgegen. Sie trug ein elegantes graues Deux-Pièces über einer blendend weissen Bluse.

«Was ist mit Gina?», fragte sie.

«Sie lässt dich herzlich grüssen.»

«Herzlichen Dank», sagte sie, mit Betonung auf dem ersten Wort.

Seine Mutter hatte Gina nie richtig als Schwiegertochter akzeptiert. Mit ihrem Hintergrund als Kind von sardischen Fremdarbeitern war kein Staat zu machen. Nur als Ärztin war sie gefragt, wenn Mattmanns Mutter eine Zweitmeinung benötigte. Doch darauf hatte Gina keine Lust. Er entschuldigte sie wegen Müdigkeit.

Mattmann hatte im «Sternen» reserviert, er wusste, seine Mutter mochte nicht kochen. Sie gingen die wenigen Schritte bis zum Restaurant. In der Gaststube sassen Wanderer in trendiger Ausrüstung und Handwerker in Overalls. Zum Glück wurde Mattmann ein Tisch im hinteren Teil der Gaststube zugewiesen, so bekamen nicht alle mit, wenn seine Mutter mit lauter Stimme das Aussehen der Gäste kommentierte. Zum Mittagessen bestellte sie ein Kalbsschnitzel und Nudeln an einer Rahmsauce, er hatte Lust auf einen Schüblig mit Kartoffelsalat.

«Das würde ich nicht nehmen», sagte sie. «Diese Würste sind immer so fett.»

Mattmann reagierte nicht. Auch der Kellner ging nicht darauf ein, er kannte Magdalena Mattmann, sie ass öfters im «Sternen» und war kein einfacher Gast.

«Vergessen Sie das Brot nicht», mahnte sie ihn, «und Butter, wenn ich Sie bitten darf.»

«Mutter!», sagte Mattmann, der sich nun nicht mehr zurückhalten konnte.

«Ich habe doch ganz anständig gefragt», sagte sie erstaunt. «Hoffentlich dauert es nicht so lange, bis das Essen kommt.»

«Wir haben ja Zeit.»

«Aber ich bin hungrig.»

Als der Kellner mit dem Brot und dem Weisswein kam, sagte sie nur: «Und die Butter?»

Sie stiessen an.

«Koni», fragte sie, «seid ihr eigentlich glücklich zusammen?»

Er war so überrascht von ihrer Frage, dass er nicht wusste, was er antworten sollte.

«Du und Gina», doppelte sie nach.

«Wir sind jetzt schon so viele Jahre zusammen.»

«Eine gewisse Müdigkeit kommt in jeder Ehe mal auf.»

«Wir verstehen uns gut», entgegnete er.

«Mehr nicht?», fragte sie.

Dann kam das Essen, und sie sprachen von belangloseren Dingen.

Zum Kaffee gingen sie zurück in die Villa. Sie machte sich in der viel zu grossen Küche an der Espressomaschine zu schaffen. Er wartete geduldig, ohne einzugreifen, als sie die Kaffeekapsel zu wenig weit hinunterdrückte und alles verklemmte. Mit den zwei kleinen Tässchen ging sie voraus ins Wohnzimmer, ein Salon mit Stuckaturen an der Decke, den sie mit Möbeln der 1930er-Jahre eingerichtet hatte. Von der Einrichtung der Grosseltern war nichts mehr übrig, nur ein kleines Schwarz-Weiss-Foto stand gerahmt auf einem Beistelltisch.

Sie setzte sich in einen der Stahlrohrfauteuils. Ihm wies sie denjenigen gegenüber zu.

«Wie steht es eigentlich mit dir und Rahel?», fragte sie, nahm Zucker und rührte in ihrem Espresso.

«Liebe Mama, diese Geschichte ist längst zu Ende.»

«Du hast sie wiedergetroffen, hast du mir das letzte Mal in Zürich gesagt.»

«Reiner Zufall, dass sie für den Fall Brunner zuständig ist.» Mattmann richtete sich im Sessel auf und benutzte die Gelegenheit, zur Sache zu kommen. «Seit wann weiss Rahel, wer mein Vater ist?», fragte er direkt.

«Wie meinst du das?»

«Wann hast du ihr das erzählt?»

«Das war …», begann sie und schien nachzudenken, «… vor nicht allzu langer Zeit.»

«Wann?»

«Ich glaube, es war, nachdem du nach Australien geflogen bist.»

«Das ist aber schon sehr lange her.»

«Ich war damals so alleine. Ich musste mit jemandem darüber sprechen.»

«Warum hast du es nicht zuerst mir gesagt?»

«Dein Abflug kam so plötzlich.»

«Du brauchst mir kein schlechtes Gewissen zu machen», sagte Mattmann. Er spürte, wie er sich über ihre Ausflüchte ärgerte. Er nahm einen Schluck Kaffee. Es war mehr als Ärger, das liess sich nicht hinunterspülen. «Hinter meinem Rücken hast du mit Rahel darüber gesprochen. Das ist die Höhe. Das ist –»

«Bist du wütend?», fragte sie. «Das kenne ich gar nicht an dir.»

«Wie konntest du!»

«Es war eine äusserst schwierige Situation für mich», versuchte sie ihn zu beschwichtigen.

«Und erst für mich!»

Nun wurde auch sie zornig. «Du weisst gar nicht, wovon ich spreche!»

«Dann sag mir das. Und erkläre mir, warum du Alois, deinen Wisel, verlassen hast, bevor ich zur Welt gekommen bin.»

«Nicht ich habe ihn verlassen, sondern er ist gegangen», sagte sie und kniff ihre Augen zusammen.

«Wer lügt hier? Du oder Alois?», fragte er.

«Wie kannst du nur so fragen!»

«Er sagt, du wolltest nichts mehr von ihm wissen.»

Sie schwieg.

«Und dass er sehr wohl Unterhalt für mich bezahlt hätte. Dass du aber nie Geld von ihm annehmen wolltest.»

«Sind wir hier vor Gericht, mein Lieber?»

«Ich will wissen, was damals vorgefallen ist.»

Magdalena verstummte und schaute Mattmann mit durchdringendem Blick an. Nach einer Weile sagte sie leise: «Es ist zu schrecklich. Darüber kann ich nicht sprechen.»

Mattmann stand auf und öffnete ein Fenster. Er brauchte frische Luft. Sommerwärme drang in den Salon, und die Zeit schien einen Moment stillzustehen. Dann hörte er seine Mutter in seinem Rücken.

«Noch heute wage ich kaum daran zu denken», fuhr sie mit zittriger Stimme fort.

Ihren Sinn für Dramatik kannte er. Ein Ablenkungsmanöver und dann drehte sie jeweils den Spiess um. Angriff ist die beste Verteidigung, so hatte sie sich immer aus der Affäre gezogen. Er wartete. Doch sie sagte kein Wort. Er kehrte sich ihr zu. Sie zitterte am ganzen Körper.

«Ich bin müde», sagte sie, «ich muss mich hinlegen.» Aus ihrem Gesicht war alle Farbe verschwunden. Mattmann erschrak, doch er rührte sich nicht. Er schaute auf ihre spitzen Knie, die sich unter dem grauen Jupe abzeichneten.

28

Als David erwachte, nahm er einen Schluck Kaffee, doch er
war kalt geworden. Er hatte nicht gehört, als die Wirtin ihm
etwas zum Frühstück hochgebracht hatte. Nun war es bereits
zwei Uhr nachmittags. Zehn WhatsApp-Mitteilungen hatte
er von Paula erhalten, doch er hatte sie nicht geöffnet. Trotz
Prüfungsstress hatte sie Zeit, der Geschichte ihres Grossvaters
nachzugehen. Was hatte sie Neues herausgefunden? Noch war
seine Neugier nicht ganz erloschen. Er las:

*Cheddite hat nicht nur Sprengstoff für den Bau von Tunnels
und Staumauern produziert. Auch Pulverrohrmasse für Raketen haben sie gestopft.*

Sie schickte ihm auch ein Bild des Firmenlogos von Cheddite, ein feuerspeiender Drachen, der die Welt in seinen Klauen
festhielt. Darüber der Schriftzug der Société Universelle d'Explosifs.

*Raketenpulver für die Schweizer Armee und für Diktatoren
rund um die Welt. Schmutzige Geschäfte! Hoffentlich war mein
Grossvater daran nicht beteiligt!!!*

Und mein Vater?, fragte sich David. Er las weiter:

*Es geht um Blockpulver. Ein dickes Geschäft, damals im
Koreakrieg. What a story!!! Kein Wunder, schweigen unsere
Alten.*

Was war Blockpulver? Irgendetwas zum Antrieb von Raketen? Vor Waffen aller Art hatte er immer Angst gehabt.

Es klopfte, und Mattmann trat ein. David schaute ihn erstaunt an.

«Die Wirtin hat mir soeben gesagt, du seist hier oben. Alles
in Ordnung?»

David überlegte, wie viel er ihm erklären sollte. Eigentlich
spielte es keine Rolle mehr.

«Die Polizei ist hinter mir her», sagte David leise.

Mattmann zog einen Stuhl zum Sofa und setzte sich.

«Wäre es nicht besser, du würdest dich auf dem Posten melden?»

«Mich stellen? Nie!», sagte David.

«Die brauchen bestimmt nur ein paar Angaben von dir.»

«Schickt dich wieder meine Schwester?»

«Diesmal die Wirtin», sagte Mattmann.

David lächelte. «Die Einzige, die zu mir hält.»

Er nahm das Croissant vom Frühstückstablett, doch nach einem Bissen legte er es wieder zurück. Er fixierte Mattmann mit seinen blauen Augen. «Ich habe da eine Spur. Etwas, das man verfolgen müsste.»

«Was für eine Spur?»

«Das sage ich dir später. Oder Paula kommt auf dich zu.»

«Deine Freundin?

«Ich habe keine Freundin.»

«Wer ist Paula?»

«Sie meldet sich, wenn es so weit ist.»

«Was heisst das?»

«Ich muss jetzt weg.» David stand auf, schnappte sich seine Windjacke und blieb nochmals stehen. «Du könntest etwas für mich tun», sagte er, «du hast es mir ja angeboten.»

«Klar», sagte Mattmann.

«Ich habe da ein altes Foto ...» David zog die Abbildung des Hochkamins mit dem Mann davor aus seinem Rucksack und gab sie ihm. «Dreh es um», forderte er ihn auf. «Lies laut.»

«Foto Blickenstorfer, Brunnen», las Mattmann auf der Rückseite.

«Kannst du dem mal nachgehen? Ich glaube, ich weiss, wer das auf dem Foto ist.»

«Wer?»

«Der Heizer von Isleten.»

29

Magdalena Mattmann lag erschöpft auf ihrem Bett. Das Mittagessen mit ihrem Sohn und die anschliessende Auseinandersetzung hatten sie an ihre Grenzen gebracht. Früher hätte sie das galant gemeistert, doch ihre Kräfte liessen nach. Sie hatte das Geheimnis um den Vater gegenüber Koni gleich nach seiner Ankunft gelüftet, diesen Zug musste sie machen, sonst wäre ihr Rahel früher oder später zuvorgekommen. Doch alles musste nicht ans Tageslicht, davon war sie überzeugt. Rahel hatte gestern hartnäckig versucht, etwas aus ihr herauszulocken, doch sie hatte so getan, als hätte sie keine Ahnung. Sie war noch immer eine leidenschaftliche Schachspielerin und wusste, wann sie mit welcher Figur vorrücken musste. Das weckte ihren Lebens- und Kampfgeist.

Sie stand auf und legte sich einen Plan zurecht. Vor sechzig Jahren hatte sie sich geschworen, nie mehr mit Brunner zu sprechen, doch der Lauf der Dinge zwang sie, eine Ausnahme zu machen.

Sie startete ihren kleinen Alfa Romeo und fuhr los. Sie fühlte sich noch immer sicher hinter dem Steuer, doch früher oder später würde sie ihren Fahrausweis abgeben. Ein tödlicher Unfall wäre nicht die schlimmste Art, aus dem Leben zu scheiden, dachte sie, doch wollte sie nicht, dass jemand anders dabei zu Schaden käme. Für solche Gedanken hatte sie jedoch keine Zeit, sie musste sich konzentrieren.

In Turbenthal schwenkte sie rechts ab und fuhr die schmale Strasse hoch bis zur Abzweigung, die zum Chalet führte. Dort stellte sie ihren Wagen ab und blieb sitzen. Würde er sie noch erkennen? Sie betrachtete sich lange im Rückspiegel. Mit dem Lippenstift frischte sie das dezente Rot etwas auf und zog die Sonnenbrille aus ihrer Handtasche.

Beim Aussteigen hörte sie das Kreischen einer Motorsäge. Langsam ging sie durch das lichte Waldstück zum Chalet und dann ums Haus, wo der Lärm herkam. Brunner sägte einen grossen Ast in Stücke, ohne sie zu bemerken. Als sie näher kam, sah sie, dass er einen Gehörschutz aufhatte. Sie schaute ihm zu. Noch immer hatte er eine kräftige Statur, noch immer war er ein schöner Mann. Das hatte sie schon damals gedacht, auf dem Motorboot, mit den Lohntüten in ihrer Tasche, als sie zusammen nach Paris abhauen wollten.

Sie blieb bei der weissen Gartenbank stehen. Näher wagte sie nicht zu gehen. Da schaute Brunner auf. Er liess das Schwert der Säge sinken, den Motor liess er laufen. Es roch nach Benzin und frisch gesägtem Holz.

«Immer noch rüstig, wie ich sehe», sagte sie, so laut sie konnte. Er blickte sie verständnislos an.

«Erkennst du mich nicht mehr?», fragte sie und zog ihre Sonnenbrille aus.

Brunner schüttelte den Kopf.

«Wisel.»

Er horchte auf.

«Kannst du das Ding bitte abstellen?», rief sie und zeigte auf die Säge.

Er zog einen Hebel, und der Motorenlärm verstummte. Dann betrachtete er die Kette, als würde er eine Stelle entdecken, die er nachschleifen müsste.

Mit beiden Zeigefingern wies sie auf ihre Ohren. «Die Kopfhörer.»

Er legte die Säge auf den Gartentisch, mit der einen Seite nach oben, und schraubte den Deckel des Benzintanks und denjenigen fürs Kettenöl auf. Dann schaute er auf. «Magdalena?», fragte er und schob die eine Hälfte des Kopfhörers hoch.

Sie streckte ihm die Hand entgegen, doch er behielt die Arbeitshandschuhe an.

«Lange her, ich weiss», sagte sie.

Mit dem Kopf wies er auf die Bank. Eine Weile sassen sie nebeneinander, ohne etwas zu sagen. Dann fragte er: «Was willst du?»

Magdalena Mattmann war froh, dass sie ihm nicht in die

Augen schauen musste. Sie hörte, wie er neben ihr tief atmete.

«Wir müssen miteinander reden», sagte sie.

Umständlich zog er die Handschuhe aus, stapelte sie sorgfältig aufeinander und legte sie neben sich auf die Bank.

«Koni wird nächstens bei dir auftauchen», fuhr sie fort.

«Unser Koni», sagte er leise.

«Du wolltest ihn immer sehen, als er noch klein war.»

«Aber du hast das verhindert. – Nun hat er mich gefunden. Vor ein paar Tagen. Im Untersuchungsgefängnis.»

«Was wollte er von dir?»

«Nicht viel.»

«Was hast du ihm erzählt?»

«Was hätte ich ihm dort schon erzählen sollen. Ständig überwacht, stell dir vor.»

«Er war heute bei mir auf dem Sternenberg. Er fragte, warum wir uns getrennt haben.»

«Was hast du ihm gesagt?»

«Dass es so schrecklich ist, dass ich darüber nicht sprechen kann.»

«Ist es das?»

«Ich finde schon», sagte sie.

Er kratzte sich am Kopf. «Er hatte es verdient.»

«Wie hast du all die Jahre damit leben können?», fragte sie.

Aus seiner Überhose zog er ein weisses Taschentuch und schnäuzte sich. Dann faltete er es zusammen und steckte es wieder in seine Hosentasche.

«Manchmal holt es mich ein», sagte er leise. «In der Nacht.»

«Koni muss nicht alles wissen», sagte sie.

«Einmal wird er es erfahren.»

«Es bringt nichts, wenn er es weiss. Es ist verjährt.»

«Ich weiss», sagte er.

«Na also. Dann ist es erledigt.»

«Nein», sagte er. «Verjährt, aber nicht vergessen.»

30

Am Abend fuhr Mattmann zum Chalet und parkierte vor dem Haus. Es hatte wieder zu regnen begonnen. Langsam glitten die Regentropfen über die Windschutzscheibe und hinterliessen ein Wirrwarr von Spuren. Er stieg aus, klopfte an die Haustüre, doch niemand reagierte. Dann ging er ums Haus und entdeckte seinen Vater beim Teich. Brunner hatte den Hut tief ins Gesicht gezogen. Langsam ging er um den Teich, blieb immer wieder stehen und ging dann weiter. Mattmann zögerte. Sein Vater hatte nicht gehört, dass er gekommen war. Oder wollte er nichts mehr mit ihm zu tun haben? Langsam ging er auf Brunner zu und trat ihm in den Weg.

«Was willst du hier?», fragte Brunner.

«Mit dir reden.»

Es tropfte auf die Blätter, ein leises Trommeln, das nichts Gutes ankündigte. Auf dem Wasser bildeten sich Hunderte Ringe, die sich ausbreiteten.

Brunner knurrte: «Als ich eingelocht war, ist alles verschlammt.» Er ging weiter, und Mattmann folgte ihm. Beim Schieber blieb Brunner stehen. «Jemand hat den Zulauf geschlossen. Jetzt ist alles verdreckt. Und die Fische sind verreckt.»

«Alle?»

«Ein paar konnte ich retten.»

«Wirst du den Teich ablassen? Und mit frischem Wasser füllen?»

Brunner zuckte mit den Schultern. Seine Wangen waren eingefallen, als hätte er die letzten Wochen kaum etwas gegessen. Als hätte er keine Kraft mehr, einen Entscheid zu fällen, geschweige denn Pläne zu machen.

«Ich kann dir helfen», sagte Mattmann. «Wir setzen junge Fische aus.»

«Wozu?», fragte Brunner.

Mattmann hatte den Eindruck, ihm würde nicht mehr viel Zeit mit seinem Vater bleiben. Dabei hatte er ihn ja gerade erst kennengelernt.

Sie gingen ins Haus und hängten ihre nassen Mäntel im Flur auf. Brunner zog seine Stiefel aus und ging in löchrigen Wollsocken ins Badezimmer, wo er mit einem Kescher zwei Forellen aus der Badewanne fischte. Dann kippte er sie ins Lavabo, packte sie an den Schwanzflossen und schlug ihren Kopf gegen den Rand. Sie zuckten noch eine Weile, etwas Blut rann über das weisse Porzellan des Beckens. In der Küche schlitzte er ihnen mit einem spitzen Küchenmesser den Bauch auf, zog mit zwei Fingern die Innereien heraus und spülte das Blut ab.

Mattmann schaute ihm zu. Dann fragte er: «Was ist damals geschehen? Wovon kann mir meine Mutter nichts erzählen?»

Brunner riss ein Stück Papier von der Rolle und trocknete die Fische in der Bauchhöhle und auf der Aussenseite. Er wendete sie auf beiden Seiten im Mehl. «À la meunière», murmelte er, «so wird die Haut schön knusprig.» Als die Bratbutter heiss genug war, legte er die Forellen in die Pfanne, dass es zischte.

«Was war so schrecklich?»

«Frag deine Mutter», sagte er und zog ruckartig die Pfanne hin und her, damit nichts anbrannte.

«Von dir will ich es wissen.»

Er wendete vorsichtig die eine, dann die andere Forelle. Das Fischauge war ganz weiss geworden und hatte jeden Glanz verloren.

«Lass uns essen, sagte Brunner, stellte die Pfanne auf den Tisch, schnitt zwei Scheiben Brot und holte aus dem Kühlschrank eine Flasche Weisswein. Als er den Korken herausziehen wollte, hielt er erschöpft inne. «Mach du», sagte er und gab Mattmann den Korkenzieher.

«Worauf immer wir anstossen», sagte Brunner, «es ist das erste und vielleicht das letzte Mal.»

Dann setzten sie sich. Brunner schöpfte und wandte sich seinem Fisch zu. Wie mit einem Seziermesser schnitt er die Seitenlinie entlang, klappte die eine Seite nach oben, die andere nach unten. Er klemmte die Schwanzflosse zwischen die Zinken seiner Gabel und löste das Rückgrat vom unteren Filet. Mattmann tat es ihm gleich. Dann begannen beide mit Essen.

«Es ist eigenartig. In letzter Zeit kommt mir immer wieder mein eigener Vater in den Sinn», begann Brunner.

Mattmann schaute von seinem Teller auf.

«Er war Hilfsarbeiter und Mondscheinbauer», fuhr Brunner fort. «Zehn Stunden arbeitete er in der Fabrik, und nachts besorgte er den Hof.» Er leerte sein Glas in einem Zug. «Was sag ich da! Das war kein Hof, das war ein Gütlein mit zwei Ziegen und einer Kuh.» Brunner hielt inne und setzte das Glas ab. «Nur stotziges Weideland.»

Fünf Sätze am Stück hatte er schon lange nicht mehr gesprochen.

«‹Den Brunner vom Isenhang› haben sie meinen Vater genannt», fuhr er nach einer Pause fort.

«Isenhang?»

«Im Isental, auf der Schattenseite, den Uri Rotstock im Rücken, das Vorderjochli auf der anderen Talseite. Es ging fast senkrecht hinunter. Beim Mähen schautest du ständig in den Abgrund.» Er schenkte nach.

Sie assen weiter, bis Brunner Messer und Gabel auf den Tisch legte. Schwerfällig erhob er sich, räumte sein Geschirr ab und stellte es in das Spülbecken. Dann kam er zurück und hielt sich mit beiden Händen an der Tischkante fest, als wäre es eine Kanzel.

«Nur dank unserer Mutter haben wir überlebt. Tagsüber hat sie sich um die Tiere gekümmert und auf der einzigen ebenen Fläche Kartoffeln und Gemüse angebaut. Sie hatte sich beim Lehrer und beim Pfarrer dafür eingesetzt, dass ich in die Sekundarschule nach Erstfeld gehen konnte. Ich hatte etwas im Kopf, mehr als viele andere, das kannst du mir glauben.» Er schaute über Mattmann hinweg, als würde er vor einem grösseren Publikum sprechen. «Die Eintrittsprüfung habe ich mit Bestnoten geschafft. Doch bereits nach einem Jahr bin ich von der Schule geflogen. Hatte den Sohn des Dorfarztes verprügelt. Diese Memme. Er schwärzte mich beim Lehrer an», sagte Brunner bitter. «Da konnte auch meine Mutter nichts mehr ausrichten. Und mein Vater –»

«Was war mit deinem Vater?», fragte Mattmann.

«Er hielt nichts von der Schule. Und wollte auch nicht, dass ich es einmal besser habe.»

«Ihr habt euch nicht verstanden?»

«So kann man das auch sagen.»

«Was war mit ihm?»

«Das kannst du dir nicht vorstellen, so wie du aufgewachsen bist. In der Stadt.»

«Die ersten Jahre war ich in Sternenberg, bei meinen Grosseltern.»

«Behütet in Sternenberg.»

«Du weisst gar nicht, wie ich aufgewachsen bin. Du hast dich nie um mich gekümmert.»

«Deine Mutter hat es nicht zugelassen.»

«Warum, um Himmels willen?» Mattmann stand auf und ging in der kleinen Küche auf und ab.

Brunner schaute vor sich auf den Tisch. Er hatte die Hände gefaltet und atmete tief. Dann begann er: «Deine Mutter meint, es bringt dir nichts, wenn du alles weisst.»

«Bin ich nicht alt genug, das selbst zu entscheiden?»

«Setz dich und lass uns in Ruhe darüber sprechen.»

«Es lässt mir keine Ruhe», sagte Mattmann und ging weiterhin zwischen Spülbecken und Herd hin und her.

«Bis jetzt hat es dich nicht interessiert», sagte Brunner.

«Woher weisst du das?»

«Ich nehme es an. Sonst wärst du früher auf mich gekommen. Du bist Journalist, habe ich gehört. Die wollen doch allerlei wissen. Und wollen allem auf den Grund gehen.»

Mattmann blieb stehen. «Das stimmt», sagte er. «Das ist mein Beruf, das Recherchieren.» Er schaute Brunner an. «Doch in eigener Sache, das ist etwas anderes.»

Mattmann hörte ein Auto, das sich auf dem Kiesweg langsam dem Chalet näherte.

Er schaute durchs Küchenfenster, doch er sah nur eine offene Autotür. Ohne zu klingeln, stürmte jemand ins Haus. Als sie in die Küche trat, erkannte er Susanne Brunner. Atemlos stand sie in der Türöffnung.

«David ist verschwunden.»

«Seit wann?», fragte Brunner.

«Auf meine Anrufe reagiert er schon lange nicht mehr. Doch nun antwortet er nicht einmal auf die SMS.» Sie liess sich auf einen Küchenstuhl sinken.

«Wann hast du das letzte Mal etwas von ihm gehört?», fragte er weiter.

«Gestern Morgen. Er kam mich besuchen, bis nach Winterthur ist er gefahren.»

«Dann ist ja alles halb so schlimm», sagte Brunner.

«Aber es war irgendwie unheimlich. Mir war, als würden wir uns zum letzten Mal sehen.»

Er holte ein Glas, schenkte ihr Wein ein und füllte auch sein Glas.

Susanne wandte sich an Mattmann: «Wann hast du ihn zuletzt gesehen?»

«Heute Nachmittag.»

«Wo?»

«Bei Elise Manz, oben im ‹Gyrenbad›.»

«Du hättest mich anrufen müssen. Sofort. Sag, wie geht es ihm?», wollte Susanne wissen.

«Schwierig zu sagen.» Mattmann klaubte das alte Foto hervor und zeigte es Susanne.

«Was ist das?»

«Schau hin!»

«Ein Fabrikkamin.»

«Genau.»

«Jemand steht davor. Ich kann ihn nicht erkennen.»

«David hat mir das Bild gegeben. Und mir gesagt, wer das ist.»

«Wer?»

«Der Heizer von Isleten.»

«Das sagt mir nichts.»

Mattmann reichte das Bild Brunner weiter. «Und dir?», fragte er.

Brunner schaute auf das Foto. Dann gab er es Mattmann zurück.

«Ich mach mir Sorgen um David», sagte Susanne, «grosse Sorgen. Ich fahr gleich hoch ins ‹Gyrenbad›. Er braucht bestimmt meine Hilfe.» Hastig stand sie auf.

Brunner begleitete Susanne vors Haus. Dann fuhr sie los, und Brunner kam zurück in die Küche. Er wankte.

«Noch etwas Weissen?», fragte er und holte eine neue Flasche. Diesmal öffnete er sie selbst.

«Auf die feinen Herren von Isleten, auf den Direktor und den Laborchef», sagte Brunner beim Einschenken. Dann liess er sich auf den Stuhl fallen.

«Und der Heizer?», fragte Mattmann.

«Du willst alles wissen? Bist du sicher?»

Mattmann erschrak. Angst und Neugier hatten sich zu einem eigenartigen Cocktail vermischt. Er zögerte.

Doch Brunner war nicht mehr zu bremsen. Der Wein hatte seine Zunge gelöst. «Die feinen Herren», sagte er, «der Herr Direktor. Er war selten in der Fabrik in Isleten, meistens sass er auf der Direktion in Liestal. Dann spielte sich der andere so auf, als hätte er das Sagen. Dabei war er nur ein einfacher Laborant mit einem einzigen Gehilfen. Ein Wichtigtuer, ein …» Brunner schlug mit der Faust auf den Tisch. Sein Kopf war hochrot angelaufen, seine Augen funkelten. Er hatte sich in Rage geredet. «Ein aufgeblasener Kerl, dieser verdammte Feller.»

Plötzlich brach er ab, als hätte jemand die Notbremse gezogen.

Teil V

Isleten

Höhnisch lacht Feller. Aber ich kann sein Lachen nicht hören. Mit hochrotem Kopf stehe ich im weissen Überrock vor ihm, am Boden ein Meer von Scherben. Mit meinen groben Händen habe ich die ganzen Armaturen zerbrochen. Laborant wäre ich gerne geworden, Lina. Aber er hat das mit allen Mitteln verhindert. Keinen einzigen Tag stand ich im Labor, dabei hätte ich gewusst, welche Verbindungen man für den neuen Raketentreibstoff unbedingt hätte testen müssen. Und als dieser Auftrag für Isleten verloren ging, hätte ich nicht weiterhin auf die Produktion von Sprengstoff gesetzt. Kunststoff war der Stoff der Zukunft. Wir hatten das Know-how. Man hätte nur in neue Anlagen für die Produktion investieren müssen. Die kleinen Plastikflaschen für die Maggiwürze, diesen Auftrag hätte ich an Land geholt. Oder denjenigen für die Handy-Flasche, das Abwaschmittel von der Migros. Das wären Grossserien gewesen, das konnte sich ja jeder ausrechnen, dazu musste man nicht studiert haben wie dieser Feller, dieser feine Herr. Dass die Produktion von Kunststoff stinkt, das ist das Einzige gewesen, was ihm in den Sinn gekommen ist. In seinen polierten Schuhen steht er in der Heizung. Er raucht eine Zigarette und schaut mir beim Kohleschaufeln zu. Stumm lächelnd.

31

Nach vier Stunden Schlaf lag Mattmann hellwach im Bett. Der
Heizer von Isleten hatte ihn geweckt. In Isleten liefen die Fäden
zusammen. Dort hatte seine Mutter Alois Brunner getroffen,
dort hatte alles angefangen. Das fiel ihm wie Schuppen von
den Augen, hinter Isleten verbarg sich viel explosiver Stoff.

Er stand auf, suchte auf seinem Tisch nach dem Buch «Dynamit am Gotthard», das er, weil vergriffen, antiquarisch besorgt
hatte. Er ging damit zurück ins Bett. Gina hatte seine Neugier
an der Figur von Alfred Nobel und der Geschichte des Sprengstoffs geweckt. Der Besuch auf den Brissago-Inseln hatte ihm
bestätigt, es gab da einiges an Material zu entdecken, aus dem
er einmal eine schöne Reportage machen könnte.

Mit dem Bau des Gotthardtunnels wurde 1872 begonnen.
Erstmals kam Dynamit zum Einsatz, das um ein Vielfaches
stärker war als Schwarzpulver und etwas weniger gefährlich
als die Sprengöle, die oft schon beim Transport explodierten.
Nobel war es gelungen, das Nitroglyzerin mit Kieselgur zu sta-
bilisieren, einem Pulver aus Sedimentgestein. Er hatte lange mit
Sägemehl, Pulver von zermahlenen Ziegelsteinen und anderen
Substanzen experimentiert. Seine Mischung liess er unter dem
Namen «Dynamit» patentieren und wurde damit zu einem der
reichsten Männer der Welt.

Fünfhundert Kilogramm seines Sprengstoffs liess er täglich
in der Fabrik in Isleten produzieren, hundertfünfzig Tonnen
pro Jahr. Auf der Tunnelbaustelle in Göschenen sassen nicht
nur die Mineure, sondern auch die Dorfbewohner buchstäblich
auf einem Pulverfass, vor allem im Winter. Das Dynamit wurde
in sogenannten Aufwärmhütten präpariert, in unmittelbarer
Nähe der Baubaracken, der Kantine und des Dorfes. Dabei
kam es immer wieder vor, dass eine dieser Hütten in die Luft
flog und Arbeiter dabei ums Leben kamen.

«Dynamit am Gotthard» war nicht gerade die ideale Lektüre, um wieder einschlafen zu können, trotzdem fand Mattmann noch zwei, drei Stunden Schlaf.

Ein Klopfen weckte ihn. Im Bademantel öffnete er und fand Rahel vor seiner Türe.

«Gut geschlafen?», fragte sie, schob ihn beiseite und trat ein.

Er rieb sich die Augen und wusste, er brauchte ihr keinen Vortrag über seine Theorie des ersten und zweiten Schlafs zu halten. Sie blieb mitten im Zimmer stehen und schaute sich um.

«Wie war es in Chiavenna?»

«Schönes Wetter, gutes Essen.»

«Du warst mit Gina dort. Wo ist sie jetzt?»

«In Locarno.»

«Dann können wir uns ungestört unterhalten.» Sie setzte sich auf den Stuhl am kleinen Tisch. Er setzte sich aufs Bett.

«Susanne Brunner hat mich gestern spät noch angerufen. David sei hier aufgetaucht», begann sie.

Mattmann nickte.

«Du hättest mit ihm gesprochen, hat sie mir gesagt.»

«Stimmt.»

«Und warum hast du mich nicht informiert?»

«Ich habe ihm gesagt, er soll sich bei der Polizei melden.»

«Du glaubst wohl nicht im Ernst, dass er das macht. Ich habe soeben mit der alten Wirtin gesprochen. Sie weiss von nichts. Sie behauptet, David sei seit längerer Zeit nicht mehr bei ihr aufgetaucht. Ganz sicher bin ich nicht, ob sie die Wahrheit sagt.»

Mattmann durfte sich nichts anmerken lassen. Er hoffte, David habe sich aus dem Staub gemacht. Susanne hatte ihn offenbar gestern Abend nicht mehr im «Gyrenbad» angetroffen, nachdem sie vom Chalet hinaufgefahren war.

«Soll ich dir einen Kaffee bestellen?», fragte er.

«Ich brauche keinen.»

«David ist am Tod seiner Mutter nicht schuld», sagte Mattmann so sachlich wie möglich.

«Ich bin mir da nicht so sicher», sagte Rahel.

«Wieso?»

«Eine neue Spur vom Tatort.» Rahel räusperte sich. «Die

Probe ist irgendwo liegen geblieben. Aber jetzt haben wir das Resultat der Analyse. Angekohlte Stoffreste. Ein Lappen oder etwas Ähnliches. Mit Blutspuren. Von Lina. Und David.» Sie triumphierte. «Damit habe ich ihn.»

«David?»

«David. Oder den alten Brunner», sagte Rahel. «Einen der beiden bringe ich hinter Gitter.»

Mattmann kannte Rahel nicht von dieser eiskalten Seite.

Sie erriet seine Gedanken. «Ich mache nur meinen Job. Sobald mir David ins Netz gegangen ist, nehme ich ihn in die Mangel. Danach werde ich mir Brunner nochmals vorknöpfen und ihn ebenfalls mit den Blutspuren konfrontieren.» Sie stand auf. «Das ist das Letzte, was ich dir verrate: Jemand hat alte Fassadenbretter hinter dem Chalet verbrannt. Und etwas, was der Polizei auf keinen Fall in die Hände kommen sollte. Aber nicht alles ist zu Asche zerfallen.»

«Und die Tatwaffe?»

«Früher oder später kommt auch diese zum Vorschein.»

Sie ging aus dem Zimmer. Mattmann schaute ihr nach und blieb auf dem Bett sitzen.

Rahel wusste nichts von Isleten, dachte er, und das war gut so. Falls er dort auf etwas stossen würde, könnte er sie immer noch informieren. Da alles so weit zurücklag, würde sich wahrscheinlich niemand mehr daran erinnern. Den Ort, wo Alfred Nobel vor hundertfünfzig Jahren eine Sprengstofffabrik betrieben hatte, wollte er auf jeden Fall sehen. Zuerst musste er zu Ronald Zimmermann, er brauchte seinen Rat.

Mattmann fuhr langsam durchs Tösstal. Unmerklich stieg die Strasse an, bis er zur kleinen Hochebene zwischen Fischenthal und Gibswil gelangte. Über den Weiler Raad und das Hüebli fuhr er weiter, vorbei am Restaurant Sennhütte und dann steil bergan. Der blaue Himmel war an diesem Freitagnachmittag voll von bunten Hängegleitern.

Unterhalb der Scheidegg hatte Zimmermann ein kleines altes Bauernhaus gekauft, wo er seine Wochenenden verbrachte. An der Haustüre gab es keine Klingel und kein Namensschild, nur der Name des Hauses war über dem Eingang aufgemalt: «Wolfsgrueb». Mattmann klopfte. Als niemand öffnete, trat er ein und wartete. Im dunklen Flur roch es nach kaltem Pfeifenrauch. Dann ging eine Türe auf, und Zimmermann zündete das Licht an. Er führte Mattmann in die niedrige Stube, wo sich überall auf dem Boden Bücher stapelten, wie bei jemandem, der mehrere gleichzeitig las.

«Schwarztee oder Whiskey?»

«Gerne Tee, ich bin mit dem Auto gekommen.»

«Sie werden wohl nicht gleich wieder abfahren, wenn Sie schon mal hier sind», sagte Zimmermann und forderte ihn auf, in einem der beiden Ledersessel Platz zu nehmen. Während er sich um den Tee kümmerte, sah sich Mattmann um und blätterte in einem Fachbuch für angehende Forensiker. Rahel hatte ihm gegenüber von Zimmermann in den höchsten Tönen gesprochen. Seine Tätergutachten seien einmalig. Niemand könne sich so in die Gedankenwelt von Mördern versetzen wie er und deren Beweggründe ausloten.

Mit einer Kanne Tee, einer Whiskeyflasche und zwei Gläsern kam Zimmermann zurück. Zum weissen Hemd trug er diesmal weder Krawatte noch Anzug, sondern eine breit gerippte moosgrüne Manchesterhose und einen Cardigan im gleichen Farbton. Zimmermann hätte besser auf einen englischen Landsitz als ins rustikal renovierte Bergbauernhaus gepasst, dachte Mattmann, als er sich ihm gegenübersetzte und Tee einschenkte, für sich mit einem Schluck Milch, bis der Farbton stimmte. «So liebte ihn schon meine Mutter», sagte Zimmermann. Er erzählte, wie er in London aufgewachsen war, dann hatten ihn seine Eltern nach Trogen ins Internat geschickt, wo er die Mittelschule absolviert hatte. Eine interessante Mischung sei das damals in der Klasse gewesen, Kinder von Auslandschweizern und Kinder aus dem Appenzellerland. Zimmermann schenkte Whiskey ein, und sie prosteten sich zu. Dabei blieben sie beim Sie.

Dann kam Mattmann auf sein Anliegen zu sprechen: die Angst, dass sich David Brunner etwas antun könnte.

«Sie denken an Selbstmord?»

«Wie lässt sich so etwas verhindern?», fragte er.

«Für Laien ist es fast unmöglich, abzuschätzen, ob jemand wirklich entschlossen ist, sich umzubringen», begann Zimmermann.

«Aber Sie als Fachmann können das beurteilen.»

«Da ist ein Psychologe gefragt. Ich bin forensischer Psychiater.»

«Sie haben ebenfalls Erfahrungen mit solchen Fällen, nehme ich an.»

«Ein Selbstmörder, der seinen Plan wirklich umsetzen will, spricht selten davon», fuhr Zimmermann fort. Vielmehr versuche er seine Umgebung zu beruhigen: dass alles nicht so schlimm sei, dass er das nur so gesagt habe oder dass sich seine Lage gebessert habe. «Wenn mir ein Suizidgefährdeter gegenübersitzt, versuche ich zuerst zu eruieren, ob sich seine Aggressionen gegen innen und damit gegen sich selbst richten. Oder gegen aussen. Dann haben wir all das, was in den Medien als Wahnsinnstat ausgeschlachtet wird.»

«Angenommen, David Brunners Aggressionen sind gegen aussen gerichtet, wäre es denkbar, dass er seine Mutter tötete? Und in einem nächsten Schritt seinen Vater umbringen würde?»

Zimmermann stellte klar, dass er mit keinem entsprechenden Gutachten beauftragt worden war. Und wenn, dürfte er auch nichts dazu sagen.

Mattmann liess nicht locker.

«Keine Spekulationen», sagte Zimmermann, «weder Sie noch ich kennen die Fakten. Doch zwei Morde – in zwei Monaten – in derselben Familie –, das wäre sehr aussergewöhnlich, aber möglich. Die Statistik lehrt: Achtzig Prozent aller Morde sind Beziehungsdelikte. Am meisten Konflikte tragen wir mit denen aus, die uns am nächsten stehen: mit dem Ehepartner, den eigenen Eltern oder den Kindern.»

«Gegen Brunner liegen keine Beweise vor. Also sind Susanne und David die nächsten, auf die der Verdacht fällt. Doch das kann ich mir nicht vorstellen.»

«Bei der Aufklärung eines Mordes darf man nichts von vornherein ausschliessen», gab Zimmermann zu bedenken.

«Also auch nicht die Möglichkeit, dass es ein Dritter gewesen sein könnte?»

«Sie denken an den ‹Third Man› mit Orson Welles, den berühmten Film?»

Mattmann lächelte.

«Die Erfahrung lehrt, man braucht nicht so weit zu suchen.»

«Was wollen Sie damit sagen?»

«Glauben Sie mir», sagte Zimmermann, «wir alle sind manchmal nur einen Fingerbreit davon entfernt, jemanden umzubringen. Erstaunlich ist nur, dass es so selten geschieht.»

Mattmann war in Gedanken versunken, und Zimmermann liess ihm etwas Zeit. Dann fuhr er weiter: «In unserer Gesellschaft gibt es so viele Barrieren, die uns zurückhalten. Innere und äussere. In Stresssituationen oder wenn sich Gefühle von Wut lange angestaut haben, kann es zu einer Explosion kommen, die niemand erwartet hätte. Oder die Hemmschwellen sinken aus irgendwelchen Gründen. Dann bricht etwas auf und ist nicht mehr zu stoppen.»

Zimmermann stand auf. «Sie sind sicher hungrig, und ich bin ein schlechter Gastgeber. Aber Kochen ist nicht meine Stärke.» Mit ein paar Scheiben aufgeschnittenem Birnbrot, Butter und einer Flasche Rotwein kam er aus der Küche zurück.

Es war schon längst dunkel geworden, als Zimmermann Mattmann zu seinem Auto begleitete, das dieser unterhalb des Ferienhauses abgestellt hatte. Vom Alkohol und allem, was er erfahren hatte, war Mattmann etwas schwindlig geworden, doch die frische Luft tat ihm gut. Es war eine sternenklare Nacht. Die Konturen der Alpen hoben sich in der Ferne gegen das schwarze Blau des Himmels ab. Weit unten war der Zürichsee zu erkennen, glatt und schwarz, umrahmt von einem dichten Kranz von flimmernden Lichtern. Eine abgrundtiefe Dunkelheit.

32

David schaute aus dem Fenster auf den Parkplatz. In der Dunkelheit konnte er nicht viel erkennen, doch er musste nur eines wissen: Waren die letzten Gäste abgefahren? Er wollte niemandem mehr begegnen. Er hatte noch einen zweiten Tag in der Wohnung von Elise Manz verbracht. Sie hatte ihm gesagt, er solle sich nicht im Restaurant blicken lassen und auch nicht draussen. Sie hatte die Autoschlüssel von ihm verlangt und ihre Tochter beauftragt, seinen alten Toyota in Mattmanns Garage zu stellen. Er wusste nicht, warum sie das für ihn tat, er spürte nur, sie meinte es gut mit ihm. Dass sie Ärger mit der Polizei bekommen könnte, daran schien sie nicht zu denken. Nun, da er sich entschieden hatte, plagte ihn ein schlechtes Gewissen, da er sich nicht richtig von ihr verabschieden konnte. Wie verabschiedet man sich richtig, wenn es für immer ist?, fragte er sich. Und von wem wollte er überhaupt Abschied nehmen?

Paula schickte er ein Foto per WhatsApp, ohne Worte. Die Kurve einer kleinen Strasse mit einer Leitplanke aus Blech, darauf ein Schimmer der Abendsonne. Im Hintergrund die schneebedeckten Alpen im rosa Licht der untergehenden Sonne. Etwas kitschig vielleicht, überlegte er sich, aber die Aussage war klar: Ich habe die letzte Kurve gekriegt.

Seiner Schwester Susanne schickte er nur drei Worte: «Danke für alles». Mattmann hatte er das Foto mit dem Heizer übergeben. Er nahm die zerknüllten Laken und die Wolldecke vom Sofa, faltete sie sorgfältig und legte sie auf einen Stapel. Was könnte er für Elise dalassen? Er zog das Amulett aus, das er um den Hals trug, und betrachtete den Wanderfalken mit den ausgebreiteten Flügeln. Geschnitzt im Stil der kanadischen Indianer, oder First Nations, wie er beim Besuch auf Vancouver Island gelernt hatte. Der Wanderfalke hatte ihn die letzten Wochen beschützt. Er war an der Westküste Kanadas noch sehr verbreitet, in Skandinavien, Deutschland, Österreich und in der Schweiz war er jedoch bis auf wenige hundert Paare ausgestorben. Er war dem hochgiftigen Insektenbekämpfungsmittel DDT zum Opfer gefallen.

David legte das Amulett auf den Stapel mit der Bettwäsche. Elise würde es verstehen und sich erinnern, dass sie ihm als Kind einmal die Geschichte vom Vogel Gyr erzählt hatte. Einem Falken, der die Bewohner des späteren «Gyrenbads» auf die Quelle mit dem heilenden Wasser aufmerksam gemacht hatte.

David schlich sich ohne Licht zu machen durchs Treppenhaus hinunter, öffnete die grosse Eingangstüre und verschwand in der Dunkelheit. Er wusste, es gab nur einen wortlosen Abschied, damit man ihm nichts anmerkte und damit ihn niemand zurückhalten konnte. Etwas musste er noch erledigen, damit er in Frieden gehen konnte.

Der Waldweg hinunter zum Chalet war glitschig vom vielen Regen. Viele Schubkarren mit Schlamm und nasser Erde hatte er damals weggekarrt, als sie den Weiher angelegt hatten. Am Schluss stand nur noch der Nagelfluhbrocken mittendrin, als wollte er sie verhöhnen. Alles war bereit für die Sprengung.

Als wäre es gestern gewesen, sah er Jamas, seinen alten Kater, auf dem Felsbrocken sitzen. Er sprang auf, um ihn zu retten, stolperte und riss das Kabel mit sich. Es gab einen fürchterlichen Knall. Steinbrocken flogen ihnen um die Ohren. Dann war es totenstill und er sah auf: Fetzen von Katzenfell überall verstreut. Sein Vater fluchte, wie er ihn noch nie gehört hatte. Anfangs hatte er kein Wort verstanden, doch dann war ihm klar geworden, dass sich sein Zorn nicht über die Zündanlage, sondern über ihn ergoss. Dabei hatte er das arme Tier nur retten wollen.

Beim Fischteich blieb David stehen. Der Sturm hatte nicht nachgelassen. David roch Zigarrenrauch. Am andern Ufer des Teichs entdeckte er einen kleinen rotorangen Punkt, der sich nur leicht bewegte. Und den Umriss einer breiten Gestalt. Er wusste, es war sein Vater. Er hob die Hand zum Abschied und wandte sich ab.

David ging weiter durch den Wald, hoch durchs Rosstobel hinauf auf den Schauenberg. Langsam setzte die Morgendämmerung ein. Das Licht war noch fahl, die ersten Vögel begannen zu zwitschern. Er setzte sich nicht auf die Bank, als er oben angekommen war, nur einen Blick warf er übers Tösstal in die Ferne. Dann folgte er der Krete und stieg ab bis zum Grund und wieder hinauf zum Schoren. Es war frisch, er zog die Kapuze seines schwarzen Pullis über den Kopf. Er folgte dem Strässchen bis zum Lättenberg, wo noch niemand auf den Beinen war. Nur eine Kuh muhte im Stall. Muh du nur, dachte er. Er wäre immer gerne ein Tier gewesen, eine Katze oder noch lieber ein Wanderfalke. Er hätte hoch in den Alpen leben wollen. Unbeschwert von allem und für alle Fälle eine Höhle in der Steilwand, wo er sich zum Schutz vor Wind und Wetter hätte zurückziehen können.

Die Sonne war noch nicht aufgegangen. Er konnte den Morgenstern noch deutlich am Himmel sehen. Die Luft war klar. Nur er, Gott und die Welt. Dabei glaubte er nicht an Gott. Er brauchte keinen himmlischen Vater, der auf der Wolke auf ihn warten würde. Er brauchte nichts mehr. Er konnte einfach gehen.

Vor ihm lagen Zell und die Kapelle, wo er einmal mit Elsi, die ihn eingeladen hatte, die «Zeller Weihnacht», vom Kinderchor gesungen, gehört hatte: «Kei Mueter weiss, was ihrem Chind wird gscheh …» Es fühlte sich an, als würde er schweben. Er hörte Geigenklänge, oder war es eine Zither?, fragte er sich. Eine einzelne Saite, die noch schwang.

Er kam ins Tal hinunter und schritt auf der Stationsstrasse geradeaus. Dann überquerte er die Hauptstrasse. Kein Auto weit und breit. Er kletterte den Bahndamm hoch, über die kalten Schienen und den Schotter und landete auf der anderen Seite. Er folgte dem Trassee bis zur grossen, weiten Kurve. Dort wartete er im Gras und rauchte eine letzte Zigarette. Kein Lüftchen wehte, wach waren nur die Vögel. Die ersten Sonnenstrahlen kamen über den Schauenberg. Er war ganz ruhig. Dann hörte er das leise Singen der Schienen.

33

Susanne Brunner sass am Steuer, Mattmann auf dem Beifahrersitz. Nach dem Abend im Chalet war auch ihr das Bild mit dem Heizer nicht mehr aus dem Sinn gegangen. Sie hatte Mattmann angerufen, und sie vereinbarten, zusammen nach Brunnen zu fahren, da sie heute Samstag nicht zur Arbeit musste.

Das alte Haus mit dem verblichenen Schild «Fotohandlung» war einfach zu finden. Die Eingangstüre und die beiden Schaufenster des ehemaligen Fotogeschäfts waren mit Rollläden verschlossen. Hinter dem Haus befand sich ein verwilderter Garten mit hohem Gras und alten Kirschbäumen, voll von roten Früchten. Als Mattmann zwei Kirschen pflückte, hörte er eine dunkle Stimme. Er drehte sich um und sah einen alten Mann mit zerzausten Haaren vor sich. Der Alte trug einen zerknitterten Anzug und grüne Stiefel.

«Was suchen Sie hier?», fragte er.

Mattmann entschuldigte sich, dass sie sich nicht angemeldet hatten und einfach in den Garten eingedrungen waren.

«Und Selbstbedienung gibt es nur im Supermarkt.»

«Sorry», sagte Mattmann. «Sie schmecken ausgezeichnet, viel besser als die gekauften.» Er zog das kleine Foto aus der Innentasche seines Jacketts. «Es geht um eine alte Aufnahme von Isleten.» Er zeigte auf den Stempel auf der Rückseite.

«Fotostudio Blickenstorfer», sagte der Alte und drehte das Bild um. Er setzte die Lesebrille auf und betrachtete das vergilbte Foto. «Isleten, in der Tat», sagte er.

«Wer ist die Person im Vordergrund?», fragte Susanne.

«Langsam, langsam», sagte der Alte und lächelte. «Aus dem Stegreif lässt sich das nicht sagen. Erstens: Es handelt sich um eine Aufnahme meines Vaters. Zweitens: Wäre sein Archiv ohne mich nur ein Kasten voll von verschimmeltem Karton. Und drittens», er machte eine Pause, «weiss ich genau, wo ich suchen muss.»

Er gab den beiden einen Wink, ihm zu folgen. Im hintersten Teil des Gartens stand ein Schuppen mit schiefen Wänden und grauer Holzfassade.

«Das alte Atelier meines Vaters», sagte Blickenstorfer und schloss die Türe auf. Sie betraten einen Raum, dessen Dach mit milchigen Scheiben verglast war. Auf einem kleinen Podest stand ein verstaubter Fauteuil mit Löwenfüssen, dahinter ein dunkelroter Plüschvorhang. Er zog den Vorhang auf die Seite. Eine Leinwand mit einer gemalten Gartenlaube in verschiedenen Sepiatönen kam zum Vorschein, die einstige Kulisse für Porträtaufnahmen.

«Bereits mein Grossvater hatte das halbe Dorf porträtiert. Danach übernahm mein Vater und nach seinem Tod meine Mutter das Fotogeschäft und verkaufte noch jahrelang Fotoapparate von Kodak. Jeder Anfänger hat damit fotografieren können. Automatische Einstellungen für Blende und Zeit, simples System, um den Film einzulegen.»

«Sind Sie auch Fotograf?», fragte Susanne.

«Vom Fotografieren kann man nicht mehr leben. Ich bin Briefträger geworden.»

«Und das Fotogeschäft?»

«Seit dem Tod meiner Mutter sind die Rollläden unten.»

Er führte sie in den hinteren Raum des Ateliers, wo eine Reihe von Metallkästen stand. Aus dem einen nahm er einen Ordner, der mit «Isleten» bezeichnet war. Auf dem grossen Tisch in der Mitte des Raumes legte er ihn ab und blätterte die knisternden Negativtaschen mit den Archivkopien durch, bis er innehielt.

«Schauen Sie», sagte er. «Bei den Aufnahmen zu dieser Industriereportage habe ich meinen Vater nach Isleten begleitet. Ich war ein kleiner Junge, aber ich kann mich noch gut erinnern, wie er den Heizer gebeten hat, extra viel Dampf abzulassen. Die hatten damals eine Dampfheizung für die ganze Fabrik.»

Mattmann bückte sich, um die schmalen Bildstreifen auf den Bogen der Archivkopie genauer zu betrachten. Blickenstorfer gab ihm eine Lupe. Mattmann kniff ein Auge zu, dann reichte er die Lupe Susanne.

«Das Gesicht ist nicht ganz scharf», sagte sie. «Haben Sie noch weitere Bilder?»

«Warten Sie», sagte Blickenstorfer. «Irgendwo muss es Vergrösserungen geben.» Er suchte in einem anderen Kasten, öffnete verschiedene Kartonschachteln, bis er auf einen Stoss von Imagebroschüren stiess, für die sein Vater die Bilder gemacht hatte. Er blätterte sie durch, bis er auf diejenige der Sprengstofffabrik Isleten stiess. Susanne Brunner und Mattmann schauten ihm über die Schultern.

«Da ist er», sagte Mattmann. Er zeigte auf ein Foto mit einem russigen Gesicht mitten in einer Wolke von Dampf.

«Zweifellos», rief Susanne mit dünner Stimme.

«Kommen Sie heute Nachmittag nochmals vorbei, dann können Sie einen Abzug des Heizers mitnehmen», sagte Blickenstorfer. «Ich muss heute sowieso ins Labor.» Dann hielt er inne und fragte: «Warum interessieren Sie sich eigentlich für dieses Bild?»

«Es ist mein Vater», sagte Susanne und blickte Mattmann an. «Unser Vater.»

«Und Ihr Name bitte?», fragte Blickenstorfer.

«Konrad Mattmann.»

«Mattmann», murmelte er und schaute ihn lange an. «Ich kannte einmal eine Magdalena Mattmann. Wie Sie hatte sie dunkles, lockiges Haar.»

«Meine Mutter.»

Blickenstorfer lächelte. «Die schöne, stolze Magdalena!» Er ging zu den Schränken und öffnete einen zweiten. Mit dem Zeigefinger fuhr er den Rücken der Ordner entlang, bis er zum Buchstaben «M» gelangte. Dann zog er ihn hervor, ging damit zum Tisch und blätterte vorsichtig Bogen um Bogen um. Stolz zeigte er auf einen Bildstreifen mit Doppelporträts und suchte die entsprechenden Negative. Mit einer Pinzette zog er einen Filmstreifen hervor, legte ihn auf das Leuchtpult und knipste den Schalter an.

«Magdalena Mattmann und Alois Brunner. Ein hübsches Paar!»

Mattmann starrte verwirrt auf das Porträt der beiden.

«Sie erinnern sich an meine Mutter. Wie kommt das?», fragte Mattmann.

«Sie hat sich in diesen Brunner verguckt. Doch er war nichts für sie.»

«Warum nicht?»

«Er war Heizer. Sie kam aus einer mehrbesseren Familie und arbeitete auf der Direktion. Und dann war das mit diesem Feller.»

«Was war damit?», fragte Susanne.

«Verschwunden. Wie vom Erdboden verschluckt. Nur sein Auto wurde am Bahnhof gefunden.»

«Abgehauen?»

«Man munkelte viel. Aber das ist ja alles schon so lange her.»

Während des Wartens auf die Vergrösserungen schlenderten Mattmann und Susanne Brunner dem See entlang. Auf der andern Seite war der Selisberg, dahinter war das Gotthardmassiv zu erkennen. Ein Raddampfer hatte eben abgelegt und nahm Kurs auf den Urnersee. Es war strahlendes Wetter, Postkartenwetter. Der Uferweg endete jedoch nach wenigen hundert Metern auf einer dicht befahrenen Strasse, weshalb sie umkehren mussten.

«Was weisst du von diesem Feller?», fragte Susanne auf dem Rückweg.

«Kenne ich nicht», sagte Mattmann. Dann erinnerte er sich jedoch, dass Alois nach dem Fischessen im Chalet erzürnt von einem «aufgeblasenen Kerl» gesprochen hatte, ohne näher darauf einzugehen.

«David hat auch von einem Feller geredet.»

Mattmann blieb stehen. «Wann?», fragte er.

«Als er bei mir aufgetaucht ist. In Winterthur.»

«Was hat er gesagt?»

«Es war alles ziemlich wirr», sagte Susanne und zögerte. «Von einem Laborchef hat er gesprochen.»

«Und sonst?»

Sie kamen zur Anlegestelle der Kursschiffe. Doch weder Susanne noch Mattmann hatten Lust auf einer Fahrt über den See. Sie setzten sich in den schattigen Garten des «Waldstätterhofs» und bestellten etwas Kleines zu essen.

«Was hat dir David erzählt?», hakte Mattmann nach.

Susanne kamen die Tränen.

Er schaute sie hilflos an. Sie holte ein Taschentuch aus ihrer Handtasche und schnäuzte sich.

«Es war ein Unfall», begann sie. «David hat mir gesagt, was an jenem Abend im Chalet geschah.» Sie erzählte, wie David ihr alles gestanden habe, wie er auf seinen Vater losgegangen sei und dabei seine Mutter mit dem Brecheisen getroffen habe.

«Furchtbar», sagte Mattmann und schaute über den See. Er dachte an David. «Was war nur in ihn gefahren?», fragte er leise.

«Wenn ich das wüsste», sagte Susanne und legte ihr Besteck beiseite. «So wütend habe ich ihn bisher nie erlebt.»

«Er muss eine unglaubliche Wut auf seinen Vater», Mattmann korrigierte sich, «auf unserem Vater gehabt haben. Doch weshalb?»

«Er hat etwas angetönt.»

«Was?»

«Ich weiss nicht.» Susanne biss sich auf die Lippen.

Mattmann zögerte, dann fragte er: «Kennst du das auch? Dieses unterschwellige Unbehagen?»

«Ja», sagte sie. «Unterschwellig, das trifft es. Aber unterdessen ist es mehr als ein Unbehagen. Eine Ahnung, die mich quält. Auf dem Bild mit dem Dampf hat Vater so …», sie hielt inne, «… so unheimlich ausgesehen.»

Beide schauten vor sich auf die halb vollen Teller. Dann sagte er leise: «Es muss so schrecklich sein, dass man nicht darüber sprechen kann.»

34

Paula Feller war am frühen Morgen in Zürich gelandet. Sie hatte nur einen kleinen Rucksack und die Umhängetasche mit ihrem Laptop dabei. Ohne am Gepäckband warten zu müssen, war sie durch den Zoll gegangen und hatte gleich die S-Bahn nach Oerlikon genommen, nur eine Station nach dem Flughafen. Als sie an der Türe von Rosa Luchs läutete, öffnete niemand. Sie war nicht erstaunt, denn sie hatte ihrer Grosstante nicht mitgeteilt, dass sie kommen würde.

Paula wartete zehn Minuten vor dem Mehrfamilienhaus. Da kam Rosa Luchs mit einer Einkaufstasche in der einen und einem Stock in der anderen Hand. Sie öffnete ihren Briefkasten, doch es war keine Post für sie gekommen. Paula ging auf sie zu und stellte sich vor.

«Kennen wir uns?», fragte Rosa Luchs. Paula hatte ihre fünfundachtzigjährige Tante noch nie getroffen, nur ein Bild hatte sie gesehen. Ihr Vater hatte in Kanada nie von seiner Kindheit erzählt. Erst beim zufälligen Zusammentreffen mit David hatte er seine Tante erwähnt.

Als Paula nicht gleich antwortete, fragte Rosa Luchs weiter: «Sind Sie vielleicht einmal zu mir zur Schule gegangen? An alle Gesichter kann ich mich heute nicht mehr erinnern.»

Es entging Paula nicht, dass sie etwas misstrauisch wurde. Sie zog ein Bild aus ihrem Rucksack, das ihren Vater in jungen Jahren zeigte. Rosa Luchs stellte ihre Tasche ab, nahm die Aufnahme zur Hand und betrachtete sie lange.

«Paula heisse ich», wiederholte sie und wollte ihr die Hand geben.

Rosa Luchs schaute auf und gab ihr das Foto zurück. Sie stützte sich auf ihren Stock.

«Ich kann mir vorstellen, es ist schon etwas eigenartig, wenn ich da aus hell heiterem Himmel auftauche und mich als eine Verwandte aus Kanada ausgebe.»

«Sie sprechen erstaunlich gut Deutsch. Als kämen Sie aus Wien.»

«Mein Vater spricht zwar nur Englisch mit mir. Aber mit meiner Mutter, die Österreicherin ist, spreche ich seit Kindsbeinen Deutsch.»

«Dann ist das Ihre Muttersprache. Ich verstehe.»

«Genau.» Paula versuchte, den Blick von Rosa Luchs wieder auf das Foto ihres Vaters zu lenken.

«Josef?», sagte sie zu sich.

Paula nickte. «Er nennt sich Joe.»

«Eine halbe Ewigkeit habe ich nichts von ihm gehört.»

«Ich bin seine Tochter.»

«Nicht einmal das wusste ich, dass er Kinder hat.» Sie betrachtete Paula lange. «Tatsächlich. Sie sehen ihm ähnlich», sagte sie und gab ihr die Hand.

Rosa Luchs führte sie zum Lift, und sie fuhren in den fünften Stock hinauf. In der Küche setzte sie Wasser auf, füllte Pulver in den Kaffeefilter und räumte ihre Einkaufstasche aus. Paula, die sich an den kleinen Küchentisch setzte, hatte Zeit, sie zu betrachten, wie sie Kaffee aufgoss und wartete, bis alles Wasser durch den Filter geflossen war. Sie hatte ein glattes Gesicht, kaum eine Falte deutete auf ihr hohes Alter, ihre dünnen Haare waren schneeweiss, und ihre Augen strahlten dunkelbraun warm.

«Magst du frisches Brot, Butter und etwas Käse von hier?»

Paula nickte, schnitt sich eine Scheibe und ein grosses Stück vom Käse ab.

***

Rosa setzte sich Paula gegenüber. Sie hatte keine eigenen Kinder und lebte seit vielen Jahren alleine in derselben Wohnung. Sie hatte in der Primarschule in Altdorf unterrichtet, als ihre Schwester Maria an einer heimtückischen Krankheit erkrankt und gestorben war. Auf dem Totenbett musste sie ihr versprechen, dass der kleine Josef weder in ein Kinderheim noch zu

Pflegeeltern käme, worauf sie ihren kleinen Neffen bei sich aufnahm.

Ein Lächeln huschte über ihr Gesicht. Sie war stolz, dass sie sich damals gegen alle Widerstände durchgesetzt hatte. Schreibarbeiten, die sie für einen Rechtsanwalt erledigte, konnte sie zu Hause machen und sich dabei um ihn kümmern. Das wollte sie Paula später erzählen, wenn sie sich nach der langen Reise ausgeruht hätte. Sie führte sie in die kleine Kammer, wo nur ein Bett und eine Kommode standen.

«Hast du Fotos von der Zeit, als mein Vater noch klein war?», fragte Paula.

«Später», sagte sie.

Doch Paula liess nicht locker. Rosa suchte in der obersten Schublade, wo sie das Album schnell fand. Dann setzte sie sich zu Paula aufs Bett. Rosa blätterte, bis sie auf die Bilder stiess, wie der kleine Josef, den sie Seppli nannte, an einem Sommertag in einer Zinkwanne badete, wie er sein erstes Glacé schleckte und wie er am ersten Schultag stolz auf einer Treppe posierte, am Rücken einen mit Fell bezogenen Tornister. Paula legte immer wieder ihre Fingerspitzen auf das Albumblatt, damit Rosa nicht zu schnell umblätterte.

«Du hast so viel für ihn gemacht, warum hat er dich nie besucht?»

«Das musst du ihn schon selber fragen.»

«Oder er hätte dich einmal nach Kanada einladen können.»

Rosa Luchs hatte noch immer ein schlechtes Gewissen, dass sie Josef nie alles erzählt hatte. Erst als er grösser geworden war, hatte sie ihm vom frühen Tod seiner Mutter berichtet und dass sein Vater nicht mehr da sei. Zu den Umständen hatte sie geschwiegen. Als Josef ins Gymnasium kam, fand sie nie die richtige Gelegenheit, das Thema anzuschneiden. Dann studierte er Architektur und hatte für nichts anderes mehr Zeit. Als er ihr nach dem Abschluss eröffnete, dass er nach Kanada auswandern wolle, war sie traurig, aber nicht erstaunt. Sie nahm sich vor, ihm alles zu erzählen, sobald er in seiner neuen Heimat richtig angekommen wäre. Doch dann hatte sie nichts mehr von ihm gehört, nur zu Weihnachten hatte er jeweils eine Karte geschickt. Bis auch diese ausblieb.

«Wer ist das?», fragte Paula und zeigte auf das Bild einer jungen Frau mit einem Säugling auf ihrem Arm.

«Deine Grossmutter Maria mit Seppli. Herzig, dein Vater, als er kaum zwei Wochen alt war.»

Paula schaute sich das Bild näher an. «Und im Hintergrund?»

«Otto, dein Grossvater.»

«Er sieht alt aus.»

«Er war gegen vierzig, als sie heirateten.»

«Ich habe ihn mir ganz anders vorgestellt», sagte Paula. «Das ist das erste Bild, das ich von ihm sehe.» Sie blätterte zurück bis zu den Fotos der Hochzeit, mit dem Brautpaar vor der Kirche, auf dem Schiff und an einer grossen Tafel mit vielen Gästen. «Sieht vornehm aus», bemerkte sie.

«Die Hochzeitsfeier fand im ‹Drei Könige› in Basel statt», sagte Rosa.

«War mein Grossvater wohlhabend?»

«Die Fellers haben ihr Vermögen in der Chemischen gemacht.»

«Meine Vorfahren waren Chemiker?», fragte Paula

«Alle hatten irgendetwas mit der Chemie zu tun. Dein Vater dagegen hat etwas ganz anderes machen wollen und sich deshalb in die Architektur gestürzt.»

Paula erzählte, dass sie ihre Ausbildung als Chemikerin erst vor wenigen Tagen abgeschlossen hatte.

«Gratuliere», sagte Rosa und war ein wenig stolz. Aber mehr noch war sie glücklich, endlich wieder mit ihrem Neffen in Kontakt zu kommen. Wenn auch nur indirekt, über Paula.

«Ich wusste gar nicht, dass ich von einer Chemikerfamilie abstamme», sagte Paula. «Nur dass mein Grossvater eine leitende Stellung bei einer Sprengstofffabrik innegehabt hat.»

«Leitend ist vielleicht nicht der richtige Ausdruck», sagte Rosa. «Dein Grossvater war Laborchef. Ein einziger Assistent hat unter ihm gearbeitet.»

«In Isleten, habe ich erfahren. Da müssen wir hin.»

«Genug!», sagte Rosa Luchs und klappte das Album zu. Sie stand auf, um es wieder in der Kommode zu versorgen. Ihr Schwager Otto war ein Aufschneider gewesen, der trotz seines Doktortitels von Chemie keine Ahnung hatte. Sie wollte Paula nicht erzählen, wie sie sich manchmal gewundert hatte, wie er überhaupt zu diesem Titel gekommen war. Der Job als Leiter des kleinen Labors war das Höchste, was er in seiner Karriere hatte erreichen können. Er hatte immer darunter gelitten, dass er bei seiner reichen Basler Familie als Versager galt.

Rosa Luchs ging zurück in die Küche und räumte das Geschirr ab.

«Ich möchte mir die ehemalige Sprengstofffabrik ansehen», erklärte Paula, «heute Nachmittag.»

«Nicht heute», sagte Rosa Luchs.

«Ich will wissen, wo mein Grossvater gewirkt hat.»

«Nach dem langen Flug musst du dich ausruhen», sagte Rosa mit bestimmter Stimme. «Und auch ich brauche jetzt einen Mittagsschlaf.»

∗∗∗

Paula wusste, den Jetlag konnte man am einfachsten vermeiden, wenn man sich nicht gleich hinlegte, wenn man müde war. Sie wollte ihre Mails und Mitteilungen checken, die seit ihrem Abflug eingetroffen waren. Sie musste zum Bahnhof gehen, um ins Netz zu kommen. David hatte auf all ihre Mitteilungen nicht geantwortet. Daher nahm sie mit Mattmann Kontakt auf:

Hi, David Brunner hat mir deine Nummer gegeben. Weisst du, wo er steckt? Bin jetzt in der Schweiz. Paula.

35

Als Mattmann am späten Nachmittag wieder im «Gyrenbad» angekommen war, checkte er sein Mobiltelefon und las die Mitteilung von Paula. Er kannte keine Paula. Doch da sie David erwähnt hatte, wurde er neugierig und schrieb zurück: *Wer bist du, und woher kennst du David?*

Paula antwortete: *Ich bin die Surferin, die er in Kanada getroffen hat. Habe seit Tagen nichts von David gehört. Nur ein eigenartiges Bild bekommen.*

Mattmann starrte auf sein Telefon. Bruchstücke des Gesprächs mit David gingen ihm durch den Kopf. Wie ihn David in der Dachwohnung der Wirtin inständig gebeten hatte, Licht in die Sache zu bringen.

Auf dem Weg ins Zimmer klingelte sein Mobiltelefon wieder, doch er war müde vom Ausflug nach Brunnen und wollte sich kurz hinlegen. Der Anrufer war hartnäckig. Er warf einen Blick aufs Display und sah Susanne Brunners Namen.

«Ich bin's», sagte sie.

Er hörte an ihrer Stimme, dass etwas passiert war, und blieb auf dem Treppenabsatz stehen.

«David …», sagte sie. «Er …» Dann war sie lange still. «Kaum war ich zu Hause, haben sie mich angerufen. Von der Polizei.»

«Rahel Reinhard?»

«Ja. Es ist grauenvoll. Er hat sich vor den Zug geworfen.»

Mattmann hielt sich am Treppengeländer fest. Er schaute auf seine Schuhe. Schwarze Halbschuhe, die er schon lange nicht mehr gepflegt hatte. Das Leder an den Spitzen war brüchig geworden, sie brauchten dringend etwas Schuhcrème.

«Hörst du mich?», fragte Susanne.

Nun hatte David den letzten Schritt getan, dachte er. Verzweifelt. Oder mutig. Oder beides? Dann fragte er: «Wann?»

«Heute früh. Es war der erste Zug. In Rämismühle. Ein Stück vor dem Bahnhof.»

Mattmann warf einen Blick durchs Fenster, über die Wipfel der Bäume. Nur ein paar Kilometer von hier, dachte er.

«Bitte begleite mich.»

«Wohin?»

«Nach Zürich. In das Institut für Rechtsmedizin.»

«Ist David jetzt dort?», fragte er.

«Er ist noch im Kantonsspital in Winterthur. Doch sie wollten nicht, dass ich dort hinkomme. Am frühen Abend wird er überführt. Schwierig zu identifizieren, sagen sie.»

«Ich komme», sagte Mattmann leise.

«Danke», sagte sie.

Mattmann wehrte sich gegen die Vorstellung, was ihn erwartete. Was war nach dem Aufprall von David noch übrig? Es schauderte ihn. Wie wusste die Polizei, dass es sich um David Brunner handelte?

«Bist du noch dran?», fragte Susanne Brunner.

«Ja», sagte er, kaum hörbar. Normalerweise gelang es ihm, in schwierigen Situationen einen kühlen Kopf zu bewahren. Das hatte er schon früh gelernt von seiner Mutter, und es kam ihm bei seiner Arbeit entgegen. Er hatte viel Leid in seinem Job als Journalist gesehen. Doch die Verzweiflungstat Davids traf ihn an einer Stelle, die er nicht unter Kontrolle hatte. «Ich müsse nur ein paar Fragen beantworten. Und irgendwelche Proben wollen sie machen», sagte Susanne erstaunlich gefasst.

«Ich hole dich ab», sagte er.

«Nicht nötig. Wir treffen uns dort», erklärte Susanne.

Es war Samstagabend, die Dämmerung hatte schon eingesetzt. Im Institut für Rechtsmedizin roch es wie in anderen Verwaltungsgebäuden. Mattmann hatte einen speziellen Duft erwartet an einem Ort, wo Leichen seziert werden. In den Korridoren brannte Licht, doch es war Wochenende, niemand schien zu arbeiten. Eine eigenartige Stille herrschte, nur ein Telefon war zu hören, das in einem entfernten Raum läutete.

Mattmann sass im schlichten Warteraum und wartete auf Susanne Brunner. Er erhoffte sich nähere Angaben zum Tod von David und fand dadurch zurück in seinen Journalistenmodus. Damit konnte er seine Gefühle auf Eis legen. Er erinnerte sich an die Mitteilung von Paula, der Surferin, die sich um David sorgte. Er konnte ihr nicht einfach in zwei Sätzen schreiben, was passiert war. Und anrufen wollte er sie auch nicht, er kannte sie ja nicht. Als er überlegte, was er tun könnte, klingelte sein Mobiltelefon.

«Ich muss dir eine schlechte Nachricht überbringen», sagte Rahel und ärgerte sich über die schlechte Verbindung.

«David?», fragte Mattmann.

«Du weisst es schon?»

«Ja», sagte er.

«Aber das Ganze hat auch sein Gutes. Ich kann den Fall abschliessen.»

«Alles klar?», fragte Mattmann.

«Dass er der Täter ist, steht fest. Er war im Chalet, als seine Mutter ums Leben kam. Die festgestellten Blutspuren am Tatort sprechen eine deutliche Sprache. Er hat seine Mutter auf dem Gewissen, wie ich dir schon das letzte Mal erklärt habe.»

Mattmann schwieg.

«Du zweifelst? Hättest du lieber deinen neuen Vater hinter Gitter?»

Das nicht, dachte er.

«Ich habe Brunner mit den Blutspuren von Lina und David auf dem angekohlten Stück Stoff konfrontiert. Er schweigt, wie immer. Er will seinen Sohn schützen. Davon bin ich schon lange überzeugt. Doch was nützt das jetzt noch?»

Die Sache war verwickelter, davon war Mattmann überzeugt. Doch das wollte er mit Rahel nicht jetzt am Telefon besprechen. Susanne Brunner war eingetroffen.

Er umarmte sie. Lange blieben sie im Warteraum stehen, bis sich die Türe öffnete und ein Arzt in einem langen weissen Kittel auf sie zukam. Sie folgten ihm in ein Büro.

«Wir brauchen ein paar Hinweise von Ihnen», sagte er. Mattmann schaute Susanne an, die leicht mit dem Kopf nickte. Auf einem Rolltisch lag ein schwarzer Halbschuh mit abgetretenem Absatz. Daneben ein Portemonnaie und eine Armbanduhr. Die Zeiger standen auf halb sechs.

«Erkennen Sie die Uhr?»

Susanne Brunner nickte nochmals.

«Und das Portemonnaie?»

«Genauso eines hatte er.»

«Es enthält die Ausweise von David Brunner.»

«Dann ist ja alles klar», sagte Mattmann.

«Das reicht nicht zur Identifizierung», erklärte der Arzt. «Jemand könnte die Brieftasche auf die Geleise geworfen haben. Mit einem festgehaltenen Fingerabdruck wäre uns geholfen.» Er schaute Mattmann in die Augen, dann wieder in seine Unterlagen. «Leider haben wir sein Mobiltelefon nicht gefunden. Die neueren Geräte lassen sich ja damit entsperren. Und auch in der Datenbank der Polizei sind David Brunners Fingerabdrücke nicht registriert.» Er machte eine Pause, dann wandte er sich an Susanne Brunner: «Wissen Sie zufällig, welcher Zahnarzt Ihren Bruder behandelt hat? Dann könnten wir Röntgenbilder anfordern. Das könnte uns bei der Identifikation auch helfen.»

«Leider nein», sagte sie.

«Dann bleibt uns nur der DNA-Test zur sicheren Identifikation. Sind Sie zu einer Speichelprobe bereit?»

Susanne nickte. Vor sich hatte der Arzt ein Test-Kit mit Wattestäbchen und einem Glasröhrchen. Er bat sie, den Mund zu öffnen. Dann drehte er ein Stäbchen mehrmals unter ihrer Zunge und an der Innenwand der Wange. Als er die Probe im Röhrchen versorgt hatte, verschloss er das ganze Set. «Das wär's», sagte er und wollte sich verabschieden.

«Aber …», fragte Mattmann, «… müssen wir ihn nicht …?»

«Das macht man heute nicht mehr», antwortete er. «Ich bin froh, kann ich Ihnen diesen Anblick ersparen.»

***

Obwohl es schon spät war, fuhren Susanne und Mattmann zum Chalet, sie wollten es ihrem Vater selbst sagen. In der Küche brannte noch Licht. Er sass am Tisch, vor sich eine Flasche Bier.

«Ist David aufgetaucht?», fragte er.

«David ist tot», sagte Susanne und erzählte das Wenige, das sie wusste.

Brunner sagte nichts.

Susanne wollte ihren Vater umarmen, doch etwas hielt sie zurück. Sie setzte Wasser auf. Aus dem Schrank holte sie drei Tassen, Schwarztee und Zucker. Das Papier auf den Tablaren mit den kleinen Blumenmustern war verblichen. Aber das Bild, wie sie mit ihrem Bruder in der Küche gespielt hatte, sah sie deutlich vor ihren Augen. Susanne schüttelte die Erinnerung ab und goss den Tee auf. Sie spürte den Blick ihres Vaters im Rücken und hörte ihn sagen:

«Ich habe David nie verstanden.»

Sie drehte sich um. «Du hast dich nie darum bemüht.»

«Er hat es einem nicht leicht gemacht.»

«Etwas hat ihn geplagt.»

«Hab ich ihn geplagt?», fragte Brunner.

Susanne blieb mit der Teekanne in der Hand stehen.

36

Mattmann rührte mit dem Pinsel den Rasierschaum an und
verteilte ihn gleichmässig. Es war Sonntagmorgen, er hatte Zeit.
Langsam fuhr er mit der Rasierklinge über die linke, dann über
die rechte Backe und übers Kinn. Dazwischen spülte er die
Rasierklinge unter dem fliessend warmen Wasser. Der Selbstmord von David hatte ihn aufgewühlt. Er wollte mit Gina tele-
fonieren. Dann musste er es Elise Manz schonend beibringen.
Er ertappte sich, wie schwachsinnig diese Formulierung war,
angesichts dieses unsinnigen Todes. Es gab keine schonenden
Worte dafür, und beschönigen liess sich gar nichts.

Er setzte die Klinge zwischen Oberlippe und Nasenspitze
an, dort, wo man sich leicht schneiden konnte, und hielt inne.
Brunner hatte gestern Abend scheinbar ohne Gefühle reagiert.
Vielleicht war Mattmann selbst aber einfach zu müde gewesen,
um alles mitzubekommen, nach dem langen Tag, nach dem
Besuch beim Fotografen in Brunnen zusammen mit Susanne,
nach dem Auftauchen der Fotografie seiner Eltern, nach der
Benachrichtigung vom Selbstmord Davids und dem Weg in
die Rechtsmedizin.

Er spannte die Haut, zog die Oberlippe ein und fuhr mit
dem Rasierer vorsichtig, die Bewegung im Spiegel verfolgend,
über den weissen Schaum. Dabei fiel sein Blick auf das Bild des
Heizers, das er sich am Vorabend an den Badezimmerspiegel
gesteckt hatte. Er betrachtete die schwarz-weisse Aufnahme.
Aus dem Dampf der Heizung stach das Profil Brunners messer-
scharf hervor, das eine Auge konzentriert nach vorne gerichtet.
Mattmann wusch sich den restlichen Schaum vom Gesicht und
zog sich an.

Nachdem er mit Gina telefoniert hatte, ging er hinunter und
sprach mit der Wirtin. Danach musste er sich noch bei Paula
melden. Doch per WhatsApp konnte er ihr das nicht mittei-

len. Anrufen wollte er sie erst recht nicht. Er schrieb ihr daher nur zwei Zeilen: *Muss dich sehen. Wo können wir uns morgen treffen?*

Den Rest des Sonntags versuchte er zu lesen. Dann machte er einen Spaziergang und schlief am Nachmittag viel zu lange, sodass er mit einem schweren Kopf erwachte. Lustlos ass er am Abend in der Gaststube und ging zu Bett.

37

Paula wartete auf Mattmann im Café Gabriel in Oerlikon. Es lag nahe der Wohnung ihrer Grosstante und war einer der Orte, an dem die Zeit scheinbar stehen geblieben war. Die Einrichtung stammte aus den siebziger oder achtziger Jahren, noch immer schien dieselbe Wirtin hinter der grossen Kaffeemaschine zu stehen.

Paula hatte Mattmann gegoogelt und auf der Homepage der Zeitung gefunden, daher erkannte sie ihn, kaum war er eingetreten.

«Hast du Neuigkeiten von David?», fragte sie.

Mattmann stockte. «Traurige Neuigkeiten.»

«Was soll das heissen?»

Er setzte sich und bestellte einen Kaffee. Sie fixierte ihn mit zusammengekniffenen Augen. Bereits am Freitag hatte sie eine dunkle Ahnung gehabt, als sie von David das Bild mit der Leitplanke in der Abendsonne bekommen hatte. Oder vielleicht schon viel früher. Wegen ihrer Abschlussprüfungen hatte sie jedoch erst jetzt in die Schweiz fliegen können.

«Er hat sich das Leben genommen», sagte Mattmann.

Paula schlug die Hände vors Gesicht. Dann rieb sie sich mit beiden Handballen je eine Träne aus den Augen und schaute ihn an. «Ich möchte ihn nochmals sehen», sagte sie.

«Das geht nicht. Er hat sich vor den Zug geworfen.»

«Hast du …?», fragte sie.

«Nein, wir mussten das nicht ansehen. Zusammen mit seiner Schwester war ich im Institut für Rechtsmedizin. Wir haben ein paar Fragen beantwortet. Sie müssen die DNA-Analyse noch auswerten.»

«Und?»

«Mit höchster Wahrscheinlichkeit handelt es sich um David. Sobald die Resultate vorliegen, weiss man es genau.»

Paula wollte nicht zurück in die Wohnung ihrer Grosstante. Sie wollte mit nach Isleten. Mattmann hatte mit dem Ortshistoriker einen Termin für die Besichtigung der alten Fabrik eingefädelt.

So fuhren sie zusammen auf der Autobahn Richtung Innerschweiz bis nach Brunnen.

Paula betrachtete Mattmann von der Seite. Einen Journalisten hatte sie sich anders vorgestellt. Mit härteren Gesichtszügen. Sie begannen über Belangloses zu reden, dann erzählte sie über ihren Abschluss und warum sie Chemikerin geworden war. Sie wolle für eine Umweltorganisation arbeiten und gegen die Ölförderung im Westen Kanadas kämpfen. Auf einer Fläche dreimal so gross wie die Schweiz lagere tief im Waldboden Albertas eine immense Ölreserve, Ölsand, ein klebriges schwarzes Gemisch. «Aus riesigen Flächen Nadelwald werden trostlose Mondlandschaften mit Giftteichen und Schwefelbergen», sagte sie.

«Hast du das mit eigenen Augen gesehen?»

«Einmal war ich dort mit einer Gruppe von Greenpeace. Unglaublich, was da passiert, und alle schauen weg.»

«Ich habe nur in der Zeitung vom umstrittenen Ölsandabbau gelesen.»

Auf der Axenstrasse fuhren sie dem Vierwaldstättersee entlang, durch einen Tunnel nach dem anderen. Das Trassee der Eisenbahn war einmal links, einmal rechts der Strasse, dann fiel der Abhang steil zum See ab.

«Idyllisch hier», sagte Paula.

«Auf den ersten Blick», entgegnete Mattmann. Ein Schnellzug kam ihnen entgegen, und beide erschauerten.

⁎

Vor dem Tunnel Tellsplatte fuhr Mattmann von der Strasse ab und kam nach wenigen hundert Metern auf dem Parkplatz der Raststätte zu stehen. Er überlegte, ob er mit der jungen Kanadierin zur Tellskapelle unten am See gehen und ihr einen der mythischen Orte der Schweizer Geschichte zeigen sollte, doch es war nicht der richtige Moment.

«Wir schnappen etwas frische Luft», sagte er und schaute Paula zu, wie sie ihre Turnschuhe abstreifte und barfuss über den heissen Asphalt ging. Auch Mattmann hätte sich gerne seine ausgetretenen Halbschuhe ausgezogen, doch er getraute sich nicht. Er müsste sich unbedingt leichte Sommerschuhe kaufen, dachte er.

Von der Terrasse der Raststätte hatten sie eine gute Aussicht auf die andere Seeseite, wo das Delta von Isleten deutlich zu erkennen war. Sie lehnten sich an das Geländer. Paula erzählte ihm, welche Informationen sie auf dem Netz zur Geschichte der Sprengstofffabrik eingezogen hatte. Speziell habe sie die Produktion von Blockpulver nach dem Zweiten Weltkrieg interessiert. Die Produktionsbewilligung sei von oberster Stelle erteilt worden, von der kriegstechnischen Abteilung des eidgenössischen Militärdepartements.

«Blockpulver?»

«Die Rohmasse für Raketenbrennstoff.»

«Wie bist du an diese Quellen herangekommen?», fragte Mattmann.

«Es war ganz einfach. Das ist heute alles öffentlich zugänglich und digital erschlossen.»

«Und warum interessiert dich das alles?»

«Mein Grossvater hat damals das Labor geführt. Er war bestimmt involviert in diese Geschichte. Nach einer Explosion in der Nitrier- und Separieranlage war kein Stein auf dem anderen geblieben. Von einem Tag auf den anderen wurde die Produktion von Blockpulver eingestellt.»

«Und welche Rolle spielte dein Grossvater dabei?»

«Sein Name taucht in den Quellen nie auf.»

«Dann hatte er damit also nichts zu tun.»

«Das ist unklar», sagte sie. «Auffällig ist sein Verschwinden kurz nach der verheerenden Explosion.»

«Was weisst du darüber?», fragte Mattmann.

«Kurz vor Weihnachten 1960 war mein Grossvater zum

letzten Mal gesehen worden. Auf dem Fabrikareal. Seitdem war er spurlos verschwunden. Viele Jahre später wurde er für verschollen erklärt. Das weiss ich von David.»

«Und warum hat er sich dafür interessiert?»

«Die Geschichte meines Grossvaters und seines Vaters hängen irgendwie zusammen. Doch wir wussten nicht, wie. Ich bin es ihm schuldig, dass ich dem nun nachgehe.»

«Davids Vater ist auch mein Vater», sagte Mattmann.

«Das weiss ich von David», sagte Paula. Ihren Blick hatte sie an etwas in weiter Ferne geheftet. Dann entdeckte auch Mattmann die Surfer, die über den See flitzten.

«Hätte ich nur mein Board dabei.»

«Wir mieten dir eines.»

«Das kann ich schon selber», sagte sie und drehte sich ab.

Sie gingen zurück zum Auto und stiegen ein. «Manchmal würde ich am liebsten alles vergessen, was ich bisher zu unserer Familiengeschichte herausgefunden habe», sagte Paula.

«Mach es», sagte er. «Du bist jung, du brauchst dich nicht um die alten Geschichten zu kümmern.»

Sie schaute durchs Seitenfenster auf den See.

«Guter Wind?», bemerkte er.

«Eine schöne Brise. Mehr nicht.»

«Warte nur, bis der Föhn auffrischt. Das kann happige Böen geben. Der Urnersee ist der gefährlichste Arm des Vierwaldstättersees.»

«Surfst du auch?», fragte sie.

«Ich segle. Allerdings nicht hier in der Schweiz. In Schweden, wo ich lebe.»

Still fuhren sie weiter bis zum Ende des Sees und auf der anderen Seite die wenigen Kilometer zurück nach Isleten.

Mattmann begrüsste Heinz Graber, der sie vor der Fabrik erwartete. Schon am Telefon hatte ihm der Ortshistoriker erklärt, dass er in der Direktionsvilla aufgewachsen sei, denn sein Vater habe während zwanzig Jahren die Sprengstofffabrik geleitet. Graber hatte eine kaufmännische Lehre gemacht und danach ein Leben lang auf der Bank in Zürich gearbeitet. Nach seiner Pensionierung sei er an den Ort seiner Kindheit zurückgekehrt und habe in den Archiven geforscht. Über Isleten und die Fabrik wusste er alles.

Graber begrüsste sie und läutete beim verschlossenen Tor. Sie mussten warten. Vier, fünf Leute, mehr nicht, würden heute hier noch arbeiten, erklärte Graber.

Der Direktor kam durch die kleine Pforte und erklärte ihnen, sie könnten zwar durch die Anlage gehen, eine Besichtigung der Produktion sei jedoch nicht möglich. Im Reinraum werde gerade Nitroglyzerin mit Lactosepulver gemischt.

«Für die Herstellung von Sprengstoff?», fragte Mattmann. Graber lächelte und schaute zum Direktor.

«Wir produzieren nur noch für die pharmazeutische Industrie», erklärte er, «für Medikamente zur Behandlung von Angina Pectoris. Und präventiv zur Erweiterung von Blutgefässen.» Dann verabschiedete er sich.

Graber führte sie vorbei an der einstigen Pulvertrocknerei, Sprengstoffknetterei und Patronieranlage. Er erklärte, wie hier einst Hunderte Tonnen Dynamit jährlich hergestellt wurden, mit dem gleichen Nitroglyzerin, das noch heute für die Medikamentenherstellung verwendet werde. Alle Türen waren verschlossen. Schon lange wurden hier weder Sprengstoff noch Schiesspulver oder Treibladungen für Raketen hergestellt.

«Nitroglyzerin?», fragte Mattmann. «Das ist für mich ein Fremdwort.»

Paula kam ihm zur Hilfe. «Mischt man Glycerin unter starkem Rühren und Kühlen bei maximal fünfundzwanzig Grad mit Schwefel- und Salpetersäure, bekommt man eine hochexplosive Mischung.»

«Wo befindet sich diese Nitrieranlage?», fragte er weiter.

«Ganz hinten im Tal», sagte Graber. «Aber hinein können wir dort nicht.»

«Mich interessiert mehr, wo das Labor ist», sagte Paula.

Graber zeigte zu einer Baracke mit grossen Fenstern. Paula ging näher und rüttelte an der Türe, die verschlossen war. Sie spähte durch das Fenster. Noch immer standen die Apparaturen auf dem Labortisch.

«Erinnern Sie sich an Otto Feller? Meinen Grossvater?», fragte Paula.

«Das ist zu lange her. Ich war damals noch ein Kind.»

«Aber Ihr Vater, damals Betriebsleiter, muss ihn gekannt haben», sagte Mattmann.

«Wahrscheinlich», sagte Graber und ging weiter.

«Wo standen die Gebäude zur Herstellung von Blockpulver?», fragte Paula.

Dazu hatte Graber die Zahlen präsent: 1951 sei der Vertrag zwischen der Zürcher Werkzeugmaschinenfabrik Oerlikon und der Schweizerischen Sprengstofffabrik Cheddite AG unterzeichnet worden. Es habe sich um die Produktion von hundertfünfundsechzig Tonnen Nitroglyzerin-Pulverrohrmasse gehandelt, Presslinge zur Anfertigung von Raketenbrennstoff.

«Wer war der Auftraggeber?», fragte Mattmann.

«Oerlikon-Bührle.»

«Die Waffenschmiede?»

«Man hat in Oerlikon nicht nur Waffen produziert.»

«Die Grossbestellung von Raketenbrennstoff 1951 fällt mit dem Ausbruch des Koreakrieges zusammen», hielt Mattmann fest.

«Keine Ahnung, wohin die Raketen geliefert wurden», wehrte Graber ab.

«Ein Bombengeschäft für Isleten! Mitten im Kalten Krieg», sagte Paula.

Graber wollte weitergehen.

«Wie lange wurde dieser Brennstoff in Isleten hergestellt?», fragte sie.

«Nur zwei Jahre lang.»

«Weil der Koreakrieg beendet war?»

«Nein, weil die bundeseigene Sprengstofffabrik Wimmis die Herstellung für sich reklamierte», erklärte Graber. «Wirklich schade. Ich erinnere mich, mein Vater war sehr enttäuscht, er hatte sich viel Umsatz versprochen von diesem Produktionszweig.»

Paula gab nicht auf. «Wann genau wurde die Produktion eingestellt?»

«Anfang der 1960er-Jahre», sagte Graber. «So genau weiss ich das nicht.»

«Da wurden bestimmt ein Dutzend oder noch mehr Mitarbeiter entlassen», fuhr sie fort.

«Nur ein paar wenige.»

«Gehörte mein Grossvater zu den Entlassenen?»

«In den Quellen habe ich keine Namen gefunden.»

«War mein Grossvater für die Einstellung der Produktion verantwortlich?», fragte sie.

«Feller hat nie weitreichende Entscheide gefällt», sagte Graber.

«Also ist er Ihnen doch nicht ganz unbekannt.»

«Es gab da eine Geschichte», begann Graber, doch dann wollte er nicht weitererzählen.

«Was für eine Geschichte?»

«Das tut nichts zur Sache. Es ist alles im Sande verlaufen.»

Paula trat auf ihn zu, nur eine Handbreit lag zwischen ihnen. «Kurz vor Weihnachten 1960 ist mein Grossvater verschwunden, genau als die Herstellung des Raketenpulvers eingestellt worden ist. Da muss es doch einen Zusammenhang geben, nicht wahr?»

Graber trat einen Schritt zurück.

«Was wissen Sie über sein Verschwinden?», fragte Paula nochmals.

«Wie gesagt, ich war damals noch zu jung.»

«Aber Sie haben doch alle Dokumente studiert.»

«Dazu ist mir in den Quellen nichts begegnet.»

«Es muss einen Bericht der Polizei zu seinem Verschwinden geben», insistierte Paula.

Graber winkte ab. «Bei meinen Recherchen bin ich nie auf eine solche Untersuchung gestossen. Übrigens habe ich mein ganzes historisches Material dem Staatsarchiv übergeben. Es ist dort unter ‹Privatarchiv Graber› abgelegt.»

Am Ende des Rundgangs kamen sie zur Heizungs- und Energiezentrale. Mattmann schaute durchs Fenster neben dem Eingang. Der alte Ofen war nicht mehr in Betrieb. Die Türe zum Brennraum stand offen. Das Ofenloch war so gross, dass man, leicht gebückt, hätte hineingehen können.

Mattmann zog das Bild des Heizers von Isleten vor dem Hochkamin stehend aus seinem Jackett. «Kennen Sie diesen Mann?», fragte er.

Graber betrachtete das Foto von ganz nahe. «Zu klein. Unmöglich ohne Lupe.»

«Und der Kamin?»

Graber machte ein paar Schritte zurück, schaute aufs Bild, dann zu dem hohen Backsteinkamin, welcher die ganze Anlage überragte. «Ganz klar, das ist hier in der Fabrik aufgenommen worden, vergleichen Sie selbst.»

Mattmann nahm das Foto wieder an sich. Es war eindeutig. Er zog das andere Bild hervor, mit der Nahaufnahme des Heizers, mitten im Dampf stehend.

Graber betrachtete die Aufnahme eingehend. Doch auch bei diesem Foto schüttelte er den Kopf. «Kenne ich nicht, diesen Mann.» Aber jemand könne vielleicht weiterhelfen, Giulia Inauen. Sie habe auf dem Sekretariat gearbeitet. «Die schöne Giulia, Tochter eines italienischen Bauarbeiters, hat sich einen Ingenieur aus der Tunnelbranche geangelt.»

38

Giulia Inauen wohnte in Flüelen, auf der anderen Seeseite. Die
Villa war an den Hang gebaut und bot eine grandiose Aussicht
auf das Gotthardmassiv und den Urnersee. Heinz Graber hatte
ihr am Telefon den Besuch angekündigt und von der jungen
Frau erzählt, die extra aus Kanada gekommen sei, um mehr
über ihre Familie zu erfahren.

Als Mattmann und Paula an ihrer Haustüre läuteten, öffnete
sie und schaute beide an. Die junge Frau erinnerte sie an ihre
eigene Jugend, als sie geglaubt hatte, die Welt stehe ihr offen.
Doch nach ihrer Zeit als Sekretärin in der Sprengstofffabrik
war sie nicht weiter gekommen als Flüelen. Obwohl sie eine
gute Partie gemacht hatte.

Sie führte die beiden durchs riesige Wohnzimmer auf die mit
Teakholz belegte Terrasse und fragte, was sie ihnen zu trinken
anbieten könne.

Mattmann bat um einen Kaffee, Paula um ein Glas Wasser.
Nach einer Weile kam Giulia Inauen mit einem Tablett zurück,
für sich hatte sie ein Glas Weisswein eingeschenkt.

Paula reichte ihr das Porträt von Feller, doch sie schaute
darüber hinweg.

«Ich hatte die Lehre in Isleten gemacht und davon geträumt,
in die USA zu gehen», erzählte sie. «Es war furchtbar langweilig im Büro. Und ich hatte einen unmöglichen Chef, der mir
nachgestellt hat», sagte sie nachdenklich.

«Diese Typen gibt es noch heute», sagte Paula.

Giulia Inauen schaute Paula lächelnd an. Die junge Frau
gefiel ihr.

«Sie müssen meinem Grossvater begegnet sein», sagte Paula
und zeigte ihr die Fotografie, die ihn mit steifem Hut zeigte.

«Ach der!», entgegnete sie und lächelte. «Baseldeutsch hat
er gesprochen. Etwas Vornehmes hatte er an sich.»

«Ich glaube, er ist einem furchtbaren Verbrechen zum Opfer

gefallen», kam Paula direkt zur Sache. «Erinnern Sie sich, als er von einem Tag auf den anderen verschwunden ist?»

«Ein schönes Auto hat er gefahren. Einen grossen weissen Wagen», begann Giulia Inauen und holte etwas aus. «Immer wenn er zu mir ins Büro kam, schwärmte er von Reisen in warme fremde Länder. Nur er und ich.» Giulia hatte damals insgeheim gehofft, sie könne sich mit einem Schlag von allem befreien, von der langweiligen Arbeit auf dem Büro, von ihrer Familie und den öden Sonntagen mit Kirchgang. Nur etwas Schäkern und Räkeln in der Badeanstalt mit den Jungen vom Dorf, alles Tölpel, ungelenk und auf eine verklemmte Art verschmitzt, das war ihr zu wenig. Der See, milchig grau von all dem Gletscherwasser, war zum Schwimmen immer zu kalt, und auch sonst wurde ihr nie richtig warm ums Herz, ausser wenn sie Feller sah. Weltmännisch war er aufgetreten, wenn er ins schäbige Büro der Direktion zum Kaffeetrinken kam.

«Und plötzlich war er einfach nicht mehr da?», fragte Paula nach.

«Sein Auto wurde gefunden. Verlassen am Bahnhof.»

«Sein Verschwinden war also ein Thema.»

Giulia Inauen hatte damals der Polizei nur die halbe Wahrheit erzählt, was sie manchmal nachts noch immer beschäftigte. Daher wollte sie nun reinen Tisch machen.

«Es war ein Samstag. Man arbeitete damals samstags bis vier Uhr. Ich musste noch etwas fertig machen, irgendwelche Angaben in eine Tabelle einfügen. Mit der Schreibmaschine. Vertippte ich mich, musste ich ein neues Blatt einspannen. Alle anderen waren bereits gegangen, als er im Büro auftauchte. Er fragte mich, ob er mich mit dem Auto nach Hause bringen könne. Aber ich wollte nicht.»

«Warum?»

«Wenn man mich alleine mit ihm im Auto gesehen hätte … Unvorstellbar, was mein Vater dazu gesagt hätte. Meine Mutter hatte einen runden Geburtstag, darum erinnere ich mich so genau. Es war der 17. Dezember. Ich bot ihm noch einen Kaffee an, doch er lehnte ab.»

«Und dann?»

«Vom Fenster aus konnte ich beobachten, wie Feller statt ins Labor das Strässlein hoch zur Heizung ging.»

«War noch jemand dort?»

«Der Heizer natürlich.»

«Sahen Sie meinen Grossvater von der Heizung zurückkommen?», wollte Paula wissen.

«Ich konnte doch nicht den ganzen Tag aus dem Fenster schauen», sagte Giulia Inauen. «Als ich im Büro endlich fertig war, fuhr ich nach Hause. Mit dem Velo.»

«Sie sahen ihn also nicht zurückkommen», mischte sich Mattmann ins Gespräch ein.

Giulia Inauen überlegte lange. Dann sagte sie: «Er überholte mich auf dem Heimweg. Mit seinem eleganten Wagen.»

«Sind Sie sicher, dass Feller am Steuer sass?», fragte er.

«Das Komische war, er hupte und winkte nicht, wie er das sonst immer tat.»

«Kann jemand anders am Steuer gesessen sein?»

«Zuerst war ich unsicher, ob nicht zwei Männer im Auto waren.»

«Zwei?», fragte Mattmann.

«Nein, es war nur einer, da bin ich mir jetzt sicher. Einen Moment lang dachte ich, es war der Mann aus der Heizung. Aber es war ja schon am Eindunkeln, ich konnte ihn nicht richtig sehen.»

«Brunner?»

«An seinen Namen kann ich mich nicht mehr erinnern. Er hatte eine Affäre mit einer Sekretärin von der Direktion in Liestal. Doch es ist nichts daraus geworden.» Giulia Inauen lächelte verlegen. «Brunner, Feller, es kommt mir alles durcheinander. Das ist alles so lange her. Grauenhaft, dass ich als Letzte mit ihm gesprochen habe. Das habe ich nie jemandem erzählt.»

«Auch der Polizei nicht?», fragte Paula.

«Niemandem.»

«Warum?»

Giulia Inauen schien die Frage nicht gehört zu haben.

«Fellers Auto wurde auf dem Bahnhof gefunden», sagte sie. «Er muss mit dem Zug weitergefahren sein. Also war ich doch nicht die Letzte, die ihn lebend gesehen hat, nicht wahr?» Sie fingerte nervös an ihrer Perlenkette und schaute Paula an. «Junge Frau, im Leben gibt es Dinge, die kann man nie vergessen.»

«Sie glauben, mein Grossvater ist einem Verbrechen zum Opfer gefallen?», fragte Paula.

«Man soll nicht immer ans Schlimmste denken», versuchte sie Paula zu beschwichtigen.

«Und der Täter wurde nie gefunden ...»

«Vielleicht ist Ihr Grossvater friedlich irgendwo gestorben.» Giulia Inauen richtete sich in ihrem Sessel auf. «Wissen Sie denn gar nichts über Ihren Grossvater?»

«Praktisch nichts», sagte Paula. «Familiengeschichte war bei uns immer tabu.»

«Armes Kind», sagte Giulia Inauen.

«Haben Sie auch Kinder?», fragte Paula.

«Wir konnten keine Kinder bekommen. Nur Geld konnte er machen. Mein Mann war auf allen anderen Gebieten ein Versager.»

«Das tut mir leid.»

«Es braucht Ihnen nicht leidzutun. Jeder trägt etwas Schweres durchs Leben. Ich bin daran nicht zu Grunde gegangen, und Sie werden zurück nach Kanada fliegen, auch wenn die Geschichte Ihres Grossvaters vielleicht für immer im Dunkeln bleibt.»

«Ich will der Sache auf den Grund gehen», sagte Paula.

«Machen Sie das. Aber alles lässt sich nicht erklären.»

«Wie meinen Sie das?»

«Basta!», sagte Giulia Inauen. «Nun haben wir genug gesprochen. Ihr Weisswein war warm geworden, sie hatte keinen einzigen Schluck getrunken.

«Haben Sie ihn gemocht, meinen Grossvater?», fragte Paula.

Giulia Inauen dachte nach. Dann sagte sie leise: «Er war ein aufmerksamer junger Mann mit guten Manieren.»

«Waren Sie verliebt in ihn?»

«Wo denken Sie hin! Er war verheiratet. Er hatte einen kleinen Sohn.»

«Aber er war Ihnen auf jeden Fall sympathisch.»

«So kann man das nicht sagen.»

«Warum?»

«Niemand hat ihn richtig gemocht», sagte Giulia Inauen, «oder besser gesagt, er hat in Isleten einfach nicht hineingepasst.»

«War er hochnäsig?», fragte Mattmann.

«Mir gegenüber war er immer nett. Doch die Arbeiter der Fabrik hat er manchmal so behandelt, als wären sie der letzte Dreck und ...» Sie unterbrach sich selbst und stand auf. «Kommen Sie», sagte sie, «ich will Ihnen etwas Schönes zeigen.»

In Tontöpfen wuchsen Kakteen, die rot blühten, und in einem grossen Holzkübel wuchs ein Feigenbaum. Mit Daumen und Zeigefinger prüfte sie die Früchte. «Wären Sie ein paar Tage später gekommen, hätte ich Ihnen frische Feigen offerieren können. Als wären wir hier am Mittelmeer.» Sie lachte etwas zu laut und gab zu verstehen, dass das Gespräch für sie nun endgültig beendet war.

39

Paula wollte mit dem nächsten Zug nach Zürich und lehnte Mattmanns Angebot ab, sie im Auto mitzunehmen. Sie brauchte Zeit für sich. Dass sich David das Leben genommen hatte, konnte sie immer noch nicht richtig glauben.

Mattmann brachte sie in Flüelen auf den Bahnhof. Am Kiosk kaufte sie sich Kaugummi und etwas Kaltes zu trinken. Hinter den Gestellen mit Zeitschriften und Süsswaren entdeckte sie ein grosses Wandbild, eine gespenstische Szene mit Soldaten in der Nacht am Ufer eines aufgewühlten Sees. «‹Föhnwacht›, gemalt vom Urner Künstler Heinrich Danioth im Auftrag der Schweizerischen Bundesbahnen», las sie auf einer kleinen Tafel am Bildrand. Der Kiosk und ein «Starbucks» füllten die Hälfte des halbrunden ehemaligen Wartesaals mit den grossen Fenstern zum See.

«Einst ein schöner Ort zum Warten», sagte Mattmann. «Der ganze Bahnhof von Flüelen ist ein Kulturdenkmal des neuen Bauens. Reine Architektur der 1930er-Jahre.»

Paula ging nicht darauf ein. An Architekturgeschichte war sie jetzt nicht interessiert. Und zurück nach Zürich wollte sie auch nicht mehr. «Wir müssen zur Polizei», sagte sie.

«Warum?», fragte Mattmann.

«Ich will die Akten sehen.»

«Das ist nicht so einfach», erwiderte er.

«Wollen wir auf halbem Weg aufgeben?», fragte sie und fasste zusammen: «Sieben Tage vor Weihnachten hat Giulia Inauen meinen Grossvater das letzte Mal gesehen. Das stimmt mit der Information überein, die David im Familienregister bekommen hat. Am 17. Dezember 1960 wurde er das letzte Mal lebend gesehen und siebzehn Jahre später für verschollen erklärt.»

«Weil die Untersuchungen der Polizei nichts ergeben haben», sagte Mattmann.

«Vielleicht wurde damals etwas übersehen, das uns jetzt ins Auge sticht.»

«Das ist etwas naiv», sagte er.

«Du bist Journalist. Verlässt du dich immer auf die offizielle Version? Wir müssen die Ermittlungsakten zum Verschwinden von Feller haben. Wo finden wir sie?»

«Wahrscheinlich bei der Kantonspolizei Uri.»

«Und wo haben die ihr Hauptquartier?»

«In Altdorf. Das ist nicht weit. Fünf Minuten von hier.»

«Easy», sagte sie.

«Ganz so einfach wird das nicht sein, an diese Akten heranzukommen.»

«Sag, dass du von der Zeitung bist.»

«Meine Redaktion in Zürich lassen wir mal aus dem Spiel. Es betrifft mich als Privatperson.»

«Mach schon!», sagte Paula. «Ruf einfach an, und wir gehen vorbei.»

Sie war verwirrt. Warum zögerte er, sich an die Polizei zu wenden?

Schliesslich überzeugte sie ihn, bei der Kantonspolizei anzurufen. Er bekam nur die Information, sich ans Staatsarchiv zu wenden, dort seien die älteren Ermittlungsakten deponiert. Ob sie öffentlich einsehbar seien, konnte die Frau von der Telefonzentrale nicht sagen. Sie empfahl, sich per Mail zu erkundigen.

«Bestimmt nicht!», sagte Paula. «Ab ins Staatsarchiv. Das klären wir vor Ort.»

Mattmann schaute auf die Uhr. «Es ist schon halb vier, das Archiv schliesst bald, und wir haben noch nichts zu Mittag gegessen, nur ein Sandwich vor dem Besuch bei Giulia Inauen.»

«Ich bin nicht hungrig», sagte sie und ging zum Auto.

Sie fuhren mit Mattmanns weissem Volvo von Flüelen nach Altdorf und fanden in der Bahnhofstrasse, nur wenige Meter vom Staatsarchiv entfernt, einen Parkplatz. Dann meldeten sie sich am Schalter an.

Zum ersten Mal war der junge Mitarbeiter mit einem Begehren nach Einsicht in alte Polizeiakten konfrontiert, weshalb er sich nach den Richtlinien bei seiner Vorgesetzten erkundigte.

«Come on», sagte Paula leise zu Mattmann gewandt.

Nach fünf Minuten stand die Staatsarchivarin Michaela Imboden vor ihnen. «Es handelt sich bei Ermittlungsakten um sehr sensible Daten», erklärte sie, «da besteht eine verlängerte Schutzfrist von achtzig Jahren.»

«Es geht um das Verschwinden meines Grossvaters», versuchte Paula zu erklären. «Ich bin deswegen von Kanada angereist.»

«Wir können keine Ausnahmen machen», erklärte sie. «Wir haben uns an die gesetzlichen Bestimmungen zu halten.»

Mattmann schaltete sich ein. «Und wenn es ein öffentliches Interesse daran gibt?»

«Wie meinen Sie das?», fragte Imboden.

«Ich bin Journalist und recherchiere in diesem Fall.»

«Stellen Sie ein schriftliches Gesuch an mich, und ich werde es beurteilen», sagte sie.

Warum machten öffentliche Institutionen immer alles so kompliziert, dachte Paula.

Zum Glück hatte Mattmann eine Idee. «Es gibt ein Privatarchiv eines Hobbyhistorikers zur Geschichte der Sprengstofffabrik, da ist Akteneinsicht doch möglich.»

«Meinen Sie die Unterlagen von Heinz Graber?», fragte sie.

«Genau. Er hat uns am Vormittag durch die ehemalige Sprengstofffabrik geführt.»

«Na, dann sind Sie ja bestens informiert. Bitte kommen Sie mit.» Die Staatsarchivarin führte sie in den Lesesaal und bat sie, zu warten. Paula flüsterte Mattmann etwas zu, doch ein Rentner hinter einem Stapel alter Bücher blickte auf und zischte: «Ruhe!»

Eine Viertelstunde später schob ein Mitarbeiter einen Rollwagen mit einer Reihe von Aktenordnern und Mappen an ihren Tisch.

Paula suchte vergeblich nach einem Hinweis auf ihren

Grossvater. Mattmann vertiefte sich in die Zusammenstellung der Betriebsunfälle, Brände und Explosionen. 1982 hatten sich gleich zwei verheerende Unglücke ereignet: eines im Februar in der alten Kneterei, bei dem zwei Mitarbeiter ums Leben kamen, eines im Oktober, das vier Tote forderte, als fünfhundert Kilogramm alte Munition vernichtet wurden. 1954 flog die Nitrier- und Separieranlage in die Luft. Die genaue Unfallursache konnte nie genau geklärt werden, da die beiden einzigen Zeugen nicht überlebt hatten. Für das Jahr 1960 fand er keine Angaben.

Dann verschafften sie sich einen Überblick über die anderen Unterlagen und hofften, doch noch auf die Ermittlungsakten der Polizei zu stossen. Leider ohne Erfolg.

Als sie wieder vor dem Staatsarchiv standen, war Paula ernüchtert. Nun war es an Mattmann, etwas Optimismus zu verbreiten. Daher schlug er einen Besuch im Archiv der Lokalzeitung vor, da sei vielleicht einiges in kurzer Zeit zu erfahren. Mit dem genauen Datum könnten sie in den alten Zeitungsbänden sehr gezielt vorgehen. Bei der Suche nach Vermissten wurden auch in den 1960er-Jahren die lokalen Medien eingespannt.

Es waren nur wenige Meter vom Staatsarchiv auf die Redaktion des «Urnerboten», wo Mattmann und Paula vom einzigen Redaktor empfangen wurden. Noldi Kälin freute sich über den unangemeldeten Besuch aus Vancouver und Stockholm, schon lange plante er, eine längere Reise durch Skandinavien oder an die Westküste Kanadas zu machen. «Du bist jederzeit willkommen», sagte Mattmann, unter Journalisten war man sofort per Du.

Noldi führte sie durch die Redaktion und erklärte, wie er an allen Fronten kämpfe, bedrängt vom «Boten der Urschweiz» sowie dem mächtigen Verlagshaus in Luzern. Mattmann wurde es einmal mehr bewusst, unter welch luxuriösen Bedingungen er als Auslandkorrespondent arbeitete. Noldi führte die beiden zum Kasten mit den gebundenen alten Zeitungsausgaben, pro Jahr ein schwerer Band im Zeitungsformat. Paula trug den

Band «1960» zum Tisch und blätterte die vergilbten Seiten von hinten beginnend vorsichtig um. In der letzten Ausgabe des Jahres stiess sie auf die kleine Überschrift «Erfolglose Suche nach Laborchef». «Wow!», rief sie. «Look!»

Der einspaltige Artikel fasste das Communiqué der Kantonspolizei zusammen, wonach der neununddreissigjährige Dr. Otto Feller, Chemiker in der Sprengstofffabrik Isleten, seit zehn Tagen als vermisst gelte. Am Samstag in der Woche vor Weihnachten habe er noch gearbeitet, sei dann aber nicht nach Hause zurückgekehrt. Sein Auto, ein weisser Opel Kapitän, sei am Bahnhof Flüelen abgeschlossen aufgefunden worden.

Sie blätterten rückwärts und vorwärts im folgenden Band, doch auf einen weiteren Artikel stiessen sie nicht. Hatten sie etwas übersehen, oder war dazu nichts mehr erschienen? Die einzige Neuigkeit war die Marke von Otto Fellers Auto: Er hatte einen Opel Kapitän gefahren. Nicht viel, dachte Mattmann, aber manchmal gaben Kleinigkeiten den Ausschlag.

«Was ist eigentlich mit dem Heizer, den Giulia Inauen erwähnt hat?», fragte Paula. «Er soll meinen Grossvater als Letzter gesehen haben. Lebt er noch?»

«Der Heizer von Isleten ist mein Vater.»

Teil VI

Utoquai

Bin ich am Ganzen schuld? Der arme David. Ist er jetzt bei dir, Lina? Im Himmel? Dort werde ich nie landen, dafür habe ich zu viel auf dem Kerbholz. Der Wald ist so schwarz in der Nacht, kein Mond und keine Sterne weit und breit. Ich will dir alles erklären, doch vorher muss ich zum Weiher. Vielleicht steht er noch dort, auf der anderen Seite. Hat er verstanden, warum ich nicht anders konnte? Ich hätte auf David zugehen müssen. Jetzt ist es zu spät.

40

Rahel nahm sich den Dienstag frei. Den Fall Brunner hatte sie abgeschlossen. Eine Gerichtsverhandlung war nicht mehr nötig, der Täter war verschieden, wie sie in ihrem Bericht zusammengefasst hatte. Er konnte nicht mehr zur Rechenschaft gezogen werden. An die Beerdigung würde sie nicht gehen, dazu raffte sie sich nur in Ausnahmefällen auf, wenn es noch etwas zu klären gab. Und Konrad wollte sie dort nicht begegnen.

Mehr als einmal hatte es so ausgesehen, als müsste sie die Akte erfolglos schliessen. Cold Cases waren das Schlimmste. Liess sich ein Fall nicht in den ersten Tagen aufklären, war die Chance gross, dass er unaufgeklärt blieb.

Es war leicht bewölkt, nicht gerade Badewetter, aber die Temperatur war angenehm. Rahel fuhr mit dem Tram und ihrer Badetasche in die Stadt und steuerte auf das «Utoquai» zu. Das Schild am Eingang zeigte dreiundzwanzig Grad für die Luft und zwanzig für das Wasser an. Sie war nicht erstaunt, dass die Holzdecks beinahe leer waren. Wenn die Sonne nicht vom Himmel brannte, gingen die Zürcher nicht schwimmen. So war «der Grill», das Deck direkt am Wasser, heute beinahe leer. Nur ein paar ältere Frauen, die sie «Salamander» nannte, waren auf ihren Stammplätzen. Rahel machte zuerst einen langen Schwumm, zog sich danach ein trockenes Badekleid an und einen leichten Pullover darüber. Sie holte sich einen Tee am Kiosk und ging zurück an ihren Platz.

Der See war nicht ganz blau, der leicht graue Himmel gab ihm eine gedämpfte Farbe, die mit «graublau» nur unzureichend beschrieben werden konnte. Angelika Overath, eine ihrer Lieblingsautorinnen, hatte über die Lesarten einer Farbe geschrieben, über das Blau in der Lyrik und über das Weiss in «Alle Farben des Schnees».

Rahel zog den jüngsten Lyrikband Overaths aus ihrer Badetasche, dreiunddreissig Gedichte, die sie auf Romanisch geschrieben hatte, daneben die deutsche Übersetzung. Rahel verstand nur ein paar Brocken Romanisch, aber sie liebte den Klang der Sprache. Sie las einzelne Worte. «Tinta distinta». Overath verstand es, mit Worten zu spielen, was auch Rahel gefiel. «Ist es jetzt klar / wie Tinte? / Tinten-Finten» las sie halblaut vor sich her. Sie blätterte weiter. «Pesch e pled, / una schurma da peschs, pleds / pleds e peschs.» Ganz so schön klang die deutsche Übersetzung nicht, aber das kompakte Spiel mit zwei Worten faszinierte sie. «Fisch und Wort, / ein Schwarm von Fischen und Wörtern, / Wörtern und Fischen.» Rahel blickte über den See.

Ins Engadin könnte sie fahren und dort zwei Wochen Ferien machen. Eine neue Sprache lernen. Oder endlich ihren Traum realisieren und Gesangstunden nehmen. Einfach für sich. Zum Ermitteln in eigener Sache.

Um sich einzumitten, spann sie den Gedanken weiter. Die Stimme hat viel mehr Ahnung von sich selbst, hatte sie bei einem bekannten Philosophen gelesen, denn sie kommt aus dem Innern. Mal jauchzt sie trauernd, mal jubelnd wie im Juchzer. Im Gesang machte sich die Seele Luft. Als Lehrerin hatte sie oft mit ihren Schülern gesungen. Als Polizistin hatte sie das Singen verlernt.

Sie stand auf und ging zum Kiosk, schöpfte sich am Buffet von den Salaten und bestellte einen Prosecco. Sie wusste nicht, was es zu feiern gab, doch sie hatte Lust auf etwas Prickelndes.

Mit dem Teller und dem schmalen Glas ging sie zurück aufs Deck, ass langsam, trank einen Schluck und nahm sich fest vor, sich nach einem Gesangslehrer umzusehen. Sie lass das eine und andere Gedicht im schmalen Bändchen, schwamm nochmals weit hinaus in den See und beschloss, am Abend ins Kino zu gehen.

41

Magdalena Mattmann hatte ihren Sohn zur Vorstellung «Peer Gynt» ins Schauspielhaus eingeladen. «Etwas Skandinavisches wird dir sicher gefallen», flüsterte sie und lehnte sich zurück. Sie hatte Plätze in einer der vorderen Reihen gekauft.

Nach der Vorstellung hatte Mattmann den leisen Verdacht, die Irrfahrt des liederlichen Peer und das traurige Schicksal der Mutter Aase sei ein Wink mit dem Zaunpfahl gewesen. Als er sie auf dem Heimweg mit dem Tram zum «Rigiblick» darauf ansprach, wollte sie davon nichts wissen.

Die grosse Wohnung in dem Mehrfamilienhaus der dreissiger Jahre strahlte eine kühle Eleganz aus, die zu seiner Mutter passte. Er selbst hatte sich dort nie wohlgefühlt, als er während der Zeit des Gymnasiums bei ihr gewohnt hatte.

Zusammen tranken sie noch ein Glas Rotwein. Mattmann drehte das Glas in seiner Hand. Seine Mutter schenkte ihm nach.

«Kommst du an die Beerdigung von David Brunner übermorgen in Turbenthal?», fragte er.

«Warum sollte ich? Ich habe ihn ja nicht gekannt.»

«Es wäre eine Gelegenheit, Alois wieder einmal zu sehen.»

«Den habe ich kürzlich getroffen», sagte sie.

«Verkehrt ihr noch immer?»

«Wir mussten etwas besprechen. Etwas, das nur entfernt mit dir zu tun hat.»

Mattmann überlegte. Die alten Fotos in der Innentasche seines Jacketts fühlten sich plötzlich schwer an. Er zögerte, sie hervorzuholen. Bei seinem letzten Besuch war seine Mutter erbleicht, als er sie gefragt hatte, was damals vorgefallen war. Nun wollte er es endlich von ihr wissen. Er reichte ihr die Vergrösserung, welche sie und Alois Brunner als Paar zeigte.

«Woher hast du das?», fragte sie.

«Von Blickenstorfer in Brunnen.»

Sie gab ihm das Bild wortlos zurück.

Mattmann wartete.

«Ich wusste nicht, dass es noch ein Foto von uns gibt», sagte sie und trank einen Schluck.

«Du warst damals schwanger mit mir. War ich ein ungewolltes Kind?»

«Ich wollte dich behalten. Alles andere ist unwichtig.»

Mattmann zog die beiden anderen Fotos aus seiner Innentasche, das Bild des Heizers im Dampf und vor dem Hochkamin. Er legte sie auf den Salontisch.

Sie warf einen kurzen, scheinbar uninteressierten Blick darauf.

«Schau dir das genauer an», forderte er sie auf.

Sie nahm das eine zur Hand, dann das andere.

«Und, erkennst du ihn?»

Brunner war im Profil abgelichtet, in einer Wolke aus Dampf. Sein Blick zielgerichtet nach vorne, worauf, war nicht zu erkennen. Er musste eine Vorstellung davon gehabt haben, was er im Leben erreichen wollte, das war für Mattmann offensichtlich.

«Mein Wisel», flüsterte sie.

«Mich beginnt seine Geschichte zu interessieren», sagte er, «und zwar sehr.»

«Misch dich nicht in fremde Angelegenheiten ein, mein lieber Sohn.»

«Es ist auch meine Geschichte», entgegnete er.

Magdalena Mattmann trank ihr Glas aus.

«Ich war in Isleten, und mein Verdacht verdichtet sich.»

«Was für ein Verdacht?»

«Mein Vater hat etwas mit dem Verschwinden von Otto Feller zu tun. Ging es um Geld? Oder Eifersucht?»

«Weder noch», sagte sie leise.

«Hattest du etwas mit Feller zu tun?»

«Da war nichts.»

«Erzähl mir, was damals war!»

«Er muss es dir selber sagen.»

«Ich will es jetzt wissen. Rück damit heraus! Otto Feller war damals Laborchef in Isleten», hakte Mattmann nach. «Eines Tages ist er spurlos verschwunden. Das muss einen ziemlichen Wirbel ausgelöst haben.»

«Ich habe nicht den leisesten Schimmer», sagte Magdalena Mattmann und wollte Wein nachschenken, doch die Flasche war leer.

«Nicht jeden Tag verschwindet ein Mitarbeiter.»

«Dass einer mit der Kasse abgehauen ist, das kam schon mal vor.»

«Dieser Otto Feller hat seine Frau und ein Kind zurückgelassen.»

«Woher weisst du das?»

«Von Giulia Inauen.»

«Was für eine Inauen?», wollte sie wissen.

«Sie hat damals auf dem Sekretariat gearbeitet.»

Magdalena Mattmann stand auf. Mattmann sah, wie unsicher sie auf den Beinen war. Er sprang auf, um sie zu stützen, doch sie lehnte ab und ging mit vorsichtigen Schritten ins Badezimmer. Er wartete. Dann hörte er die Wasserspülung, und sie kam zurück. So müde hatte er sie noch nie gesehen. Oder hatte sie sich nur die Schminke abgetupft?

«Wir gehen jetzt schlafen, und morgen können wir alles in Ruhe besprechen», sagte sie. «Ich habe in deinem alten Zimmer alles bereit gemacht.»

«Ich fahre zurück ins ‹Gyrenbad›, ich brauche nur noch einen Kaffee.»

«Du kannst nicht fahren. Du hast Wein getrunken.»

«Ein Glas nur.»

«Ich denke, es waren mehrere», bemerkte sie. «Ich fürchte –»

«Ich muss jetzt gehen, Mutter.»

«Lass das Auto bitte stehen und schlaf hier. Bei mir.»

Mattmann zog seine Taschenuhr hervor und klappte den Deckel auf. Er tat, als hätte er alles im Griff. Doch ihre Bitte, bei ihr zu übernachten, hatte ihn verunsichert. Würde sie ihm morgen den Rest erzählen? Er zweifelte. Sie hatte ihn schon so oft vertröstet. Er schaute aufs Zifferblatt. Der grosse Sekundenzeiger kreiste wie ein Jagdvogel um etwas, das ihm noch immer verborgen war. Mattmann klappte den Deckel zu. «Ich fahre jetzt», sagte er, steckte seine Uhr ein und stand auf.

42

Mattmann hatte sein Versprechen gebrochen. Er war nicht nach Locarno gefahren, um mit Gina noch zwei Tage im Tessin zu verbringen. Sie hatten sich stattdessen für Mittwoch am frühen Nachmittag in Zürich verabredet.

Beim Warten am Hauptbahnhof unter der grossen Uhr kreisten seine Gedanken noch immer um das nächtliche Gespräch mit seiner Mutter. Einen Moment lang hatte er das Gefühl gehabt, er hätte nur noch etwas mehr Druck auf sie ausüben müssen und sie hätte ihm alles erzählt. So forsch und fordernd wie gestern Abend hatte er sich selbst schon lange nicht mehr erlebt. Doch dann hatte er gezögert. Seine Mutter war ihm plötzlich so zerbrechlich vorgekommen. Es war schon weit nach Mitternacht gewesen, als er sich von ihr verabschiedet hatte. Mit dünner Stimme hatte sie ihn gefragt, ob sie sich vor seiner Abreise nochmals sehen würden. Mitleid mit seiner Mutter, das war ein ganz neues Gefühl für ihn.

Als er Gina kommen sah, ging er auf sie zu und küsste sie.

«Trauriges Wetter hier», sagte Gina, «im Tessin war es wunderbar warm.»

«Statt dich in Locarno abzuholen, lade ich dich nun ins ‹Baur au Lac› ein.»

«Da bin ich aber gespannt», sagte Gina.

Er nahm ihren Rollkoffer, und sie gingen die Bahnhofstrasse hoch, über den Paradeplatz und weiter Richtung See. Dann schwenkten sie rechts ab, bis sie vor dem «Baur au Lac» standen. «Afternoon Tea», sagte Mattmann. «Du hast mir vom unglücklichen Alfred Nobel und seinem Briefwechsel mit Bertha von Suttner erzählt. Nun zeige ich dir, wo er sich mit ihr zu einem Tête-à-Tête getroffen hat. Ich habe in der Zwischenzeit etwas recherchiert.»

Sie gingen durch den Haupteingang direkt in die grosse Halle, wo Mattmann einen Tisch reserviert hatte. Ein Kellner in schwarzer Hose und weisser Uniformjacke servierte den Tee sowie Etageren mit Scones, Mini-Sandwiches und Patisserien. Gina liess es sich schmecken. Danach zog sie die Biografie über Bertha von Suttner aus ihrer Tasche und suchte die Stelle, wie Nobel dem Ehepaar Suttner am Bahnhof Zürich entgegengegangen war und sie in einem kleinen Salon im «Baur au Lac» zu dritt diniert hatten.

«Zu dritt?», fragte Mattmann.

«Bertha war verheiratet. Und Nobel konnte sich keinen Skandal leisten.»

«Er war einer der reichsten Männer der Welt. Er konnte alles haben.»

«Zu Frauen hatte er ein sehr spezielles Verhältnis», erklärte Gina und schenkte beiden noch Tee ein. «Am nächsten war ihm seine Mutter.» Dann las sie ihm vor, wie Bertha von Suttner das Treffen in ihren Lebenserinnerungen beschrieben hatte: «Entre fromage et poire und bei Ausfahrten auf dem Zürichsee in seinem silbern glänzenden Motorschiff aus Aluminium haben wir über tausend Dinge zwischen Himmel und Erde gesprochen.»

«Worüber unterhielt sich der Sprengstoffkönig mit der Pazifistin?», fragte Mattmann.

«Über Krieg und Frieden und über Geld», sagte Gina. «Denn Nobel hatte Berthas Friedensarbeit mit kleineren und grösseren Beträgen unterstützt. Dabei glaubte er gar nicht an die Abrüstung. Er wollte eine Wunderwaffe entwickeln, die jeden Angreifer abschrecken würde. Doch gleichzeitig war Nobel ein sehr sensibler Mensch. Er wäre gerne Dichter geworden und hatte sich seit seiner Jugend mit pazifistischem Gedankengut auseinandergesetzt.»

«Eigenartig», sagte Mattmann. «Bei meinen Recherchen auf dem Netz habe ich nur herausgefunden, dass beim Treffen der beiden in diesem Hotel die Idee für den Friedensnobelpreis geboren wurde.»

«Hast du mit dem Hoteldirektor bereits gesprochen?», fragte Gina.

«Noch nicht», sagte er. «Ich habe mit meiner eigenen Geschichte genug zu tun.»

Auf dem Rückweg ins «Gyrenbad» erzählte Mattmann, was er bei Blickenstorfer in Brunnen, in der ehemaligen Sprengstofffabrik in Isleten und in Altdorf erfahren hatte. Vom Auftauchen von Paula und deren Tante in Oerlikon erzählte er Gina und vom Selbstmord von David.

«Etwas viel aufs Mal», sagte Gina, und sie schwiegen.

«Morgen ist die Beerdigung von David Brunner. Kommst du mit?», fragte er.

«Dann treffe ich endlich deinen Vater», sagte sie.

An der Rezeption des ehemaligen Badehotels nahm Elise Manz Mattmann zur Seite und sagte ihm, Susanne Brunner warte in der Gaststube. Er hatte völlig vergessen, dass er sich mit ihr verabredet hatte, um noch ein paar Details für die Abdankung von David zu besprechen. Er ergriff die Gelegenheit, Gina seiner neuen Schwester vorzustellen.

Susanne sass in der Gaststube am Tisch beim Fenster. Gleich nach den ersten Worten waren sich die beiden Frauen sympathisch. Susanne begann Gina zu erzählen, wie sie ihren Vater lange verteidigt hatte und immer davon überzeugt gewesen war, dass er mit dem Tod ihrer Mutter nichts zu tun gehabt hatte.

«Er hat mir leidgetan», sagte sie, «doch dass er David in den Tod getrieben hat, das werde ich ihm nie verzeihen.»

«Es war Selbstmord», wandte Mattmann ein. «Deinen Vater trifft da keine Schuld.»

«Unsern Vater», korrigierte ihn Susanne.

«Hast du ein schlechtes Gewissen, dass du es nicht verhindern konntest?», fragte er.

«Ja», gestand sie. «Hätte ich David nur dazu gebracht, dass er sich gestellt hätte, dann wäre er noch am Leben.»

Gina schaute Mattmann an, dann Susanne. «So kann man nicht denken», sagte sie zu ihr.

Susanne betrachtete die Regentropfen auf der Scheibe, die langsam nach unten glitten. «Vielleicht hast du recht», sagte sie. Vielleicht muss man alles viel weiter denken.» Sie folgte den Tropfen, die eine Spur hinterliessen und schon bald von einem nächsten Tropfen verwischt wurden. «All die Jahre hat er uns etwas verschwiegen», sagte Susanne. «Hat es David je erfahren?»

«Geheimnisse belasten nicht nur diejenigen, die darüber schweigen. Sie wiegen auch schwer auf anderen, die sie mittragen. Ohne es zu wissen.»

Alle drei schauten hinaus in den grauen Abend.

«Kommst du morgen auch?»

«Wollt ihr die Urne nicht im kleinen Kreis beisetzen?»

«Du gehörst jetzt dazu.»

«Danke», sagte Gina.

43

Am Bahnhof in Turbenthal wartete Mattmann im Auto auf Paula. Sie fuhren direkt zur Abdankungskapelle auf dem Friedhof. Unter dem Vordach warteten bereits Susanne und Alois Brunner. Elise Manz stand etwas abseits. In der Hand hielt sie einen Strauss Sonnenblumen, die sie in ihrem Garten geschnitten hatte.

Mattmann ging auf Alois Brunner zu und stellte ihm Paula vor. «Eine Bekannte von David aus Kanada.»

Brunner nickte leicht mit dem Kopf. Mit beiden Händen stützte er sich auf einen Stock. Es schien, als sei er die letzten Wochen um Jahre gealtert.

Paula betrachtete ihn misstrauisch. Mattmann zog sie zur Seite. Bestimmt wollte sie ihn hier zur Rede stellen.

«Nicht hier», erklärte er ihr.

«Wann dann?»

«Beim Leichenmahl, falls er dann überhaupt noch mag.»

«Ich komme nicht ans Leichenmahl», sagte Paula. «Was soll das! Zuerst trauert man am Grab um David, und dann trinkt und isst man fröhlich, als sei nichts geschehen.»

Mattmann versuchte, ihr den Sinn des Leidmahls zu erklären, dass das Leben nach dem Tod weitergehe und man beim Essen Erinnerungen austauschen könne. So würden die Toten weiterleben. Doch da trat der Pfarrer im schwarzen Talar dazu und bat die kleine Trauergemeinde in die Kapelle.

Sie fanden alle in der vordersten Reihe Platz, Mattmann zwischen Gina und Paula, Brunner auf der einen Seite von Susanne, auf der anderen ihre beiden Söhne, die Mattmann noch nicht kennengelernt hatte. Ganz am Ende der Stuhlreihe sass Elise Manz. Die hinteren Reihen blieben leer.

Das bemalte Glasfenster war blass, ebenso das Gesteck mit den Blumen. Auf beiden Seiten der Urne lag je ein dunkelgrüner Lorbeerkranz, der eine mit einer roten Schleife. «In Liebe, deine Schwester Susanne», entzifferte Mattmann die goldenen Lettern. Am anderen Kranz hing eine dunkelblaue Schleife, doch er konnte nur die letzten Buchstaben lesen: «Elise». Er schaute zu Elise Manz. Die Sonnenblumen hielt sie noch immer fest in ihrer Hand.

Es war eine kurze Trauerfeier. Der Pfarrer sprach vom Leben als Geschenk Gottes, das man nicht einfach zurückgeben dürfe. Mattmann verstand, was damit gemeint war: Selbstmord ist eine Anmassung des Menschen. Daher spielte das Warum in der Predigt keine Rolle, ebenso wenig die Frage, ob man es hätte verhindern können, wenn man aufmerksamer gewesen wäre und die Zeichen richtig gelesen hätte. Der Geistliche setzte auf Gottvertrauen und versuchte Trost zu spenden. Nach dem Amen gingen alle hinaus. Es hatte aufgehört zu regnen. Die Sonne zeigte sich zwischen den Wolken.

«Wo ist Vater?», fragte Susanne. Sie hatte bemerkt, dass er während der Abdankung aufgestanden war, und glaubte, er würde draussen warten. Sie konnte ihn jedoch nicht vor der Kapelle entdecken. Brunner war gegangen.

***

Susanne Brunner, ihre Söhne, Gina und Elise Manz fuhren mit einem Auto ins «Gyrenbad». Paula wollte zum Bahnhof und vorher noch sehen, wo sich David vor den Zug geworfen hatte. Mit Mattmann fuhr sie bis zur weiten Kurve und stieg dort aus.

Durchs hohe Gras ging sie zum Bahndamm. Die Nachmittagssonne zauberte einen goldenen Glanz auf die Schienen, was für Paula gar nicht passte. Sie spürte alles andere als eine friedliche Stimmung. Alles in ihr war aufgewühlt. Warum hatte niemand erkannt, wie schlecht es David gegangen war? Sein Vater, seine Schwester, warum hatten sie sich nicht um ihn gekümmert? Dabei machte sie sich selbst Vorwürfe. Sie hätte ihn nicht mit ihren Nachforschungen betrauen dürfen, doch sie hatte nicht begriffen, wie labil sein psychischer Zustand gewesen war.

Paula ging in die Hocke und schaute in die Sonne. Auch in

ihrer Familie wurde nicht über die Vergangenheit ihres Vaters gesprochen. Weder die Schweiz noch seine dortigen Verwandten waren je ein Thema. Zum Glück hatte sie vonseiten ihrer Mutter Verwandte.

Sie ging zurück zu Mattmann, der im Auto sitzen geblieben war.

«Was glaubst du, warum David das getan hat?»

Mattmann zuckte mit den Schultern. Ohne ein Wort zu wechseln, fuhr er zum Bahnhof. Doch Paula wollte nicht den nächsten Zug nehmen, sie wollte mit Mattmann zu Brunner.

«Das geht nicht», antwortete er.

«Warum?»

«Das erkläre ich dir später.»

Paula überlegte, ob sie darauf bestehen sollte, doch sie sah ein, dass es zwecklos war.

«Du sprichst Brunner auf meinen Grossvater an», bat sie Mattmann auf dem Perron.

Er nickte.

«Und schreib mir noch heute Abend, was dabei herausgekommen ist.»

«Versprochen.»

«Ich bin überzeugt, dein Vater hat etwas mit dem Verschwinden meines Grossvaters zu tun. Was dann?», fragte sie.

«Dann wird es schwierig.»

«Schwierig für dich.»

«Ja», sagte Mattmann.

«Gehst du dann zu Polizei?»

«Es ist verjährt …»

«… und damit alles vergessen?», fragte Paula. «Du machst es dir zu einfach, wenn du mit deinem Vater nur unter vier Augen sprichst. Du bist es David schuldig, dass Licht in die Sache kommt. Du hast es ihm versprochen.»

«Das habe ich tatsächlich.»

«Denk auch an mich», sagte Paula, «und an meinen Vater. Meine Grosstante. Ein Geheimnis hat all die Jahre auch unsere Familie belastet.»

«Wenn der Täter nach all den Jahren vor Gericht stehen würde, glaubst du, das wäre entlastend für euch?»

«Of course.»

Der Zug fuhr ein.

«See you», sagte Paula und stieg ein.

«So schnell sehen wir uns wahrscheinlich nicht wieder», rief er ihr zu. «Ich fliege morgen Nachmittag zurück nach Schweden.»

«Ich könnte auf meinem Rückflug nach Kanada einen Stopover in Stockholm machen», sagte sie. Dann fuhr der Zug ab.

44

Nach dem Leichenmahl fuhr Mattmann zum Chalet. Es wurde langsam dunkel, doch er kannte unterdessen den Weg.

Es brannte kein Licht im Haus. Er schaute sich um und rief nach seinem Vater, mit den Händen einen Trichter formend. Keine Antwort. Er schaute hinauf zum Balkon. Die Verkleidung war mit regelmässigen Sternen durchbrochen. Auch das Dreieck des Giebels war mit Verzierungen im Laubsäge-Stil ausgeschmückt. Er ging ums Haus, sah die offene Tür des Werkzeugschuppens und trat ein.

Sein Vater machte sich an einem leeren Vogelkäfig zu schaffen. Er befestigte einen Lederriemen als Aufhänger. Mit dem Zeigefinger hob er ihn empor und liess ihn baumeln. Mattmann erinnerte sich, den Käfig bei seinem letzten Heimatbesuch schon einmal gesehen zu haben. Brunner hatte ein altes Abwaschgestell entzweigeschnitten und daraus den Käfig zusammengebaut. Zwischen den Stäben konnten die Spatzen ins Innere schlüpfen und waren geschützt vor den grossen schwarzen Krähen. Kein Käfig also, um Vögel einzusperren, sondern ein Ort, wo sie friedlich picken konnten.

«Es ist noch lange nicht Winter», bemerkte Mattmann.

«Ich muss ein paar Verbesserungen machen.»

«Kann das nicht warten?»

«Nein, das ist dringend», sagte Brunner. Neben dem Käfig stand eine Flasche Kirsch. Mit den Zähnen zog er den Korken heraus und spuckte ihn auf den Boden. Er setzte die Flasche an und reichte sie Mattmann, der einen Schluck nahm. Im Schuppen war es düster, nur eine kleine Lampe brannte und warf einen harten Schatten. Brunner suchte unter den Werkzeugen nach dem Geissfuss mit den beiden gespaltenen Enden. Er strich mit den Fingern über das kalte Eisen und sagte: «Im Geschirrspüler gereinigt, diagonal passte er genau hinein.» Er lachte leise. «Bei achtzig Grad wird alles blitzblank sauber.

Weder Linas Blut noch Davids Fingerabdrücke hat die Polizei darauf gefunden. Kunststück!»

Mattmann war sprachlos.

«Ich wollte ihn schützen. Ich habe alle Spuren vernichtet. David hat mir geholfen, Lina aufzuheben und auf die Bank zu setzen», sagte er, «doch dann ist er abgehauen und hat alles liegen gelassen.»

«Was wollte David von dir?», fragte Mattmann.

«Etwas wegen einer alten Geschichte.»

«Wegen Feller?»

«Warum fragst du, wenn du es weisst?»

«Ich will es von dir hören. Alles!»

«Wirst du mich anzeigen?»

Mattmann schüttelte den Kopf.

«Auch egal», sagte Brunner. Er nahm den Stock, den er an die Werkbank gelehnt hatte, und ging zur Türe. Mattmann folgte ihm. Auf dem Weg zum Chalet hielt er ihn leicht am Arm, bereit, ihn zu stützen, wenn er straucheln würde.

In der Küche suchte Brunner im Kühlschrank nach etwas Essbarem. Doch er hatte seit Langem nicht mehr eingekauft, und auch Susanne hatte ihn nicht mehr versorgt. Seit Davids Tod war sie nicht mehr gekommen.

«Zum Teufel!», fluchte er. «Fahren wir ins ‹Gyrenbad›, da bekommen wir bestimmt noch etwas Warmes. Eine Henkersmahlzeit müssen sie einem gewähren.»

«Du hast Feller als Letzter lebend gesehen», sagte Mattmann und trat ihm in den Weg.

«Wie kommst du darauf?»

«Giulia Inauen hat gesehen, wie er zu dir in die Heizung gekommen ist.»

«Das junge Ding?»

«Sie ist eine über achtzigjährige Dame heute.»

«Dame!» Brunner lachte. «Sie war hinter allen her. Hinter allen mit zwei stämmigen Beinen und einem Schwanz. Auch auf Feller hatte sie ihr Auge geworfen.»

«Warst du eifersüchtig?»

«Dummes Zeug. Ich habe ja Magdalena gehabt.»

«Aber sie hat dich verlassen.»

«Das war danach.»

«Wonach?»

Brunner räusperte sich und wollte Mattmann beiseiteschieben.

«Giulia Inauen wurde auf dem Heimweg von Fellers Wagen überholt», sagte er und hielt Brunner zurück. «Es war nicht Feller, der am Steuer sass.»

Brunner lachte. «Du hast keine Ahnung, wie er mich behandelt hat!» Dann war er nicht mehr zu bremsen. «Auf mich hatte er es besonders abgesehen. Nach dem Krieg sind grosse Bestände an altem Treibladungspulver angefallen. Jemand hat sie vernichten müssen. Feller hat jedes Mal mich ausgewählt, mich alleine. Wenn der Isitalerbach jeweils kaum Wasser führte, musste ich unten im Bachbett ein grosses Feuer machen. Über ein Förderband und eine Rutsche plumpsten die Säcke direkt in die Flammen und detonierten. Dort unten störte das niemanden. Aber wehe, wenn es von Westen blies. Direkt zum Stapelplatz der Säcke. Fünfhundert Kilogramm Treibladungspulver explodierten. Beinahe hätte es mich erwischt, doch ich bin nochmals davongekommen.» Brunner schnappte nach Luft. «Dieser Drecksack, dieser elende Lump. Weisst du, was er gesagt hat, als er von der Explosion erfahren hat? Nein, das kannst du nicht wissen. Aber ich werde es nie vergessen: ‹Um dich wär es nicht schade gewesen.› Das hat er gesagt und höhnisch gelacht.»

«Was hast du mit Fellers Verschwinden zu tun?», fragte Mattmann. «Bist du damals am Steuer seines Autos gesessen?»

«Von einem Opel Kapitän habe ich immer geträumt. Aber keinen weiss lackierten, ich hätte einen schwarzen gewählt.»

«Feller ist nie von Isleten weggefahren», sagte Mattmann. «Und nie in Flüelen angekommen.»

«Er hat Isleten nie mehr verlassen. Dafür habe ich gesorgt.»

Mattmann gab den Weg frei.

Brunner löschte das Licht in der Küche und trat in den Flur.

«Komm», sagte er. «Ich habe einen Bärenhunger. Fahren wir ins ‹Gyrenbad›.»

Vor der Haustüre blieb er stehen und fragte: «Gefällt dir das Chalet?»

Mattmann war völlig überrascht und wusste nicht, was er antworten sollte.

«Kannst du dir vorstellen, einmal hier zu wohnen? Während deiner Ferien? Oder wenn du einmal pensioniert bist?»

«Solange du hier wohnst –»

«Und später?»

Mattmann wusste nicht, was er antworten sollte. «Warum heisst das Chalet eigentlich ‹Morgenstern›?», fragte er dann.

«Weil du ein Frühaufsteher bist?»

Auf dem Weg zum Auto erzählte Brunner, noch nie habe er jemandem den wahren Grund erklärt, wie er auf diesen Namen gekommen sei. «Aber du als Historiker kennst dich ja aus mit mittelalterlichen Waffen», sagte er. «Mit Hellebarde und Morgenstern haben die alten Eidgenossen gegen die Ritterheere gekämpft. Mit dem Haken der Hellebarde haben sie die Ritter in ihren Rüstungen vom Pferd geholt, mit dem Beil die Helme gespalten, und wenn das nicht ausreichte, haben sie mit der dornenbesetzten Kugel des Morgensterns auf sie eingeschlagen.»

«Und was hat das mit dem Chalet zu tun?»

«Mit dem Chalet nicht viel. Aber mit mir.»

Mattmann schaute ihn erstaunt an.

«Oder dem, was tief in jedem Menschen verborgen ist. Wir sind keine friedlichen Wesen. In uns lauert eine Gewalt, eine unheimliche Kraft. In mir wie in dir. Eine Kraft, die wir bändigen müssen. Einmal hat mich meine Wut übermannt. Nur einmal. Seitdem habe ich sie im Griff.»

Als sie in der Gaststube ankamen, war Gina bereits auf dem Zimmer, Susanne und ihre Söhne waren gegangen und die Küche bereits geschlossen, doch Elise Manz brachte ihnen Bier, Brot und einen Rindfleischsalat mit vielen rohen Zwiebeln. Sie assen vor sich hin, bis Brunner aufschaute.

«Ein schönes Chalet, nicht wahr?», sagte er. «Nach meiner Pensionierung habe ich dem Haus eine neue Holzfassade verpasst. Jedes Jahr habe ich eine Seite des Hauses eingekleidet.» Er tunkte die Salatsauce mit einem Stück Brot auf und putzte den Teller aus. «Es erinnert mich an das Haus am Isenhang.» Er lehnte sich zurück. «Mit meinem Vater habe ich dort die steilen Wiesen gemäht. Eisen an den schweren Schuhen angeschnallt, das gab etwas Halt beim Mähen mit der Sense, den Abgrund immer vor Augen. Doch das war nicht das Schlimmste. Mein Vater hat mir nie etwas zugetraut.»

Mattmann dachte an David. Er hatte auch darunter gelitten, dass ihm Brunner nie etwas zugetraut hatte. Genau diese Worte hatte David verwendet, als er ihm das Foto vom Heizer von Isleten übergeben hatte.

«Ich habe als Jugendlicher immer davon geträumt, selbst Bergbauer zu werden», fuhr Brunner fort. «Von meinem ersten Geld, das ich in der Fabrik verdiente, abonnierte ich die Zeitschrift ‹Der Wendepunkt›. Alle Artikel über das naturnahe Bewirtschaften der Erde habe ich von A bis Z durchgeackert. Einmal habe ich in Altdorf sogar einen Vortrag von Ralph Bircher gehört, der die Ideen seines berühmten Vaters Bircher-Benner weiterverbreitete. Vielleicht war er mit seinen Gedanken der Zeit voraus.»

«Hast du Heimweh nach dem Isenhang?», fragte Mattmann.

«Am schlimmsten war die Gant. Das Vieh stand angebunden vor dem Stall. Der Hausrat, alle Werkzeuge, die Mistgabeln, die Sensen und die Heurechen mit den langen Stielen, die wir zum Wildheuen an den steilen Hängen benutzten. Alles stand draussen beim Brunnen, bis es unter den Hammer kam und weg war.»

Teil VII

Schauenberg

Liebe Lina,

du kannst dir vorstellen, wo ich diesen Brief an dich verstecke. Und wenn sie nach meinem Tod den Vogelkäfig mit dem ganzen Inhalt verbrennen, dann ist es auch gut. Auch von Feller war am Schluss nur noch weisser Rauch in der Nacht zu sehen. Es war Dezember, an einem Samstagabend, ich musste in der Heizung noch Kohle nachschieben. Teile der Fabrikanlage waren ja auch am Sonntag in Betrieb. Als Heizer war ich der Letzte, der ging. Und der Erste, der am Morgen kam. Viel Schlaf blieb mir da nicht. Die Tage zuvor hatte ich gar nicht geschlafen. Mein Vater war gestorben. Endlich waren wir ihn los. Gerne hätte ich den Hof am Isenhang übernommen, doch er war nicht zu halten mit all den Schulden. Aus der Traum vom Bauer.

Da tauchte Feller in der Heizung auf. Wie immer grinste er blöd und sagte: «Brunner, du armer Teufel. Nun wirst du bis ans Ende deiner Tage in der Heizung schmoren.»

Wie die Eisenstange in meine Hände kam, wie ich damit auf seinen Kopf einschlug, ich weiss es nicht mehr. Nun lag er zu meinen Füssen und röchelte. Dann war es aus mit ihm. Ich bugsierte ihn durch die grosse Ofentür in die Glut, schaufelte Kohle wie wild, mir war egal, ob alles explodierte. Die blinde Wut hatte mich gepackt. Am nächsten Morgen waren in der Ascheschublade nur noch ein paar Knochenstücke von ihm übrig. Ich ging ins Labor. Wo er die Salzsäure lagerte, wusste ich. So löste ich seine letzten Reste auf.

Nun weisst du es.

Dein Alois

45

Gina und Mattmann packten am nächsten Morgen ihre Koffer für die Rückreise. Sie hatten es eilig, als sie sich von Elise Manz verabschiedeten. Susanne hatte aus dem Chalet angerufen, sie wollte ihren Vater besuchen, konnte ihn jedoch nirgendwo finden.

Ins Schlafzimmer wagte sie sich erst, als die beiden eingetroffen waren. Zusammen stiegen sie die Treppe hoch. Vorsichtig klopfte Susanne an die Türe, doch es blieb still. Sie liess Mattmann vorausgehen: Das Bett war leer, Oberlaken und Wolldecke gestrafft, am Fenster hing ein blendend weisses und frisch gebügeltes Hemd an einem Bügel. Gina und Susanne gingen auf den Balkon und schauten über den Garten. Der Vogelkäfig, der unter dem Vordach hing, bewegte sich kaum merklich im Wind.

Mattmann hörte, wie die beiden leise miteinander sprachen. Gina, die das erste Mal im Chalet war, fühlte sich als Eindringling. Susanne schien jedoch froh zu sein, sie an ihrer Seite zu haben.

«Ich hätte David noch so viel fragen wollen», sagte Susanne. «Nun ist es zu spät.»

«Sprich mit ihm», sagte Gina. «Er ist jetzt zwar in einer anderen Welt. Doch ganz abgeschnitten ist diese nicht von der unsrigen.»

«Meinst du?»

«Ich spreche hin und wieder mit meiner Grossmutter. Sie ist längst gestorben, aber ich habe einen guten Draht zu ihr. Sie hat mir schon oft geholfen, wenn ich einfach nicht weiterwusste.»

«Ich glaube, ich verstehe dich.»

Mattmann sah durchs Fenster, wie sich die beiden Frauen umarmten. Lange blieben sie so stehen. Dann kamen sie zu ihm ins Schlafzimmer.

«Hast du irgendetwas gefunden?», fragte Susanne. «Hat unser Vater einen Zettel hinterlassen, wo er steckt?»

«Gar nichts», sagte Mattmann.

Alle drei gingen die enge Holztreppe hinunter, durch den Gang und blieben vor dem Chalet stehen.

«Du warst gestern noch bei ihm», sagte Susanne zu Mattmann. «Wäre ich doch auch mitgekommen. Aber nach der Abdankung war ich einfach zu müde.»

«Verständlich.»

«Habt ihr über David gesprochen?»

Mattmann zögerte. «Nicht viel», sagte er, schaute zu Gina und zog seine Taschenuhr hervor. In drei Stunden ging ihr Rückflug. Später würde er Susanne alles erzählen. Das nahm er sich fest vor. Er wollte sie nicht im Ungewissen lassen, so wie es seine Mutter mit ihm getan hatte. Doch er musste eine günstigere Gelegenheit abwarten. Wenn es für schwierige Fragen überhaupt günstige Gelegenheiten gab.

Susanne fuhr sie hinunter ins Dorf zum Bahnhof Turbenthal, Mattmann auf dem Beifahrersitz, Gina auf der Rückbank. Sie schaute aus dem Seitenfenster und überliess das Gespräch den beiden Geschwistern.

Wie verabschiedet man sich von einer neu gewonnenen Schwester?, fragte sich Mattmann, als sie die Koffer ausgeladen hatten. Er drückte sie kurz an sich. Susanne küsste ihn auf beide Wangen. Dann ging er mit Gina zum Zug.

«Auf Wiedersehen!», rief sie ihnen nach.

Mattmann schaute zurück. «Bis bald!»

46

«Schon startbereit im Flugzeug?», fragte Rahel, als sie ihn endlich erreichte. Sie hatte schon gestern versucht, Mattmann anzurufen, und er hatte es heute Mittag versucht, doch es kam jedes Mal nur die Combox.

«Wir warten am Gate, bis wir an Bord gehen können.»

«Du und Gina?»

«Ja, wir fliegen beide zusammen zurück nach Stockholm. Am Montag müssen wir wieder arbeiten.»

«Wie geht es deinem Vater?», fragte Rahel.

«Er ist verschwunden.»

«Einfach so? Ohne eine Mitteilung zu hinterlassen?», fragte Rahel.

«Ja», sagte Mattmann.

Das erstaunte Rahel nicht. Brunner war ein Schweiger.

«Wie geht es dir?», fragte Mattmann.

Rahel wusste zuerst nicht, was sie antworten sollte. Dann entsann sie sich, was sie sich vorgenommen hatte. Sie wollte etwas ändern in ihrem Leben. «Ich will mehr schwimmen. Und singen», sagte sie.

«Du bist schon immer gern im See geschwommen. Das mit dem Singen ist mir neu.»

«Ich werde einen Workshop mit Singen für meine Kollegen bei ‹Leib und Leben› organisieren.»

«Im Ernst?»

«Wo denkst du hin. Aber ich will singen lernen.» Sie hörte im Hintergrund eine Durchsage, das Boarding für den Flug nach Stockholm begann. «Ciao», sagte sie.

«Ich ruf dich an, wenn ich angekommen bin», sagte er.

Rahel glaubte ihm nicht.

***

Mattmann sass am Fenster, Gina schlief neben ihm. Sie waren unterwegs nach Norden, hoch über Deutschland, nur ab und zu konnte er einen Fluss oder eine Stadt erkennen. Meistens verdeckte eine Wolkenschicht die Sicht nach unten. Das war ihm recht. Über den Wolken fühlte er sich wohl, losgelöst von allem, was ihn die letzten drei Wochen beschäftigt hatte. Rahel würde er eines Tages alles erzählen, was ihm gestern sein Vater bestätigt hatte. Er hatte es geahnt, als er von Isleten zurückgekehrt war. Glauben konnte er es noch immer nicht. Er müsste es schwarz auf weiss sehen.

Gina hätte er seinen neuen Vater gerne gestern Abend vorgestellt. Im Zug auf den Flughafen wollte er ihr von seiner bösen Ahnung erzählen, doch das war nicht der richtige Ort, wie er bald festgestellt hatte.

47

Am Montag sass Mattmann in seinem Büro in der Innenstadt von Stockholm. Die schwedischen Tageszeitungen berichteten in der sauren Gurkenzeit über die überfüllten Leichenhäuser. Da sich die Hinterbliebenen in Skandinavien Zeit mit der Abdankung liessen, konnte es Wochen bis zur Beerdigung dauern. Nach einem Todesfall verglichen sie ihre elektronischen Agenden und suchten ein Datum für die Abdankung, das weder geschäftlichen Terminen noch Ferien in die Quere kam. Während der langen Sommerferien mussten die Toten auf die Kühlhäuser in ganz Schweden verteilt werden.

Mattmann telefonierte mit dem Verbandsdirektor der Krematorien und fragte ihn nach genauen Zahlen. Weltweit warteten die Schweden am längsten damit, ihre Toten zu begraben, durchschnittlich mehr als drei Wochen; die Norweger vierzehn Tage. In der Schweiz dauerte es selten länger als zehn Tage. Im «Dagens Nyheter» wurde berichtet, dass auch immer weniger Angehörige an Abdankungen teilnahmen. Bald jede zehnte Kremation im singledichten Stockholm war ein sogenannter Direktare, eine saloppe Wortschöpfung auf Schwedisch für einen direkten Übergang vom Tod ins Grab, ohne Zeremonie, ohne das Beisein von Angehörigen. Das war der Einstieg für seinen Artikel.

Obwohl er den ersten Satz hatte, floss diesmal der Rest des Artikels nicht einfach so. In Gedanken war er bei David. Sein Tod hatte ihn mehr erschüttert, als er es wahrhaben wollte. Seine Gefühle hinkten den Ereignissen hinterher.

Sein Mobiltelefon piepste, und ein WhatsApp von Paula erschien auf dem Display: *Fliege über London direkt nach Vancouver zurück. Kein Stopover in Stockholm.*

Er schrieb zurück: *Hätte dir einiges zu berichten vom Heizer, von meinem Vater. Wann kommst du das nächste Mal nach Europa?*

Tante Rosa hat mir am Schluss alles erzählt. Crazy! Cu.

Vor seinem Rückflug hätte er seine Mutter nochmals treffen und mit ihr alles zu Ende besprechen wollen. Doch er war zum Schluss gekommen, dass er genug wusste.

Das Telefon riss ihn aus seinen Gedanken. Es war Susanne.

«Vater ist noch immer nicht aufgetaucht», sagte sie traurig.

Er versuchte sie zu beruhigen, doch sie unterbrach ihn: «Ich habe Angst. Seit drei Tagen habe ich kein Lebenszeichen mehr von ihm bekommen.»

«Er wird sich schon melden.»

«Glaubst du?»

«Bestimmt.»

«Heute ist etwas Eigenartiges geschehen», fuhr sie fort.

Mattmann wartete.

«Ich habe mit dem Besen ...», begann sie, «... die Spinnweben entfernt. Im Chalet. Auf dem Balkon, vor Vaters Schlafzimmer. Dort bin ich an den Vogelkäfig gestossen.»

Sie verstummte.

«Und?», fragte Mattmann.

«Er ist vom Haken gefallen. Auf den Boden gestürzt. Das Futtergefäss aus braunem Porzellan ist zersplittert. Und der Käfig ist auseinandergebrochen.»

«Das ist doch nicht so tragisch.»

«Der Käfig hatte einen doppelten Boden. Darin war ein Brief versteckt.»

«Ein Brief?»

«Von Vater an Mutter. Erst vor wenigen Tagen geschrieben.»

«Aber da war sie ja schon seit mehreren Wochen tot.»

«Eben.»

«Hast du ihn gelesen?»

«Zuerst habe ich die Scherben zusammengekehrt.»

«Und was hast du mit dem Brief gemacht?»

«Ich wollte ihn verbrennen. Ungelesen.»

«Hast du aber hoffentlich nicht gemacht.»

«Ich habe ihn eingepackt. Und zu Hause versteckt. Doch mitten in der Nacht bin ich aufgestanden. Und habe ihn gelesen.»

Am selben Tag hatte Susanne nochmals angerufen. Eine Gruppe von wandernden Senioren hatte ihren Vater tot auf dem Schauenberg gefunden. Er sass in sich zusammengesunken auf einer Bank, als wäre er friedlich eingeschlafen.

Für den Abendflug nach Zürich bekam Mattmann noch einen Platz. Vieles ging ihm durch den Kopf, als die Maschine abgehoben hatte. Er musste mit seiner Schwester die Beerdigung organisieren und überlegen, was sie mit dem Chalet machen wollten. Würde sie es übernehmen? Er wollte kein Haus in der Schweiz.

Der Maître de Cabine erklärte über Lautsprecher, dass sie die Flughöhe erreicht hätten, und empfahl, angeschnallt zu bleiben. Mattmann hatte einen Fensterplatz bekommen und liess seinen Blick über die vielen Inseln vor der Küste schweifen. Auf die Schären rund um Stockholm folgte St. Annas Schärengarten, dann jener von Misterhult. Schon vor längerer Zeit hatte er sich entschieden, für immer in Schweden zu bleiben. Wenn seine Mutter sterben und sein Vertrag mit der Zeitung auslaufen oder nicht mehr erneuert würde, hätte er keinen Grund mehr, seine alte Heimat zu besuchen. Doch nun war alles anders: Er war auf dem Weg zu seiner neuen Schwester.

Weit unten tauchte die schmale Insel Öland auf, dann sah er auf das offene Meer. Im Abendlicht schimmerte friedlich die Ostsee. Doch die Idylle trog. Im Handgepäck lag Brunners Brief an Lina, den ihm Susanne eingescannt geschickt hatte. Mehrmals hatte er ihn gelesen und dann wieder zusammengefaltet. Er wusste noch nicht, wie er damit klarkommen sollte. Er war der Sohn eines Mörders.

Hinweise und Dank

Zur Geschichte des «Gyrenbads» liess ich Konrad Mattmann in der Erstausgabe von «Der Begleiter auf der Reise durch die Schweiz» von Johann Jakob Leuthy blättern. Das «Hülfsbuch für Reisende» erschien erstmals 1840, greifbar ist es noch heute in einer Faksimile-Ausgabe von 1985. Die Geschichte der Sprengstofffabrik Isleten ist umfassend in «Dynamit am Gotthard. Sprengstoff in der Schweiz» aufgearbeitet. Der Autor Hansjakob Burkhardt führte mich an einem schönen Sommertag durch das weitläufige Areal der ehemaligen Sprengstofffabrik in Isleten. Der historische Roman von Felix Moeschlin mit dem martialischen Titel «Wir durchbohren den Gotthard» führte mir eindrücklich vor Augen, wie gefährlich die Arbeit der Mineure mit Nobels Dynamit damals gewesen ist.

Volker Dittmann gab mir eine Einführung ins weite Feld der Forensik und gewährte mir einen Blick in die Abgründe der menschlichen Seele. Dominik Rast nahm das Innenleben Mattmanns unter die Lupe. Wie es bei einer Obduktion zu- und hergeht, erläuterte mir Chefpräparator Thomas Rost. Weitere Hinweise verdanke ich Kaya Demiroglu, Staatsarchiv Altdorf, sowie Brigitte Bürgi vom Zivilstandsamt Basel-Landschaft. In Gesprächen mit Edi Strub und Rudolf Hermann erfuhr ich viel über die konkrete Arbeit eines Skandinavien-Korrespondenten.

Schreiben ist eine einsame und langwierige Arbeit. Zum Glück begleiteten mich Ann-Mari und Kuno von A bis Z. Wertvolle Anregungen bekam ich von Finn, Fanni, Anna, Thomas, Kathrin, Lilian, Dani, Prisca, Rose, Marc, Max, Edda, Seraina, Denise, Bruno, Ruth und Karl. Laura Jurt hat zur besseren Übersicht eine illustrierte Karte der Schauplätze gestaltet. Irène Kost, die Lektorin, hat die Schlussfassung mit grosser Sorgfalt bearbeitet. Das Team des Verlags hat aus dem Manus in vielen Schritten ein Buch gemacht.

Allen möchte ich herzlich danken.

Martin Widmer, im Sommer 2020